Margaret Skjelbred

Windgesang

Roman

Aus dem Norwegischen von
Sigrid Engeler

Deutscher Taschenbuch Verlag

Von Margaret Skjelbred
sind im Deutschen Taschenbuch Verlag erschienen:
Lerchenherzen (20475)
Elfenecho (24340)

Ungekürzte Ausgabe
März 2004
Deutscher Taschenbuch Verlag GmbH & Co. KG,
München
www.dtv.de

Titel der norwegischen Originalausgabe:
›Vildresinn‹

Umschlagkonzept: Balk & Brumshagen
Umschlagbild: Ausschnitt aus dem Gemälde ›Nuit d'été‹ (1886)
von Kitty Kielland
Satz: Fotosatz Reinhard Amann, Aichstetten
Gesetzt aus der Sabon (QuarkXPress)
Druck und Bindung: Druckerei C. H. Beck, Nördlingen
Gedruckt auf säurefreiem, chlorfrei gebleichtem Papier
Printed in Germany · ISBN 3-423-20682-9

I

Jakob, das bin ich. Ich bin aus einer großen Dunkelheit hierhergekommen, groß und unfaßbar, aber nicht erschreckend wie die Dunkelheit hier. Wenn ich nachts aufwache, und die Dunkelheit umschließt dicht das Bett, schreie ich. Dann kommt Mutter mit ihren warmen Händen, die mich aufnehmen, und ihrer sanften Stimme, die sagt: »Hast du schlecht geträumt, mein kleiner Jakob?«

»Ich habe von einem gefährlichen Troll geträumt«, sage ich dann, aber ich weiß nicht, was ein Troll ist, nur daß er groß ist und gefährlich wie die Dunkelheit. Dann darf ich in Mutters Bett liegen, in ihren Armen, und ich fühle, daß sie die Wärme ist und der Geruch und die Geräusche in der großen Dunkelheit, aus der ich komme. Und die Dunkelheit hier hört auf, gefährlich zu sein, sie ist gütig und freundlich und voller bekannter Geräusche.

Jakob, das bin ich. Mein Vater ist ein Ton im Wind, aber niemand außer mir weiß das. Des Nachts ist er der Wind, der wehmütig um die Hausecke heult, ein langgezogener, flötender Ton, der mich schön traurig macht. »Komm, kleiner Jakob«, flötet er, »uns beiden gehört die Dunkelheit, dir und mir.«

2

Schön weiß gestrichen, mit strahlend roten Wirtschaftsgebäuden, liegen die kleinen und etwas größeren Höfe friedlich über die hügelige Landschaft vor der Moräne verstreut, deren Rücken sich in nordsüdlicher Richtung durch das gesamte Vestfold erstreckt. Sie sehen aus, als wollten sie hier für immer liegenbleiben, gleichgültig, welche Wendung die Welt nehmen wird. Im Sommer nisten schwatzhafte Elstern und heisere Krähen etagenweise auf den Ahornbäumen des Hofplatzes, gut verborgen im dichten, grünen Laub, mit dem ein munterer kleiner Sommerwind spielt. Im Herbst frischt der gleiche Wind kräftig auf – hier ist der Junge, denke ich – und klammert sich an Laub und Astwerk, daß die runden Nester der Elstern und die schwankenden der Krähen herunterzufallen drohen, zum großen Schrecken ihrer Bewohner.

Die armen Vögel frösteln sich unbehaust durch den Winter. Unschlüssig flattern sie umher, und sie überleben mit viel Gekrächze dank der geringen Wärme des Schornsteins auf dem Haupthaus und des einen oder anderen Kanten Brotes, den man ihnen wohlwollend durch ein mit Eisblumen verziertes Küchenfenster hinaus ins blaue Winterlicht schleudert.

Doch kaum läßt das erste Anzeichen von Tauwetter die gewaltigen Eiszapfen unter der Dachrinne ans Weinen denken, da sind die Elstern da, im Schnabel die ersten Zweige des Ahorns. Und lange bevor die Kinder des Hofes, die unter den Bäumen auf dem Hofplatz toben, angefangen haben, sich die Frucht des Ahorns quer auf die Nase zu kleben – nachdem sie zuerst mit den Daumen die klebrige Kapsel geteilt und die kleine flache Frucht mittendrin herausgepflückt haben – sind sowohl Krähen als auch Elstern bereits dabei, die kommenden Generationen aufzuziehen. Schwatz schwatz. Krah krah.

Wenn sich nur die Katze zurückhält, dann kann es im dichten Laub richtig friedlich zugehen.

Und die ganze Zeit liegt der Hof da und betrachtet die Welt durch blanke Fenster. Sommer und Winter gleiten über das Dach, einer nach dem anderen. Und niemand sieht den roten Ziegeln an, daß sie eine große Trauer verbergen.

Es gibt zwei gleiche Höfe in der Gemeinde rund um Jakobs Scheune. – Na klar, es gibt noch weitere, selbstverständlich, aber diese zwei gehören zu den größten, so groß wie der Kummer, den sie verwahren. Jeder auf seinem Hügel, liegen sie einander genau gegenüber, der sich windende Fluß wie ein glänzender Trauerflor zwischen ihnen. ›Hier verläuft die Grenze für *meine* Trauer. Du hast schon genug an *deiner*.‹ Aber an müßigen Frühlings- oder Herbstnachmittagen kommt es vor, daß die niedrige Sonne ein glänzendes Fenster auf der einen Seite streift und ein Blinken wie einen freundlichen Gedanken hinüberschickt. ›Ich bin ganz in deiner Nähe, wenn du etwas brauchst.‹ Wie um daran zu erinnern, daß, trotz allem, niemand ganz allein ist.

Die Pappelallee hinauf nach Lund kam vor vielen Jahren die Nachricht von Peder und seinem Unfall beim Walfang. Von der Trosse, die mitten entzweiriß und den großen und stattlichen Mann von Harriet Lund so traf, daß er seither wie ein lallendes Kleinkind an ihrem Schürzenzipfel hing. Nicht lange danach trug Solfrids Vater Harriets einzige Tochter auf seinen Armen. Sie war während der Schneeschmelze im Hochwasser führenden Fluß ertrunken.

Doch die Ahornbäume auf Lund rauschen immer gleich freundlich. Krähen und Elstern harren unverdrossen zwischen den wie Händen gelappten Blättern aus. Und auf der Bank unter den Bäumen sitzt nicht länger Peder mit seinem verwirrten Lächeln. Oder besser: er sitzt dort noch, aber nur an den Wochenenden, wenn Harriet ihn in ihrem weinroten Auto aus dem Heim für geistig Behinderte holt. Dann sitzt er auf der Bank und wiegt sich hin und her, während die beiden Zwillingstöchter von Lehrer Halvorsen in Harriets abgelegten Kleidern und hochhackigen Schuhen feine Dame spielen. Sie decken den Gartentisch für eine Kaffeegesellschaft und teilen sich den gutwilligen Peder als Ehemann.

»Jetzt tun wir so, als gehst du zur Arbeit, Peder«, damit geleiten sie Peder zum Gartenstuhl unter dem Apfelbaum. »Und jetzt kommst du wieder nach Hause.« Peder wiegt sich. Wird lächelnd vom Stuhl zur Bank geführt und wiegt sich.

Aber ein bißchen zanken sich die Mädchen darum, wer Mutter für die kleine Halbschwester Elisabeth sein darf, die im Schatten eines Ahorns in ihrer Wiege liegt und schläft. Und drinnen, hinter dem offenen Küchenfenster greift Lyder Halvorsen kräftig und frisch verheiratet nach Harriets rundem Hinterteil, als sie am Herd steht und die Soße vom Kalbsbraten anrührt: »Stell dir vor, wir könnten ...«

Aber er wird schroff zurückgewiesen: »Bist du verrückt! Wenn die Mädchen dich sehen! Geh raus und hol deine Tochter, sie braucht neue Windeln, ehe wir essen.«

Und der Lehrer geht glücklich nach draußen, denn er und seine beiden Töchter sind unglaublich begeistert von der neuen Frau und Mutter. Und von der neuen Elisabeth, die sie bekommen haben, statt der Frau, die dort im Heim vor einigen Jahren starb.

»Mama, Mama«, jubeln Lyders Mädchen, denn eine andere Mutter haben sie niemals erlebt. Ihre eigene verschwand von dieser Welt, als sie auf die Welt kamen. Einige Jahre lang lebte sie noch, aber ihre einst so lebendigen, graugrünen Augen – wie sie eines der Mädchen erbte – waren ganz nach oben verdreht, nach innen, in die eingesunkenen Augenhöhlen. So, als ob sie in ihrem gelähmten Gehirn verzweifelt nach ihren Gedanken suchte.

Wenn ein seltenes Mal eine Ahnung von Leben wie ein wiedergefundenes Lächeln über ihr Gesicht glitt, nachdem

Lyder mit Engelsgeduld die immer stärker deformierten Finger streichelte, weckte das nur eine beinahe böse Hoffnung. Eine Hoffnung – ebenso schön, so zart und unbeständig wie die Seifenblasen, die seine Kinder bliesen – seine fröhliche, lebenslustige Frau könnte eines Tages ihre Gedanken wiederfinden. Geblieben ist von ihr nur das Grab auf dem Friedhof in der Reihe hinter Mathilde und Nils-Jan.

Auf Ås rauscht der Wind nicht in gelapptem Ahornlaub, aber er schnappt gern bei der kräftigen Esche hinter der Scheune zu oder treibt sein Spiel ein wenig mit der zarten jungen Birke an der Ecke zum Geräteschuppen. Sie ist viel jünger als die Ahornbäume auf Lund, aber die prächtige Eiche ganz unten im Garten, an der Anders Irgendeiner schon vor der Jahrhundertwende für seine Tochter Mathilde die Schaukel aufhängte, die ist viel älter, natürlich. Und die Trauer hier, die ist genau wie die Bäume sowohl älter als auch jünger als die auf Lund.

Als Mathilde mit fünfundzwanzig von ihrem Vater gezwungen wurde, ihre kleine Tochter wegzugeben, das Kind, von dem niemand im Dorf etwas wußte, nicht einmal sein Vater, der Schweizer, der längst abgehauen war, da hatten nicht zum ersten Mal Trauer und Reue auf dem Hof Einzug gehalten. Sie hatten bereits fünfundzwanzig Jahre zuvor unter dem roten Ziegeldach Platz genommen, als Mathildes Geburt ihre Mutter, der kleinen, zarten Maren Pütt, das Leben gekostet hatte. Aber selbst wenn die Trauer von Anders Irgendeiner über den Verlust seiner jungen Frau, die er nur ein Jahr lang hatte lieben dürfen, groß war und bitter, so war Mathildes Trauer vielleicht doch größer und bitterer.

Die meiste Zeit ihres Lebens, fast fünfzig Jahre lang, trauerte Mathilde um ihre Jugendliebe, den Mann, der sie verlassen hatte, und um das Kind, das sie weggeben mußte. Fünfzehn Jahre davon hatte sie den Sohn ihrer Tochter bei sich, ohne es zu ahnen. Oder ahnte sie es doch? Wie hätte sie wohl darauf kommen sollen, daß Nils-Jan, der kleine deutsche Junge, den Ragnhild – die Großnichte, der sie den Hof vererbt hatte – adoptierte, daß dieser Junge etwas mit ihrer Tochter zu tun haben könnte? *So* klein ist die Welt doch nur in Büchern.

Jetzt liegen sie Seite an Seite zwischen anderen Gräbern auf dem Friedhof, die beiden, die nie erfuhren, daß sie Großmutter und Enkel waren, Mathilde und Nils-Jan. Knapp zwanzig Jahre alt ist er geworden, ehe er unterwegs auf Walfang bei Süd-Georgia nach einem Blinddarmdurchbruch starb. Solfrid pflegt die Gräber und pflanzt auf beide Fuchsien und blaue Lobelien. Und Klein-Jakob, ihr Sohn, der geboren wurde, nur ein paar Monate, nachdem sein Vater gestorben war, jauchzt vor Freude, wenn sich die blanken Tropfen aus der Gießkanne über die nickenden Köpfe der Blumen auf den Gräbern von Vater und Urgroßmutter ergießen.

Und die Trauer? Ja, die gibt es noch immer hinter den glänzenden Fensterscheiben auf Ås, auch wenn das Leben nach Nils-Jans Tod langsam wieder Fuß faßt.

3

Jakob, das bin ich. Mein Vater ist ein Ton im Wind, und der Ton lebt in einer Flasche, die ich auf dem Heuboden in einem Stapel von Pfählen für die Gestelle zum Trocknen des Heus versteckt habe.

Die Flasche ist groß und aus grünem Glas, ich bekam sie, als sie mir einmal von erwachsenen Händen von hoch oben heruntergereicht wurde. »Jetzt mußt du ganz vorsichtig gehen«, sagten die Hände. »Geh vorsichtig, damit du nicht fällst, mein Kleiner.«

Aber ich rannte durch die Wiese, auf der Großvater Lars

noch nicht mit der Mähmaschine gewesen war, und die Halme schlugen gegen meinen nackten Bauch, während ich rannte, den Flaschenhals nach oben gereckt in den Himmel, der ohne Wolken war, nur hoch und blau und mit Schwalben wie schwarze Pfeile weit oben.

Und der Ton im Wind kam von nirgendwo und schlüpfte in den Flaschenhals und wurde zu dem sonderbaren Gefühl von Weinen im Hals und von Tränen in den Augen, die mein Vater sind, und was die Erwachsenen Trauer nennen.

Jakob, das bin ich. Einmal saß ich mit einer Flasche zwischen den Händen in einer Wiese mit hohem Gras und weinte. Ich sollte nach Hause und Wasser holen für die Mäher, und die Aufgabe war groß und wichtig, aber trotzdem vergaß ich sie. Ich weinte, weil der Ton, der mein Vater ist, wegblieb, als ich stehenblieb, und weil ich da noch nicht entdeckt hatte, daß er wiederkommen würde, wenn ich aufstand und loslief, den Flaschenhals nach oben zum Himmel gerichtet. Ich drehte und wendete die Flasche, um den traurigen Ton zu fassen zu bekommen, aber heraus kam nichts als ein blanker Tropfen, naß und kalt wie Tränen. Der Tropfen rann mein Bein hinunter und hinterließ einen nassen Streifen auf der Haut.

Danach rannte ich wieder, und der Wind lockte meinen Vater in die Flasche und trocknete die Tränen auf meinem Gesicht. Vor und zurück rannte ich durch das hohe Gras und hielt dabei die Flasche in den Himmel. Ich lauschte auf den kleinen Ton, der einsam war und schön und schrecklich, schrecklich traurig, viel trauriger als Weinen.

Da kam Mutter, nahm mir die Flasche weg und sagte: »Das ist gefährlich, Klein-Jakob. Sie kann zerbrechen, und du kannst dich schneiden.«

Und wieder mußte ich weinen. Aber da durfte ich auf Erics Schultern sitzen, der früher einmal hier war, der aber jetzt nicht mehr hier ist. Er ist weg, wie mein Vater, aber nicht tot. Er ist weg, wie Hans weg ist, wenn er zur See fährt, aber Hans kommt zurück und ist der Vater von Sofie und Laila. Eric ist der Vater von niemandem, und Eric kommt nicht zurück, nur vielleicht, sagt Mutter. Weg ist ein schwieriges Wort, aber tot ist noch weiter weg sein.

Mein Vater ist ein kleiner weißhaariger Junge in einem grünen Album. Hin und wieder kommt er heraus und spielt mit mir, und dann ist er mein Junge. Er ist nett und ärgert mich nie.

»Er ähnelt dir, Klein-Jakob«, sagt Großmutter.

»Das sind die Augen«, sagt Mutter und weint.

Wenn eine von Mutters Tränen eine Weile auf meiner Haut gelegen hat, wird sie kalt wie der Tropfen aus der Flasche, und dann trockne ich ihn mit der Hand ab. Tränen sind Wasser mit Salz drin.

Mein Vater ist ein Ton im Wind. Er ist das Weinen in Mutters Stimme und in der von Großmutter, aber in Großvaters Stimme ist er nichts, nur weit weg. Eric war Lachen in Mutters Augen, als Sommer war und ich mit der Flasche, in der mein Vater war, durch die Wiese lief. Er war Lachen, das mich im Bauch kitzelte, als er mich auf die Schultern hochhob und mit mir nach Hause tanzte, über die Heuhaufen. Er war Lachen auf Mutters Lippen, als sie die Flasche an den Mund hob und meinen Vater wieder hervorflötete.

Jakob, das bin ich. Ich wache auf in einem Bett und weiß, wo mein Vater ist. Er ist in der Flasche, die ich auf dem Heuboden versteckt habe. Er ist im Wind, der über das Scheunendach flötet, am Ende der Leiter, die Olefejus aufgestellt hat. Und jetzt will ich hinaus und meinen Vater finden.

4

Er eroberte sie keineswegs im Sturm. Eher im Gegenteil, denn etliche Wochen sollten vergehen, ehe sie begriff, daß die Rastlosigkeit, die sie jedesmal in seiner Nähe erfaßte, etwas mit Verliebtsein zu tun hatte. Eigentlich mochte sie ihn nicht, fand seine übermütige Art angeberisch und »typisch amerikanisch«. Er war anders, als sie ihn von früher, als Kind, in Erinnerung hatte.

Und dann war da noch, daß er so gut aussah, so eine etwas glatte Filmschönheit – glatt und smart, dachte sie, wenn sie insgeheim seine ebenmäßigen Gesichtszüge betrachtete, das braune Haar mit den genau richtigen Locken, die weißen, regelmäßigen Zähne und die funkelnden Augen. Er hatte dieses unbeschwerte Selbstbewußtsein, das Menschen manchmal zu eigen ist, die wissen, daß ihr Körper schön ist, daß die Kleidung, was auch immer sie überziehen, sitzen wird, als wäre sie für sie angefertigt. Egal was er trug, und wenn es die Hosen für den Kuhstall waren, die er von Lars geliehen hatte, die Sachen paßten ihm, als wären es immer seine gewesen, und er trug sie mit einer solchen Lässigkeit, daß Solfrid jedesmal, wenn sie ihn sah, ganz kribbelig wurde.

Sie hatte Nils-Jans dünne und aufgeschossene Gestalt vor Augen, und sie konstatierte mit einer kleinen verblüfften Zärtlichkeit, daß sein Körper ganz einfach nicht so perfekt gewesen war wie Erics. Und sie erinnerte sich an den Sommer vor zwölf Jahren, als Eric zum letzten Mal zu Besuch in Norwegen gewesen war.

Damals hatten er und Nils-Jan um fast alles konkurriert, so wie Jungen in dem Alter das oft tun. Und auch wenn Eric zwei Jahre jünger und fast einen Kopf kürzer war als der Freund, war in der Regel er es, der gewann. Er war unglaublich geschmeidig, er hatte eine Kontrolle über seinen Körper wie ein Tänzer. Nils-Jan war lang und schlaksig, wie Mathilde zu sagen pflegte. Sie haute ihm oft zwischen die Schulterblätter, auf ihre brüske Art, aber gar nicht mal lieblos, und bat ihn, sich »aufzurichten zu voller Größe«. Und sein Gang war schwerfällig.

Eric hatte noch die gleiche leichte, tänzerische Art, sich zu bewegen wie als Kind, aber ansonsten, findet Solfrid, hat er sich sehr verändert. Ihr war damals überhaupt nicht aufgefallen, daß er besonders gut aussah, obwohl sie sich an eine Bemerkung ihrer Mutter erinnern kann, der kleine Amerikaner sei so ein hübscher Junge. »Ja, aus dem wird ein prächtiger Bursche«, hatte der Vater geantwortet. Sol war zu der Zeit jedoch gar nicht an prächtigen Burschen interessiert. Wenn sie nun von Eric so begeistert war, dann nicht, weil er gut aussah, sondern eher, weil er neu und anders war.

Sie hatte sich mit Nils-Jan in dem Sommer, als Eric zu Besuch da war, mehr gezankt als vorher oder nachher. Sie stritten um die geringsten Kleinigkeiten, sie, die so selten uneins waren. Oft endete das damit, daß sie mit Eric weglief, während Nils-Jan geknickt nach Hause ging.

»Jetzt ist er beleidigt«, sagte Sol dann, während sie und Eric über die Jakobsau rannten und sich in die Heuhaufen warfen, die dort aufgeschichtet waren. Und insgeheim verzog sie den Mund und äffte Mathilde nach, die ihnen vom Hof hinterherrief: »Rennt nicht die Heuhaufen um, Kinder!«

Eric war einfach nur freundlich und stritt mit keinem. Dennoch bekam er immer alles, was er wollte.

Dieses Mal war er genauso freundlich und lächelnd, genauso höflich und hilfsbereit wie damals. »Ein Gentleman«, sagte ihr Vater. »Der Traum einer Schwiegermutter«, lächelte Ragnhild. Sie fanden sicher beide, daß diese Unterbrechung der alltäglichen Routine, die Erics und nicht zuletzt Grannys Besuch mit sich brachte, allen gut tat.

Im Sommer, drei Jahre nachdem Nils-Jan gestorben war,

kam Granny in einem Meer von Koffern und überschäumender Begeisterung aus Amerika angerauscht. Mit ihrer lauten, amerikanischen Jovialität stellte sie für die Leute auf Ås und sonstwo im Ort für einige Sommermonate die Welt ein bißchen auf den Kopf.

»Das ist Spitze«, rief Granny begeistert, aber mit einer solchen Überzeugung, daß alle glaubten, sie redete von etwas Großartigerem als von einem herumstolzierenden Hahn.

»Spitze!« rief sie begeistert aus, egal, ob es darum ging, neue Kartoffeln für das Mittagessen auszugraben oder einen Strauß Sommerastern und Ringelblumen zu pflücken, um sie im Waschhaus, wo sie und der Enkel Eric untergebracht waren, auf den Tisch zu stellen. Sie war so außerordentlich beglückt davon, »daheim« zu sein, wie sie es ausdrückte, daß der ganze Ort von ihrer Begeisterung angesteckt wurde.

So richtig zu Hause war sie dabei eigentlich nicht, denn sie hatte nie auf Ås gelebt. Ihre Eltern waren von einem Kleinbauernhof weiter oben in der Gemeinde ausgewandert, als sie noch ein kleines Mädchen war, und Granny war in Seattle aufgewachsen. Dort servierte sie eines Sonntagnachmittags Kaffee in der Norwegischen Seemannsmission, stolperte über die allzu langen Beine eines Matrosen und fiel vornüber, einem anderen auf den Schoß, der an einem Tisch für sich allein saß und schüchtern seinen Hut in Händen drehte. Er half dem jungen Mädchen auf, trocknete mit einem nicht ganz sauberen, hellblauen Herrentaschentuch den Kaffee von seinem Hemd und ihrer Schürze, und Granny zufolge musterte er fast im selben Moment ab, hielt um ihre Hand an und schenkte ihr vierzig glückliche Jahre und drei Kinder. Ob sie ihm auch auf sein Werben hin geantwortet hat ›Das ist Spitze!‹, weiß niemand, aber so ganz unwahrscheinlich ist es nicht.

Im übrigen ging das alles auf Englisch vor sich, denn zu der Zeit hatte Granny – das heißt Hilda, so ist sie getauft – ihre Muttersprache fast ganz vergessen. Die Ehe mit einem Norweger frischte beides wieder auf – die Sprachkenntnisse und das Interesse für ihr Land, aber bis in die Feinheiten ist sie nie gedrungen.

Hilda und ihr Mann waren gerade vor Kriegsbeginn zu Besuch bei den Verwandten in Norwegen. Sie hatten die jüngste ihrer Töchter mit, die achtzehn Jahre alte Mary-Ann, die von dem Land so begeistert war und nicht zuletzt von Ragnhilds Zwillingsbrüdern, daß sie bettelte, in Norwegen bleiben zu dürfen, wenn die Eltern nach den Ferien nach Hause reisten. Sie sollte ein Jahr hier leben, bei Grannys alter Tante wohnen, ihr im Haushalt helfen und Haushaltsführung lernen, außerdem ein ordentliches Norwegisch. Aber der Krieg verhinderte ihre Rückreise in die USA.

Mary-Ann blieb also sechs Jahre in Norwegen, und im Laufe dieser Zeit lernte sie nicht nur ordentlich Norwegisch, sondern fand auch heraus, welcher von Ragnhilds unverheirateten Brüdern ihr am besten gefiel. Die Wahl fiel auf Henrik, der ihr nach Kriegsende nach Seattle folgte, wo er seinen Namen in Henry umänderte und mit dem Import norwegischer Daunenbetten begann. Bald folgten die anderen Brüder nach, vermutlich wegen des florierenden Unternehmens, nicht aus Sehnsucht nach Mary-Ann, denn sie heirateten allesamt dort drüben.

Henry und Mary-Ann kamen zu Besuch, als Solfrid neun Jahre alt wurde. Sie hatten ihre beiden Kinder mitgebracht, Catherine und Eric, die zehn und acht Jahre alt waren. Und Granny war damals auch mit dabei, und erklärte allen, es sei »Spitze, daheim zu sein«.

Granny, die sich den Achtzig nähert, ist noch immer eine imposante Erscheinung. Sie ist klein, aber sie bewegt sich auf den gleichen mörderisch hohen Absätzen wie vor zwölf Jahren. Ein Wunder, daß ihr diese Schuhe nach ihrer begeisterten Exkursion über den Hof keinen Oberschenkelhalsbruch beschert haben.

»Niedliches Pferd!« sagt sie mit völlig falscher Betonung und läßt nicht unkommentiert, daß der alte Braune sie vom letzten Mal wiedererkennt, als er ihr auf der Suche nach einem Stück Kartoffel prustend das Maul in die Handfläche stupst.

Solfrid findet, daß Granny genauso aussieht wie damals, nur der Farbton ihres Haarknotens ist vielleicht etwas kräftiger blau. Dieser Knoten ist noch ebenso verschlungen und mit der gleichen unfaßbaren Menge an Haarnadeln kunstvoll aufgesteckt und mit dem gleichen hauchfeinen Haarnetz umfaßt, wie Solfrid es vom Missionstreffen auf Rønningen erinnert.

5

Die prächtige alte Petroleumlampe über dem Tisch in der guten Stube auf Rønningen ist ein Erbstück vom alten Karl Pütt, Mildas Urgroßvater. Milda hat sie all die Jahre hindurch wie ein Adler bewacht und sie sowohl vor den Balgereien der Kinder gerettet als auch vor den immer wiederkehrenden Verkaufsattacken ihres Ehemannes Sverre. Das eine Mal, als er versuchte, sie von dem soliden Haken am Deckenbalken abzuhängen, geriet Milda so fürchterlich aus der Fassung – dabei ist sie sonst selbst während der manischen Perioden ihres Mannes so geduldig – daß er, völlig verblüfft, nachgab und statt dessen beschloß, den Hofhahn zu verkaufen. Dagegen hatten weder Milda noch der Hahn etwas, denn der Hahn kam auf diesen Verkaufsfahrten selten weiter als bis nach Lund, wo er sich unter Harriets Hühnern ausgesprochen wohlfühlte. Und wenn Harriet, nachdem sich Sverres heftigster Verkaufswunsch gelegt hatte, mit dem Hahn unter dem Arm auf den Hof spaziert kam, um die Absprache wieder rückgängig zu machen, war das für Milda ein willkommener Anlaß, über einer Tasse Kaffee ein bißchen zu klatschen. Hauptsache, Sverre ließ die alte Petroleumlampe in Ruhe.

Ja, selbst die wildesten der Kinder hatten Respekt vor dem Erbstück und achteten darauf, niedrig genug zu zielen, wenn sie mit dem Sofakissen aus scharlachroter Seide nach einem streitsüchtigen großen Bruder warfen.

Normalerweise stand ein alter, schwerer Tisch unter der Petroleumlampe, denn sie hängt so niedrig, daß nur der jüngste Teil der Geschwisterschar hätte vermeiden können, sich den Kopf zu stoßen, hinge sie frei im Raum. Aber an diesem Abend, als Milda und Sverre sich hatten überreden lassen, das Missionstreffen bei sich abzuhalten, war der Tisch hinausgetragen worden, um für alle Menschen Platz zu schaffen.

An den Wänden entlang waren Stühle aufgestellt, einige von ihnen hatte Sverre mit seinem Heuwagen von Lund geholt. Es waren Harriets gute Eßzimmerstühle mit den hohen Rückenlehnen und dem moosgrünen Bezug. Ansonsten gab es Stühle aller Art, aus Kammern und Küche, vom Boden und aus dem Waschhaus zusammengesucht.

Die meisten waren schon von Leuten aus dem Dorf in ihren Sonntagssachen besetzt. Viele Menschen hatten sich eingefunden, denn der Missionar, der von seiner Arbeit auf einer Missionsstation in Kamerun erzählen sollte, stammte ursprünglich aus dem Nachbarort, und das hatte etliche von dort angezogen. Lehrer Eide, der das Treffen leiten sollte, hatte gerade das Lied zur Eröffnung aufgeschlagen – ›Lobet den Herren‹, in der revidierten Fassung – als Granny mit Solfrid und Nils-Jan im Schlepptau hereingefegt kam.

Granny war schon immer lebhaft an Kindern interessiert gewesen. Damals wie heute zog sie die Kinder wie ein Magnet an, denn sie war so lustig und nett und so anders als die meisten anderen Erwachsenen. In den ersten Wochen des Besuchs der amerikanischen Gäste auf Ås, im Sommer vor zwölf Jahren, hatte es zum Hof hin beinahe täglich Völkerwanderungen gegeben. Natürlich waren die zwei neuen, fremden Kinder, die sich nur gerade eben auf Norwegisch verständlich machen konnten, interessant, vor allem aber mußte die sagenumwobene Granny näher in Augenschein genommen werden.

Die meisten der Kinder waren natürlich schlau genug, einen Grund zu erfinden. Ein Strauß Wiesenblumen war zum Beispiel ein ausgezeichneter Vorwand, damit hatten sie gute Erfahrungen bei der Heimkehr der Walfänger zeitiger im Jahr gemacht. Jetzt konnte ein rasch gesammelter Strauß Buschwindröschen, ja sogar Löwenzahn, wenn es pressierte, und ein schüchtern vor sich hin gemurmeltes »Willkommen daheim« einem ein »Wrigley's« und saure Drops aus der blauen ovalen Dose im Eckschrank verschaffen. Ja, manchmal ergab es sich sogar, daß man einen Blick auf die phantastische Walfängerpuppe werfen konnte.

In jenem Sommer wie auch heute noch quollen alle Straßenränder von Blumen über, und in der Küche auf Ås standen etliche Wochen lang viele kleine Sträuße mit Glockenblumen, Margeriten und gelben Butterblumen, die von knicksenden und kichernden Mädchen abgegeben wurden, die eigentlich schon zu groß waren, um mit Nils-Jan und Solfrid zu spielen, aber doch klein genug, um neugierig auf die amerikanischen Gäste zu sein, zuallererst natürlich auf Granny.

Nur eine von den Kleinsten, eine Fünfjährige, die so lange gequengelt hatte, bis die Großen sie mitgenommen hatten, war ehrlich genug, um, kaum hatte sie die Türschwelle überschritten, laut mitzuteilen, daß sie gekommen waren, »um Gränni anzugucken!«

Und offenbar war Granny so begeistert, daß die Kleine eine ganze Dose amerikanischer Drops bekam, zum Teilen.

Am Tag des Missionstreffens war sie spät losgekommen, weil die Sau auf Ås sich den Nachmittag ausgesucht hatte, um mit vierzehn Ferkeln niederzukommen, und Granny – für den Anlaß in Ragnhilds Stallsachen gekleidet – schaffte es nicht, sich loszureißen, ehe auch noch das vierzehnte Ferkel heil draußen war.

Aber auf das Missionstreffen wollte sie schließlich auch nicht verzichten. Sie zog sich eilig um, warf eines der unzähligen schicken kleinen Kostüme über, die sie dabeihatte, nahm das Kopftuch von ihrem tadellosen Haarknoten und eilte mit Sol und Nils-Jan zum Treffen. Die steinige Straße schaffte sie auf ihren himmelhohen Absätzen mit einem Tempo und einer Sicherheit, die jeden, der sie sah, verblüffen mußte.

Jetzt segelte sie, das personifizierte Wohlwollen, im selben Moment in die Stube, als Lehrer Eide sich eben den Hals freigeräuspert hatte, um die Nummer des Eröffnungschorals bekanntzugeben. Stille hatte sich in der Versammlung ausgebreitet und hielt auch dann noch an, als Granny begann, sich jedem einzelnen der Anwesenden mit Handschlag und vollem Namen und einem »sehr erfreut« vorzustellen.

Solche Höflichkeitsfloskeln hatten die moosgrünen Stühle von Lund noch nie erlebt, und die Bauern staunten Bauklötze über so viel Benehmen. Aber sie trugen es mit Fassung, erhoben sich einer nach dem anderen und drückten Grannys Hand, während sie verlegen ihren Namen murmelten. Genauso taten es die Frauen.

Denjenigen unter den Anwesenden, die Granny schon kannte, gab sie einen kräftigen Klaps auf den Arm oder, wenn sie hinaufreichte, auf die Schulter, und versicherte sie laut ihrer Freude über das Wiedersehen.

»Ich komme so spät, weil die Sau werfen sollte«, verkündete sie Harriet Lund, ehe sie die Begrüßungsrunde fortsetzte. Der letzte, dem die Ehre widerfuhr, war Lehrer Eide, der den Daumen als Lesezeichen ins Gesangbuch steckte, ehe er Grannys Hand entgegenkommend mit seiner freien drückte.

»Schön, Sie wiederzusehen!«

»Danke, gleichfalls.«

»Ich komme so spät, weil die Sau . . .«

Ja, das hatte er gehört. Ob sie sich vielleicht einen Platz suchen wolle.

Und da geschah es: um sich neben Harriet dort bei der Orgel zu setzen, kürzte Granny quer durch das Zimmer ab. Und mit ihren hochhackigen Schuhen war sie akkurat so lang, daß der Haarknoten den verschnörkelten Haken ganz unten an der Petroleumlampe streifte.

Milda, unterwegs mit einem großen Glasteller voll belegter Brote, warf einen Blick durch die Tür in die Stube und erschrak so sehr über den Anblick von Granny unter der schwingenden Lampe, daß sie vor lauter Bestürzung den Teller, den sie in Händen hielt, sinken ließ und alle Schnittchen auf den Boden zu rutschen drohten.

Für eine Sekunde sah es so aus, als würde beides schiefgehen. Solfrid, die von ihrem Platz unter der tickenden Uhr aus alles überschaute, riß die Augen auf und konnte sich nicht entscheiden, welche Katastrophe die schlimmere sein würde. Die Brote auf Mildas Teller waren mit Ei und Anschovis belegt, und etwas Leckereres gab es nicht.

Seit sie nämlich einmal bei einem ähnlichen Treffen verkündet hatte, sie wolle keine »Würmer« auf Brot essen, sich dann aber doch überreden ließ, liebte Sol Mildas selbstgebackenes Brot mit guter Butter und Eiern und Anschovis über alles. Und ehrlich gesagt war Solfrid auch eher aus dem Grund mitgekommen, weil es ein »Treffen mit Essen« war, als aus Sorge um die Heiden in Kamerun.

Das alles ging ihr im Bruchteil einer Sekunde durch den Kopf, während die Brote ins Rutschen gerieten und die gute alte Petroleumlampe gefährlich schwankte. Doch während Milda geistesgegenwärtig die Brote aus der Schieflage rettete, packte Lehrer Eide Granny energisch um die Taille, den Daumen noch immer bei ›Lobet den Herren‹ in der Revidierten, hielt sowohl sie wie die Petroleumlampe in ihrer schwingenden Bewegung fest und brachte beide im Zentrum zur

Ruhe. Dann fingerte er verlegen an Grannys Haarknoten, um ihn aus dem Haken der Lampe zu befreien. Der Griff um das Gesangbuch machte die Sache nicht leichter, aber es beiseite zu legen, darauf kam er wohl nicht.

Für einige Sekunden herrschte ratlose Stille, bis der Kleinste der Kinderschar auf Rønningen mit seinem lauten »Guck mal da, die Gränni, wie sie am Haken hängt!« ein verhaltenes Kichern im Raum auslöste.

Granny selbst nahm das Ganze mit ihrer üblichen Gelassenheit zur Kenntnis. Als Lehrer Eide sie endlich vom Haken gelöst hatte, drehte sie sich zu ihm um, der Knoten war nun doch in Auflösung begriffen: »Tausend Dank, das war ja Spitze!« zwitscherte sie und schlug ihm mit einem Klaps so euphorisch das Gesangbuch aus der Hand, daß es in hohem Bogen durch die Stube flog und vor den Füßen des alten Jakob landete, aufgeschlagen bei ›Ein feste Burg ist unser Gott‹ – und so begann man die Versammlung eben mit diesem Choral.

6

Auch in diesem Sommer führt der Besuch aus Amerika zu verstärktem Treiben auf dem Hof von Ås, und dieses Mal geht das auf Erics Konto. Wie Granny erobert nun er den ganzen Ort im Sturm, ohne daß ihm das zu Kopf zu steigen scheint. Die Mädchen sind hin und weg von ihm und frischen eifrig ihre alte Bekanntschaft mit Solfrid wieder auf. Seit sie ein Kind bekommen hat, war der Kontakt zu den Freundinnen etwas eingeschlafen.

Jetzt staunt sie ein wenig über all die Mädchen, die ständig vorbeikommen, um guten Tag zu sagen. Die meisten sind einige Jahre jünger als sie und scharwenzeln langbeinig umher mit Röcken, die weit überm Knie enden. Ja, die mutigsten stolzieren in Kleidern umher, die sind so kurz, daß sie aussehen wie kleine Seidenblusen, und sie bedecken gerade eben die hübschen kleinen Hintern. Selbst die Rundlicheren unter den jungen Frauen tragen Miniröcke, alles andere wäre ja hoffnungslos altmodisch. Und sie flirten hemmungslos mit Eric. Sol ist etwas irritiert, was sie für dummes Zeug reden und wie sie sich anstellen und darum betteln, eine Runde mit auf dem Motorrad sitzen zu dürfen, das er sich von Olefejus leihen konnte. Sie albern mit Klein-Jakob herum, tätscheln und kitzeln und küssen und drücken ihn, so daß er völlig aufgedreht ist und nicht zur Ruhe kommt, als es Zeit wird zum Schlafengehen. Doch da ist Solfrid streng und bringt den zeternden kleinen Kerl ins Bett.

Sie hört die munteren, jungen Stimmen unten aus dem Garten, während sie ihren Sohn in den Schlaf singt, ungeduldiger als gewöhnlich. Als er gerade dabei ist einzuschlafen, startet Eric unten auf dem Hof das Motorrad, und das Kind ist gleich wieder hellwach. Es will wieder raus und Motorrad fahren. Sol geht zum Fenster und klopft wütend an die Scheibe. Sie droht Eric und dem jungen Mädchen, das gerade ein schönes langes Bein über den Sattel schwingt und den kleinen Hintern im knappen Minirock eng hinter Eric auf den Rücksitz sinken läßt, mit der Faust. Es tut ihm ordentlich leid, das kann sie an dem reumütigen Blick erkennen, den er ihr zuwirft. Das geschieht ihm ganz recht.

Nachdem der Kleine endlich eingeschlafen ist, geht Solfrid in ihr Zimmer und holt das schönste Sommerkleid hervor, das sie besitzt, ein rot-weiß gepunktetes Kleid mit breitem Gürtel und gerüschtem Rock, das eben übers Knie reicht. Vor Mathildes großem Spiegel hält sie es sich an und bricht urplötzlich in Tränen aus.

»Ich sehe ja aus wie eine alte Frau!« schluchzt sie. »Soll ich wirklich alt werden, ohne jung gewesen zu sein?«

Nachdem Nils-Jan gestorben war, hatte Solfrid ganz den Kontakt zu den Leuten ihres Alters verloren. Sie hat in Mathildes Kammer auf Ås ein zurückgezogenes Leben geführt, mit ihrem kleinen Sohn als Schutz gegen die schlimmste Trauer und gegen die Welt außerhalb ihrer vier Wände. Die wenigen, zu denen sie Kontakt hatte, waren fast alle erwachsene Frauen gewesen, Mitglieder von Ragnhilds Nähclub oder vom Missionsverein ihrer Mutter, auf deren Treffen sie oft beim Servieren geholfen hat. Ja, und natürlich Inger.

Im Winter, ehe sie neunzehn geworden war, war sie mit einem Schlag von einem unbekümmerten jungen Mädchen zur trauernden Witwe und frischgebackenen Mutter geworden. Das hatte ihr einen Ernst und eine Reife gegeben, die schlecht zum jugendlichen Leichtsinn passen.

Inzwischen vermißt sie die Gleichaltrigen auch gar nicht mehr. Ohne einen Gedanken daran zu verschwenden, hat sie ihre Jugend weit hinter sich gelassen. Wenn ihr hin und wieder der Gedanke kommt, wie sich das Leben wohl in Zukunft für sie gestalten wird, schiebt sie ihn einfach beiseite und konzentriert sich ganz auf ihr Kind. Sie will nicht über diese vier Wände hinausdenken.

Nachts liegt sie mit dem kleinen Jakob im Arm und stellt sich vor, wie ihr Zimmer als kleinste Einheit in einen größeren Zusammenhang eingebettet ist. Außerhalb des Zimmers gibt es den Hof mit Ragnhild und Lars, außerhalb des Hofs gibt es das Dorf mit ihrer Mutter und dem Vater und allen anderen. Außerhalb dessen liegt eine Welt, an die sie nicht denken will, die auf sie nur einschüchternd wirkt. Sie, die früher so selbstbewußt und robust war, ist jetzt ängstlich und unsicher.

Ab und zu zieht sie die Gardinen auf und bleibt liegen und sieht zum dunklen Sternenhimmel auf. Der nimmt sich hier anders aus als von ihrem Zimmer zu Hause bei ihren Eltern. Und doch ist sie nur wenige hundert Meter weiter gezogen. Nie wäre sie auf den Gedanken gekommen, daß sie einmal unter diesem Stück Himmel liegen würde, auf das sie schaut. Und nie hatte sie geglaubt, daß sie sich jemals so einsam fühlen würde beim Anblick der Sternbilder. Wie ein Kind im finsteren Wald, in der Welt verirrt, denkt sie, und spürt dabei eine Angst, die sie hilflos macht.

Jakob gegenüber ist sie so überbehütend, daß sie ihn kaum auch nur für einen Moment aus den Augen läßt. Sowohl ihrer Mutter als auch Ragnhild ist das schon aufgefallen, aber sie finden es schwierig einzugreifen, sie spüren, wie verletzlich Solfrid ist. Nur Inger sagt ihr hin und wieder die Meinung.

Inger ist sechs Jahre älter als Solfrid, und auch wenn sie manchmal miteinander gespielt haben, als sie Kinder waren, gab es eine Zeit, da war Inger eine Ewigkeit älter. Sie könnte genausogut einer anderen Generation angehört haben. Denn als sie mit Hans verliebt am Hang des Bjørnebærbakken saß, spielten Anne-Grete und Solfrid mit Puppen in dem Spielhaus auf Ås, das Mathilde unter der alten Eiche ganz hinten im Garten bauen ließ. Als die beiden zu Teenagern wurden, war Inger schon verheiratet und bekam Kinder.

Sol kann sich noch gut an die Hochzeit erinnern. Sie und Anne-Grete, Ingers kleine Schwester und Solfrids beste Freundin, hatten am Vormittag an den Straßenrändern ganz viele Wiesenblumen gepflückt, zusammen mit Karin, einer anderen Schwester aus der großen Kinderschar von Tante Milda und Onkel Sverre auf Rønningen. Sie hatten den Blumen die Köpfchen abgeknipst und sie von der Empore auf das Brautpaar rieseln lassen, als es nach der Trauung den Mittelgang in der Kirche hinunterschritt, und auf die Hochzeitsgäste, die nach und nach unter ihnen durchkamen. Mathilde, die offenbar nicht gesehen hatte, was da vor sich ging, bekam gleich eine ganze Handvoll in ihre Hutkrempe, sah wütend nach oben zu den beiden Sünderinnen auf der Empore und drohte ihnen mit ihrer soliden schwarzen Handtasche, ehe sie aufrecht weiterschritt. Anschließend wies sie die Mädchen ordentlich zurecht, weil sie so viele schöne Blumen zerstört hätten. Alle anderen aber fanden diesen Blumenregen richtig schön. Sie waren halt entschieden romantischer als Mathilde, hatte Solfrid damals gedacht.

Hans und Inger haben sich nur wenige Minuten zu Fuß von Ås am Hang des Bjørnebærbakken ein Haus gebaut. Nachdem mit dem Walfang Schluß gewesen war, hat Hans zur Handelsschiffahrt gewechselt. Er hat eine Ausbildung zum Maschinisten absolviert, arbeitet jetzt als Chef und verdient gut, ist aber große Teile des Jahres unterwegs. Im Gegenzug ist er »mächtig daheim«, wenn er zu Hause ist, wie Inger es ausdrückt. Er ist groß und gibt viel an und hat eine Spur zu viel für die geistigen Getränke übrig, aber er ist lieb zu den Kindern, und Klein-Jakob vergöttert ihn. Mit Hans, das ist nicht schlimm, hat Solfrid früher gedacht.

Aber in den letzten Jahren, als sie und Inger sich als erwachsene Frauen sehr viel näher gekommen waren, hat Solfrid mitbekommen, daß der Umgang mit Hans nicht immer leicht ist. Und so ist oft er es, dessen Kopf auf den Block gelegt wird, wenn Sol und Inger ihre täglichen Treffen am Vormittag bei Harriet Lund haben, Gespräche unter Frauen, wie Lyder Halvorsen das in seinem klingenden Nordnorwegisch gutmütig nennt.

Lyder ist stolz, eine »Frauenrechtlerin« zur Frau zu haben, und findet es gut, wenn sie ihre modernen Ansichten nur zu gern mit den beiden jüngeren Frauen teilt. Die wiederum saugen sie ihrerseits begierig auf, denn die Ideen, daß Väter an der Kindererziehung und Hausarbeit ihren Anteil haben sollen, sind neu und reizvoll. Ja, Lyder ist der einzige Mann, den sie kennen, der phantastisch kocht. Seine Fischsuppe ist so himmlisch, daß sie sprichwörtlich ist im ganzen Ort. Er selbst ist allerdings unzufrieden mit den Zutaten hier im Süden. Für das Fischauto, das einmal wöchentlich kommt, hat er nur Verachtung übrig. Und auch das große Fischereiunternehmen in der Stadt bekommt kaum ein besseres Zeugnis, wenn er sich eigens dorthin aufmacht, um ordentlichen »Kochfisch« zu besorgen.

Doch Inger und Solfrid nehmen erfreut die dampfenden Teller mit der Suppe entgegen, die Lyder am Abend vorher mit viel Sachverstand gekocht hat, von Harriet aufgewärmt und in ihren großen dunkelbraunen Suppentellern serviert, zusammen mit frisch gebackenen Brötchen. Während sie die heiße Suppe schlürfen, sezieren sie all die untauglichen Männer im allgemeinen und den armen Hans im besonderen. Und auch wenn Solfrid manchmal denkt, daß sie in ihrem Urteil vielleicht zu streng sind, insbesondere wenn sie an ihren eigenen, recht hilflosen Vater denkt, hat sie großes Verständnis für Ingers Probleme.

7

Solfrid verspürt plötzlich ein starkes Bedürfnis, mit Inger zu reden. Sie liegt quer über ihrem Bett in der Kammer und hört, wie Eric das Motorrad unten auf dem Weg zum Hof startet, nachdem er es den Hügel hinunterrollen ließ, um Klein-Jakob nicht wieder zu wecken. Am Lärm der Schutzbleche und Fahrradketten erkennt sie, daß die ganze Schar der Freundinnen hinter Eric herfährt. Solfrid haben sie längst wieder vergessen.

»Die sollen sich was schämen, diese Flittchen!« Sie muß lächeln, als sie merkt, daß genau das Mathildes Worte gewesen wären, wenn sie noch lebte. Und dann muß sie wieder weinen: »Ich *will* nicht wie Mathilde werden! Ich *will* nicht mein ganzes Leben hier in der Kammer verbringen!«

Sie steht auf und geht hinüber zu dem alten Waschtisch

in der Ecke, gießt kaltes Wasser aus dem Krug in die weiße, von vielen feinen Rissen durchzogene Schüssel und spült sich das Gesicht mehrere Male ab. Dann kämmt sie ihre kurzen Haare, schnappt sich die Strickjacke und nimmt das gepunktete Kleid über den Arm, um hinaus in die Küche zu gehen. Sie will hinüber zu Inger und sie bitten, ihr beim Ändern des Kleides zu helfen.

Granny und Ragnhild sitzen am Küchentisch und wischen Eier mit einem feuchten Lappen ab, ehe sie sie in die Eierkartons setzen. Solfrid hat keine Ahnung, wie oft sie als kleines Mädchen in diese Küche gekommen ist und Mathilde und Nils-Jan genauso vorfand, am Tisch sitzend, schwatzend und vorsichtig ein Ei in den Händen haltend. Das gehörte zu Nils-Jans Aufgaben als kleiner Junge, die Eier abwischen.

Ragnhild will gern nach dem Jungen sehen, aber sollte Solfrid nicht lieber die Windjacke nehmen, wenn sie Motorrad fährt? Eric hatte offenbar zu ihnen gesagt, daß er sie abholt, wenn er »mit den Mädchen fertig« ist. Sie und Granny lächeln ein bißchen über seinen Ausdruck, und Sol spürt, daß auch sie sich über die eifrigen jungen Damen amüsieren. Solfrid selbst ist einfach nur grenzenlos irritiert, über sich und über ihn, der glaubt, er müsse nur mit dem Finger schnipsen, und schon käme sie angerannt, um aufzusitzen. Gockel!

»Ich gehe zu Inger rüber«, sagt sie, kürzer angebunden als sie wollte, und dann geht sie schnell durch den Garten, springt hinten beim Spielhaus über den Zaun und schneidet den Weg ab, direkt über die Jakobsau. Sie will es vermeiden, Eric zufällig mit einem hysterisch kreischenden Mädchen auf dem Rücksitz auf der Dorfstraße zu begegnen.

Das Haus von Hans und Inger ist wunderbar an einem sonnigen Platz mitten am Hang gelegen, mit Aussicht über die Ländereien von Lund und den Fluß dort unten. Ja, sogar die Dächer der Gebäude von Rønningen, Ingers Zuhause, kann man erkennen, wenn die Bäume nicht belaubt sind. Das Haus ist modern und leicht zu pflegen, alles liegt auf einer Ebene, und die gesamte Südwand entlang zieht sich eine große Terrasse. Milda kann sich vor Bewunderung gar nicht fassen, wie leicht und wunderbar die Tochter es getroffen hat, mit Parkettfußboden in dem großen hellen Wohnzimmer und einem gefliesten Bad und separater Toilette.

Inger ist natürlich stolz auf ihr Haus. Sie gibt sich alle Mühe, es innen und außen sauber und ordentlich zu halten. Als Solfrid auftaucht, liegt sie auf den Knien in einem Blumenbeet und jätet Unkraut, während die beiden kleinen Mädchen in ihren geblümten Nachthemden aus den Fenstern hängen. Sie dürfen auf die Terrasse hinunterkommen und Solfrid begrüßen, ehe sie ins Bett müssen. Die beiden Mädchen sind erstaunlich verschieden, sowohl äußerlich als auch in ihrer Wesensart, und sie sind auch nicht gerade besonders gute Freundinnen. Die Ältere ist eine dunkelhaarige kleine Schönheit, schlagfertig, gescheit und gut im Herumkommandieren ihrer sanfteren kleinen Schwester. Die wiederum bricht schnell in Tränen aus, und Solfrid findet sie manchmal schon etwas überempfindlich. Aber heute abend vertragen sie sich gut und sind begeistert, als die Mutter ihnen erlaubt, im großen Doppelbett zu schlafen – vorausgesetzt, sie sind friedlich.

Inger und Solfrid bleiben auf der Terrasse sitzen und sehen der Sonne zu, die gerade hinter den blauen Hügeln im Westen untergeht. Langsam und glutrot senkt sie sich am hellen Himmel und zeichnet lange Schatten über die Ländereien von Lund unterhalb des Hauses. Ein leichter Dunstschleier legt sich über die Hügelkette.

»Hast du so etwas Schönes schon mal gesehen?« Solfrid lehnt sich zurück und nimmt den Anblick mit ihrem ganzen Wesen auf.

»Ich bin wieder schwanger.« Inger platzt damit in einem

Ton heraus, der in unglücklichem Gegensatz zu der wunderbaren Umgebung steht, und der Solfrid spüren läßt, jetzt ist sie diejenige, die trösten muß, und nicht umgekehrt. Die beiden haben in den letzten Jahren häufig sehr offen miteinander geredet, und Solfrid hat aus allem herausgehört, daß das Leben mit Hans nicht so einfach ist, wie Inger anderen gegenüber glauben machen will. Aber sie beklagt sich nicht oft, und schon gar nicht fängt sie an zu weinen, so wie jetzt. Sie knüllt das nasse Taschentuch zwischen den Fingern zu einem festen Ball zusammen, während ihre Tränen laufen.

»Ich weiß überhaupt nicht, wie das gehen soll. Er trinkt immer mehr, wenn er zu Hause ist!«

Solfrid rückt ihren Stuhl hinüber und legt den Arm um ihre Freundin. Und dann bekommt sie die ganze Geschichte: wie Hans gebechert hat von dem Moment an, als er ankam, bis vor einer Woche, als er wieder abfuhr, und wie abstoßend und unangenehm er wird, und wieviel Geld er für Gottweißwas verschwendet, und wie die Kinder immer ängstlicher werden und sich noch mehr zanken, wenn der Vater zu Hause ist.

»Und jetzt bekomme ich noch eins«, schluchzt sie und bläst einen Trompetenstoß in ihr durchweichtes Taschentuch. Dann reißt sie sich auf ihre typische Art zusammen. Das geht doch nicht, so dazusitzen und zu flennen und zu lamentieren! Sie schneuzt sich ein letztes Mal die Nase, die von der unsanften Behandlung ziemlich rot und geschwollen ist, und steht abrupt auf, schüttelt Solfrids Arm ab und verschwindet in der Küche.

»Jetzt haben wir uns was verdient!« verkündet sie und öffnet eine Flasche Pilsner mit einem Schwung, daß der Kronkorken weit hinaus auf die Veranda fliegt.

»Ich habe es geschafft, zwei vor Hans zu verstecken«, sagt sie erklärend, als Sol sie fragend ansieht. Inger gehört nicht zu denen, die jederzeit Bier im Schrank haben.

»Kommt Zeit, kommt Rat«, ergänzt sie, lehnt sich auf ihrem Stuhl zurück und ist wieder ganz die gute alte Inger. Unmoralisch prosten sie sich mit dem schäumenden Bier zu und fangen bald nach dem ersten Glas an zu kichern. Nach und nach legt Sol los von der Invasion all der Mädchen auf Ås in den letzten Wochen. Sie empfindet eine boshafte Schadenfreude, die eine oder andere von den alten Freundinnen bloßzustellen, und ihr ist selbst klar, daß sie bei ihren Beschreibungen etwas zu dick aufträgt.

»Kann es sein, daß du dich ein bißchen in Eric verliebt hast?« zieht Inger sie gutmütig auf, aber da setzt Solfrid ihr Glas so fest auf dem Tisch ab, daß das Bier überschwappt. Sie verkündet mit Nachdruck, daß sie das ganz sicher nicht getan hat! Und dann ist sie es, die eine Runde weint. Darüber, wie hoffnungslos altmodisch sie sich fühlt, verglichen mit den schicken Mädchen, über die sie eben noch so verächtlich geredet hat.

Aber genau da weiß Inger Rat. Bei Problemen, die eine praktische Lösung verlangen, ist sie klasse. Sie zieht ihre funkelnagelneue Nähmaschine, die mit allen möglichen Raffinessen ausgestattet ist, hervor und legt los mit Sols gepunktetem Kleid. Ruckzuck hat sie den gerüschten Rock abgetrennt und ihn quer über den Eßtisch gelegt, nachdem sie den gewebten Tischläufer und die Zinnvase weggeräumt hat – ein Hochzeitsgeschenk von Harriet Lund –, und verwandelt den braven Rüschenrock in einen Rock, der so klein ist, daß Mathilde, die an Ingers Nähkünsten nicht unbeteiligt ist, sich im Grabe umgedreht hätte, hätte sie gesehen, wozu sie jetzt benutzt werden. Die Ärmel trennt Inger ab und faßt die Armausschnitte mit Schrägband ein, das sie aus den Resten schneidet.

»Du kannst ja zaubern!« Solfrid ist beeindruckt, als sie nach einer guten Stunde das Kleid vor dem Spiegel auf dem Flur anprobiert. Aber Inger ist noch nicht zufrieden. Mit Stecknadeln steckt sie die Abnäher ab und markiert einen tiefen Ausschnitt.

»Wo du so einen schönen Hals hast«, sagt sie und schneidet resolut den Kragen ab. Nach einer weiteren Runde unter der Nähmaschine sitzt das Kleid um Sols schlanke Figur wie angegossen. Sie muß auf einen Küchenstuhl steigen und darf sich gutgelaunt vor dem Spiegel drehen und wenden, um Beine und Po aus allen Richtungen zu betrachten. Sie sieht wirklich gar nicht so schlecht aus! Und das, obwohl sie ein Kind bekommen hat.

Sie feiern mit dem letzten Pils, und Solfrid, die das Kleid anbehalten hat, muß immer wieder zum Spiegel und den schicken Schnitt bewundern. Ihre Wangen sind gerötet, und sie kann selbst erkennen, daß sie schon lange nicht mehr so hübsch ausgesehen hat. Nicht seit Nils-Jan ..., denkt sie plötzlich traurig, schiebt den Gedanken aber trotzig beiseite, denn gerade eben ist es so schön, einfach jung und froh und hübsch zu sein.

8

Die Stimmung und der leichte Bierrausch begleiten sie auf dem Heimweg. Über den Wald und die Wiesen hat sich ein mittelblaues Sommernachtsdunkel gelegt, und die Sterne sind gerade so am hellen Himmel sichtbar. Eine bleiche, hauchdünne Mondsichel berührt fast die Baumwipfel über Jakobshaugen, bereit, graziös wie ein Ballettänzer darüber zu schweben.

Solfrid zieht ihre Schuhe aus und watet barfuß durch die Jakobswiese. Die taunassen Halme schlagen kühl gegen ihre Beine, aber das Kleid ist so kurz, daß der Saum nicht naß wird. Seit sie sich erinnern kann, spürt sie zum ersten Mal, wie sie ihren Körper ganz ausfüllt, wie angenehm es in ihm ist.

Als sie die Beine über den Zaun unten im Garten schwingt,

erhebt sich Eric von der Veranda des Spielhauses. Es ist klar, daß er hier gesessen und auf sie gewartet hat, und leicht irritiert muß sie sich eingestehen, daß ihr das schmeichelt. Es fehlt ihm nun wirklich nicht an weiblicher Aufmerksamkeit. Der Blick, den er ihr zuwirft, läßt sie am kurzen Kleidersaum zupfen. Gleichzeitig klopft ihr das Herz so heftig, daß es sich anfühlt, als ob es die strammsitzenden Abnäher sprengen wollte, mit denen Inger das Kleid verschönert hat.

Er sieht sie mit diesem Ausdruck an, der manchen Männern eigen ist, so, als ob sie die wichtigste Frau auf der Welt sei, ein Blick, gleichzeitig warm und voll neugierigen Interesses. Sie weiß, daß das unmöglich ihr allein gelten kann, aber es fühlt sich so schön an, daß sie es nicht über sich bringt, darüber wegzugehen. Solfrid merkt, wie ihr der Gedanke durch den Kopf schießt: Dieser Mann ist ein Schürzenjäger, aber das ist mir im Moment so furchtbar egal.

Sie setzen sich auf die winzige Bank der Spielhausveranda und blicken über die Au, über der der Nebel wie ein spinnwebzarter Tüllschleier schwebt. Solfrid genießt in vollen Zügen das Spiel, das jetzt folgt, kleine flirtende Komplimente, versuchsweises Handauflegen und tastende Zärtlichkeiten, bis Eric schließlich aufsteht, sie von der Bank hochzieht und in seine Arme schließt. Mit ihrem ganzen Sein saugt sie die Nähe seines Körpers auf, die Wärme der Haut, die Haare im Nacken unter ihren Fingern, die Lippen, die über ihr Gesicht wandern, bis sie den Mund gefunden haben.

Ein Teil von ihr steht gleichsam daneben und betrachtet alles von außen, doch ihr Körper antwortet auf seine Zärtlichkeiten mit einem Hunger, der erschreckend ungestüm ist, so daß sie sich plötzlich aus seinen Armen windet und davonrennt.

Anschließend liegt sie schlaflos unter der Bettdecke, die Arme um sich geschlungen und ruft sich die Episode ins Gedächtnis zurück. Sie spürt das rein physische Verlangen nach

Berührungen, das auch der Kontakt mit ihrem Kind nicht stillen kann. Es ist, als sei sie nach dem Schlaf einer langen Nacht erwacht, und jetzt schreit ihr Körper nach Nahrung. Gleichzeitig fühlt sie sich traurig, wie ein Verräter. Aber sie spürt auch eine zitternde, rastlose Erwartung des morgigen Tags. Sie sieht Erics Ausdruck vor sich, als er sie losließ, und hofft, er möge nicht finden, sie habe sich kindisch oder vielleicht ein wenig theatralisch aufgeführt.

Aber am Tag darauf benimmt er sich genauso unbeschwert wie sonst. Sie helfen bei der Heuernte, beim Nachrechen auf den Ländereien Richtung Rønningen, und Eric geht mit Rechen und Heugabel um, als hätte er nie etwas anderes getan, obwohl er mitten in einer amerikanischen Großstadt aufgewachsen ist. Hin und wieder spürt Solfrid seinen Blick auf sich, und wenn sich ihre Augen treffen, schaut er sie für einen kurzen Moment ernst und fragend an, ehe er rasch lächelt und auf das hinunterblickt, womit er gerade beschäftigt ist.

Nach dem Mittag rollt er Klein-Jakob mit dem Motorrad auf dem Hofplatz herum. Der Junge kann nie genug davon bekommen, vorn zwischen Erics Armen auf dem Benzintank zu sitzen, während der das schwere Motorrad mit verblüffender Leichtigkeit über den Hof schiebt. Danach bekommt Jakob ein Stück von einem Lappen, und dann putzen sie die Maschine, bis sie in der Sonne glänzt. Solfrid sitzt auf der Treppe und sieht ihnen zu.

Es verwundert sie, daß es ihr nichts mehr ausmacht, einen anderen mit Nils-Jans Motorrad hantieren zu sehen. Denn dieses Motorrad gehörte für einige Sommer Nils-Jan. Er hatte es Hans abgekauft, als er achtzehn wurde, und in seinem letzten Herbst an Olefejus weiterverkauft. Solfrid hat unzählige Male hinten auf dem schwarzen Kunstledersitz gesessen, die Arme um den Leib ihres Freundes geschlungen. Hat ungeduldig herumgestanden, wenn Nils-Jan damit hantierte und es putzte, wie Eric es jetzt tut, mit dem eifrigen kleinen Jungen zwischen seinen Füßen. Solfrid hatte die Verwirrung, die sie Eric gegenüber empfand, der Tatsache zugeschrieben, daß er Nils-Jans Motorrad benutzt, um mit verliebten jungen Mädchen auf dem Rücksitz herumzufahren. Jetzt muß sie ein wenig verblüfft erkennen, daß sie schlicht und einfach eifersüchtig war.

Gleichzeitig erfüllt sie der Anblick des großen und des kleinen Jungen, die so eifrig mit dem glänzenden schwarzen Spielzeug beschäftigt sind, mit unendlicher Trauer über all das, was der Vater des Kindes nie erleben wird. Nicht diese große, kaum auszuhaltende Trauer der ersten Zeit überfällt sie, sondern eine tiefe Traurigkeit.

Als ob Eric ihre Stimmung spüren würde, legt er den Putzlappen beiseite, kommt herüber und setzt sich neben sie auf die steinerne Treppe. Er sieht sie mit dem gleichen ernsten, etwas fragenden Blick an, wie schon den ganzen Vormittag. Darin liegt eine solche Wärme, daß ihr die Tränen in die Augen steigen und sie ihr Gesicht in den Haaren ihres Sohnes versteckt, der Eric hinterhergelaufen und auf ihren Schoß geklettert war. Er will »mehr Motorrad fahren«, und Eric hebt ihn von Solfrids Schoß und trägt ihn lachend zu der Maschine. Doch ehe er geht, streicht er mit der Hand rasch über Solfrids Haar. In der Geste liegt etwas so Erwachsenes und Weises, daß sie überlegt, ob er vielleicht doch reifer und reflektierter ist, als er gelegentlich vermittelt.

9

Beim Kaffee fragt Eric Solfrid, ob sie mit in die Stadt kommen und ›Reifeprüfung‹ ansehen will. Sie sitzen im Garten an dem großen steinernen Tisch, der einmal ein alter Mühlstein war, und trinken Kaffee. In diesem Sommer hat Sol in die Vertiefung in der Mitte Stiefmütterchen gepflanzt, so wie Mathilde das früher immer getan hat. Die hübschen kleinen Blüten bilden ein üppiges Kissen aus Gelb und Violett. Solfrid hat viel von Mathildes Gartenarbeit übernommen. Sie arbeitet gern mit Blumen und setzt ihren ganzen Ehrgeiz darein, daß der Garten ebenso gepflegt und schön ist wie zu Mathildes Zeiten.

Sie trägt auch die Verantwortung für den Nachmittagskaffee. Zum Leben auf Ås gehört eine bestimmte Routine, die selten durchbrochen wird und an der Sol ihren Anteil hat. Dazu gehört, daß Ragnhild und Lars, und jetzt auch Granny, sich nach dem Mittagessen hinlegen, selten länger als etwa eine halbe Stunde. Dann stehen sie zum Geräusch der Kaffeemühle in der Küche auf. Solfrid muß noch immer die Kaffeebohnen in der alten weißen Porzellanmühle mahlen, die an der Wand neben dem Küchenschrank befestigt ist, so wie Mathilde das immer tat. Alle finden, der Kaffee schmecke frisch gemahlen am besten, und dann gibt das auch so einen besonders guten Kaffeeduft im Haus. Nur »Klärhaut« – getrocknete Haut von der Schwimmblase der Fische –, wie Mathilde sie immer in einer kleinen Dose auf einem der Regale in der Speisekammer bereitliegen hatte und oben in den Kaffeekessel warf, um den Kaffee zu klären, die benutzt Solfrid nicht mehr. Das wäre dann doch zu altmodisch.

Solfrid backt gern, und an diesem Nachmittag wartet sie mit einem hellbraunen trockenen Teegebäck auf und mit knusprigen gerollten Waffeln. Sie hat in der großen alten Keksdose auf dem obersten Regal in der Speisekammer immer einen Vorrat. Klein-Jakob hatte früh gelernt, was die Dosen beinhalteten und wo sie sich befanden, so daß er die rührendsten Versuche unternahm, um an den kleinen Holzknauf zu gelangen, der die Tür zur Speisekammer verschlossen hält, lange bevor er gehen konnte. »Keks«, sagte er und schaute einschmeichelnd über die Schulter denjenigen an, der sich in der Küche aufhielt. Bei allen außer Solfrid zeigte dieser Trick meist eine positive Wirkung, besonders bei Lars.

Jetzt sitzt der Junge beim Großvater auf dem Schoß und reißt seinen Mund mit den kleinen weißen Milchzähnen weit auf, während seine Augen gespannt der großen Hand mit dem Stück Waffel folgen, das kunstvolle Bögen durch die Luft beschreibt, ehe das Stückchen nach einem Sturzflug im Mund des Jungen landet.

»Drrn, drrn, hier kommt der Flieger, drrn, drrn.«

Das Manöver endet jedes Mal in einem durchdringenden Quieken, das die Mutter halbherzig und meist vergeblich zu dämpfen sucht. Es fällt ihr schwer, erzieherisch einzugreifen, wo sie doch sieht, wie der Enkel die Eisschicht um den Großvater zum Schmelzen bringt.

Denn so kam ihr Lars im letzten Jahr vor – als sei der ganze Mann von einer dünnen Schicht glasklaren Eises umhüllt. Nicht einmal Ragnhild war es gelungen, dieses Eis zu durchdringen. Ihr Kummer darüber ging an Ragnhild nicht spurlos vorüber. Sie, die stets ausgeglichene Ragnhild, wurde zusehends unwirscher und hilfloser. Es war tatsächlich nur dem Jungen hin und wieder gelungen, einen Weg durch das Eis um Lars zu sprengen, vielleicht weil Jakob noch gar nichts von Lars' Kummer ahnte.

Aber jetzt sieht es Gott sei Dank so aus, als gehe es Lars langsam besser. Nach dem Krankenhausaufenthalt im Frühling hat er langsam angefangen, sein altes, besonnenes Selbst zurückzugewinnen. Doch noch immer ist sein warmes Lächeln so selten, daß Ragnhild und Solfrid es auffangen und einander vorhalten, wie man es mit dem ersten Huflattich im Frühling tut, wenn der endlich gekommen ist. Aber der vor sich hin plappernde kleine Jakob empfängt das Lächeln ahnungslos und bekommt so das meiste ab.

Jetzt schickt Lars dem Jungen ein solches Lächeln und setzt ihn auf die Erde, weil der Kleine selbst Flieger sein will. Er läuft mit weit ausgestreckten Armen herum und brummt so, daß Erics Einladung beinahe in dem Geräusch untergeht.

Solfrid zögert mit der Antwort. Sie entzieht sich und schenkt Kaffee nach, während sie spürt, wie eine prickelnde Lust in ihr aufsteigt, ja zu sagen. Aber ehe sie dazu kommt, stolpert Jakob unterwegs zu Lars' Schoß, der ein weiteres Stück Waffel bereithält. Der Junge soll es sich mit dem Mund aus seiner Hand schnappen, ehe er brummend eine neue Runde über den Rasen dreht, bis er plötzlich hinfällt und mit dem Kopf gegen die Kante des steinernen Tischs schlägt.

Der Aufruhr ist groß: Das Kind wandert von Schoß zu Schoß, Tränen müssen getrocknet werden, und jeder muß ordentlich auf die kleine Schramme pusten.

»Nein, aber auch, unser armer kleiner Bub, oh je, was für ein Unglück!«

Nachdem er auf Großvaters Schoß mit neuen Kuchenstückchen wieder aufgeheitert worden ist, wird die Kaffeetafel aufgehoben, alle müssen wieder an die Arbeit. Und Eric wiederholt seine Frage nicht.

Sol ist schon fast überrascht, wie enttäuscht sie ist, weil er einfach vom Tisch aufsteht und mit Lars zusammen weggeht. Sie machen sich fertig, um eines der Scheunenfenster zu reparieren, und Eric bietet an, den obersten Teil der Wand gleich zu streichen. Lars ist in so großer Höhe nicht wohl, aber Eric bewegt sich die lange Leiter hinauf mit einer Anmut, die Solfrid an eine Katze erinnert.

Sie deckt den Kaffeetisch ab und trägt die Sachen hinein, den quengelnden Jakob zwischen den Füßen. Die Stirn tut ihm weh, und außerdem ist er schwer gekränkt, weil er bei Solfrid bleiben muß, statt mit Großvater und Eric zusammen sein zu dürfen.

»Ach Jakob, hör doch auf zu quengeln!« fährt sie ihn an und hat sofort ein schlechtes Gewissen, weil sie ihre Enttäuschung an dem Jungen ausläßt. Der bekommt auf diese Weise natürlich keine bessere Laune, und er ist so weinerlich und nörgelig, daß Granny, die Solfrid beim Abwasch hilft, am

Ende anbietet, mit ihm zur »Spielstube« zu gehen, um Solfrid zu entlasten. Hand in Hand bummeln die beiden zwischen den Apfelbäumen davon, während Sol weiter mit Tassen und Tellern klappert.

Beim Abendessen ist Eric genausogut gelaunt und zu Scherzen aufgelegt wie immer, aber den Ausflug in die Stadt erwähnt er mit keinem Wort. Nach der Mahlzeit verschwindet er im Waschhaus. Solfrid bringt Klein-Jakob zu Bett, antwortet aber auf die tausend Fragen des Kindes so zerstreut, daß der Junge sie hin und wieder verwundert anschaut. Während sie ihm etwas vorsingt, horcht sie intensiv nach dem Motorengeräusch des Motorrads, aber es ist nichts zu hören außer den Schwalben, die über die Jakobsau schießen, und den leisen Stimmen von Ragnhild und Granny.

Als Jakob eingeschlafen ist, wägt Solfrid einen Moment lang ab, ob sie sich umziehen und die neueste Hose und einen schöneren Pulli anziehen soll, aber sie entscheidet sich, das sein zu lassen. Sie geht hinaus und setzt sich zu Granny und Ragnhild. Kurz darauf kommt Eric über den Hof geschlendert. Er trägt ein weißes T-Shirt und enge Bluejeans, und seine Lederjacke hängt über der Schulter, den Zeigefinger hat er durch den Aufhänger gesteckt.

»Sollen wir los?« fragt er mit einer so lächelnden Selbstverständlichkeit, daß sie heilfroh ist, sich nicht umgezogen zu haben. Sie spürt eine wilde kleine Freude, daß sie ihn warten läßt, während sie sich fertigmacht, aber gleichzeitig hat sie Herzklopfen und freut sich unbändig, daß er sie mitnehmen will.

Während sie durch die sommerliche Landschaft fahren, wächst in ihr die Lust, ihre Arme um ihn zu schlingen und die Wange gegen den schwarzen Rücken der Jacke zu lehnen, aber das tut sie erst auf dem Heimweg. Im Kino sitzen sie ordentlich nebeneinander im Dunkel, und nicht ehe der Film beinahe um ist, nimmt er ihre Hand, die die ganze Zeit neben seiner auf der Armlehne gelegen hat. Er läßt seinen Daumen vorsichtig über den Rücken ihres Daumens auf und ab gleiten, die ganze Zeit die Augen fest auf die Leinwand gerichtet. Sie erkennt im Dunkel sein regelmäßiges Profil und bekommt das Ende des Films nur teilweise mit. All ihre Aufmerksamkeit ist auf seine vorsichtige, anscheinend gedankenverlorene Berührung gerichtet. Ihre Augen füllen sich mit Tränen, aber da der Film ein romantisches Ende hat, fällt es gar nicht weiter auf.

Als sie sich erheben und ins Licht blinzeln, wird sein Griff kurz zu einem festen, freundlichen Druck, dann läßt er ihre Hand los. Ihr gelingt es nicht zu entscheiden, ob sie erleichtert ist oder betrübt. Am Ausgang treffen sie ein paar der Mädchen von zu Hause, die auch im Kino gewesen waren.

Die Mädchen sind genau so überdreht, wie sie es erwartet hat. Nachdem sie einige begeisterte Worte mit ihr über den Film gewechselt haben, wenden sie alle Aufmerksamkeit Eric zu. Er ist gutgelaunt und lächelt – flirtet, denkt sie, während ihr der Mut ein bißchen sinkt, aber nach einer Weile legt er seinen Arm leicht um ihre Schultern, schüttelt die Mädchenschar ab und führt sie quer über die Straße.

»Komm, wir gehen ins Restaurant«, schlägt er vor und winkt den etwas verdutzten Mädchen zu. Dann hält er Solfrid höflich die Tür auf zu einem der besseren Restaurants der Stadt. Und wieder spürt sie diese Mischung aus Irritation und Bewunderung für seine selbstverständliche Gelassenheit. Und eine triumphierende Schadenfreude den Freundinnen gegenüber.

»Bist du verrückt! Hier kommen wir doch nicht rein«, sagt sie bestürzt, nachdem sie sich umgeschaut und das Lokal als viel zu fein identifiziert hat. Und das tun sie auch nicht, obwohl der Oberkellner an der Tür kurz davor ist, sich von Erics charmantem norwegisch-amerikanischem Akzent und seiner echten Verblüffung über den Krawattenzwang überreden zu lassen. Lächelnd begleitet er sie zur Tür und bittet sie, an einem anderen Abend in angemessener Garderobe wiederzukommen.

»Das werden wir«, erklärt Eric und bestellt prompt für den nächsten Samstag einen Tisch für zwei, ohne das vorher mit Sol abzusprechen.

»Und wenn ich nicht will?« fragt sie fast trotzig, als sie wieder auf der Straße stehen.

»Dann muß ich wohl absagen«, antwortet er und sieht sie ernst an. Die Offenheit seines Blickes entwaffnet sie, und sie kommt sich ein bißchen töricht vor. Aber er macht keine Miene hineinzugehen und die Bestellung zu ändern, zieht sie nur mit sich zum Kiosk an der Ecke. Dort essen sie ein Hot dog, dann fahren sie nach Hause.

10

Durch Erics selbstverständliche Art fühlt Solfrid sich einerseits vollständig willenlos, während sich gleichzeitig ein Teil von ihr protestierend dagegen auflehnt. Mit einer gewissen Verblüffung wird ihr klar, daß in der Beziehung zu Nils-Jan im großen und ganzen wohl sie die Dominierende gewesen war. Eric gegenüber fühlt sie sich oftmals unterlegen, er weiß einfach wahnsinnig viel. Daß er zu Hause an der Universität von Seattle Geschichte studiert, ist für Solfrid schon imponierend genug. Abgesehen von Frikken Wang, dem Sohn des Arztes, der etliche Jahre älter ist, kennt Sol niemanden, der an einer Universität studiert hat. Die meisten Jungen ihres Alters sind entweder zur See gefahren oder haben für ein Jahr noch die weiterführende Schule besucht oder sind in die Berufsschule gegangen und Handwerker geworden, wenn es nicht einen Hof gab, den sie übernahmen. Die Mädchen haben in der Regel die Handelsschule oder einen Sekretärinnenkurs besucht oder einen Job im Heim für geistig Behinderte oder im Altersheim angenommen. Manche haben früh geheiratet und sind weggezogen.

Mit Eric weitet sich der Ort gleichsam und wird größer. Eric ist lebhaft interessiert an Dingen, über die Solfrid noch nie nachgedacht hat. Wenn er von militärischer Eskalation durch den Vietnamkrieg spricht, was ihn beunruhigt, weil er möglicherweise einberufen wird, dann ist es, als spräche er vom Leben auf einem anderen Stern. Er spricht über die Ermordung Kennedys und die Ereignisse in der Schweinebucht – als er selbst im Konfirmandenalter war – so, als ob er schon damals ein erfahrener Politiker gewesen wäre. Seine Theorien zur Großmachtpolitik und zur atomaren Aufrüstung sind gründlich durchdacht, und immerzu will er wissen, was sie von einer Rebellion gegen die Diktatoren in afrikanischen Staaten hält, deren Namen sie noch nie gehört hat.

Hin und wieder greift er in seiner selbstsicheren Art zu Beweisführungen, denen sie intuitiv nicht zu folgen vermag, aber um nicht ihre grenzenlose Unwissenheit zu enthüllen, wagt sie nicht zu protestieren. Sie hat in den Zeitungen nie etwas anderes als Lokales gelesen, aber jetzt fängt sie an, mit völlig neuem Interesse die Auslandsseiten in ›Nationen‹, der überregionalen Zeitung, zu lesen. Und sie ist stolz wie ein Kind, als es ihr erstmals gelingt, in seine lange Folge vager Betrachtungen ein vernünftiges Argument einzuwerfen. Doch oft ist sie mit ihm auch einer Meinung, wenn es zum Beispiel ganz allgemein um die Ungerechtigkeiten in der Welt geht, auch wenn die Lösungen, die er anbietet, ihrem eher praktischen, erdverbundenen Sinn manchmal oberflächlich vorkommen.

Es ist wunderbar, all diese Seiten an Eric kennenzulernen. Er, der sich für gewöhnlich so umgänglich und heiter darstellt, kann sich verblüffend heftig empören, wenn sie über die großen Probleme der Welt reden. Und er zeigt eine Einsicht und ein Verständnis für die Menschen ihrer Umgebung, die sie gleichermaßen rühren wie verwundern. Nur über sich selbst spricht er wenig. Hin und wieder kommt ihr die Idee, daß sein großes, freigebiges Herz glatt ist wie ein Stück Seife, das sie in Händen zu halten versucht.

Aber sie soll ja auch nicht an ihm festhalten! Das wissen sie alle beide. Sie machen an den Sommerabenden lange Spaziergänge und unterhalten sich, nachdem sie das Motorrad auf einem kleinen Seitenweg abgestellt haben. Und sie wissen, daß das, was sie jetzt erleben, nur für diesen Sommer sein wird. Auch wenn sie sich nicht berühren, ist die physische Spannung wie eine fast bis zum Anschlag gespannte Saite zwischen ihnen präsent. Denn nach dem Kinoabend nähern sie sich nur selten physisch, abgesehen vom Besuch des Restaurants am folgenden Samstag, als sie ein bißchen tanzten und entdeckten, daß sie das eigentlich nicht hinbekommen, vielleicht weil Solfrid nicht willens ist, sich führen zu lassen. Dennoch ist die Spannung zwischen ihnen beiden so intensiv, daß Sol hin und wieder das Gefühl hat zu zerreißen, wenn sich diese Spannung nicht bald löst. Als es endlich passiert, eines Abends, sie sind in die Scheune gegangen, um nach den jungen Kätzchen zu sehen, nachdem die anderen sich schlafengelegt haben, da ist es, als hätte sich eine Lawine gelöst, und sie und er gehen mit einer Heftigkeit aufeinander los, die etwas Gieriges hat. Aber mitten in der Hitze des Gefechts hat Eric die Geistesgegenwart, an Verhütung zu denken. Solfrid dagegen denkt und wünscht sich nichts anderes, als daß sich die Lawine endlich lösen möge.

Solfrid kommt dieser Sommer, drei Jahre nach Nils-Jans Tod, vor, als wachte sie nach einer langen Reise auf einem fremden Bahnhof auf. Die Landschaft ist neu, aber dennoch nicht ganz so verschieden von der, die sie verlassen hat. Man spürt, daß man selbst inmitten der fremden Landschaft die gleichen physischen Funktionen hat wie zu Hause, Hunger und Durst sind gleich. Man ißt, man schläft und erwacht, dennoch ist alles neu und anders. Man genießt die neue und spannende Landschaft in vollen Zügen, in der sicheren Gewißheit, daß man, wenn man will, zurückkehren kann zu dem, was man kennt und liebt.

Solfrid fehlt diese Gewißheit. Für sie ist der Weg zurück abgesperrt durch einen Grabstein auf dem Friedhof, östlich der kleinen weißen Kirche. Mit einer großen Trauer zu leben, ist, als habe man einen tiefen Riß in der Seele. Eine Wunde, die im Heilungsprozeß verschiedene Phasen durchläuft, die langsam zusammenwächst und allmählich zu einem wunden Punkt wird, zu einer Narbe, die nur weh tut, wenn man sie berührt. Ganz verschwinden wird sie nie.

Wie in einen Kokon hatte sie sich in Mathildes Kammer eingesponnen und ihre traurige Zärtlichkeit über ihren kleinen Jungen ausgegossen, ohne den Gedanken daran, das Leben könne noch anderes für sie bereithalten. Ihr Leben hatte stillgestanden, als der Geliebte starb – wie das seine. Wie die Raupe eines Schmetterlings hatte sie sich verkrochen, das Kind dicht an der Brust, den Witwenschleier wie eine Verpuppung um sie beide gesponnen. Das hatte sie dem geschuldet, der davongegangen war.

Aber jetzt, in diesen wenigen hektischen Sommerwochen spürt sie, daß sie den Aufenthalt unterwegs auf einem fremden Bahnhof in vollen Zügen genießt. Sie nimmt alle Geräusche und Gerüche mit vibrierenden Sinnen in sich auf. Es ist, als ob ein Zipfel des dünnen, schwarzen Trauerschleiers, der so lange über ihrem Dasein gelegen hat, von der sanften Sommerbrise aufgehoben und von Erics Atem weggeblasen wurde, wenn der warm ihr Gesicht streift. Der zarte, schimmernde Trauerkokon bekommt Risse, und der Schmetterling streckt seine Flügel der Sonne entgegen.

Im Laufe dieser Wochen wird sie im Verhältnis zu Eric

ihrer selbst wieder sicherer. Sie wagt es immer häufiger, seinen Ausführungen zu widersprechen und zu ihren zu stehen, auch wenn er ihre fehlenden Kenntnisse aufdeckt.

»Aber so kann es nicht sein, das ist doch nicht richtig!« behauptet sie oft mit einer Intuition, über die er fast schon ein wenig nachsichtig lächelt. Oder sie wird von seiner Empörung über politische Ungerechtigkeiten angesteckt und wühlt in seinen Kenntnissen nach weiteren Argumenten, wie ein eifriger Hund nach einem vergrabenen Knochen wühlt. Sie entdeckt, daß sie vielleicht öfter einer Meinung sind, als sie zunächst dachte, fühlt aber dennoch intensiv den Drang, ihre eigene Sichtweise zu kennzeichnen, am liebsten seiner entgegengesetzt. Das soll ihr eigener Knochen sein.

Wenn Jakob eingeschlafen ist, gehen sie in der hügeligen Gegend spazieren. Sie reden und reden, sie streiten sich, und sie diskutieren an späten, blauen Sommerabenden, oft bis weit in den hellen Morgen. Zwischendurch fallen sie sich um den Hals und lassen zwischen Büschen und Heide in taunassen Sommernächten die Natur ihren Lauf nehmen.

An seinem letzten Abend weint sie wie ein Kind. Und die Frage, die die ganze Zeit dort lag, zu der sie sich nicht einmal zu verhalten wagten, die aber gestellt werden muß, wird gestellt. Die Antwort, die beide kennen, aber die gegeben werden muß, wird gegeben.

Kann sie nicht mitkommen? – Nein, das kann sie nicht!

Sie halten einander die ganze Nacht, wie zwei Liebende auf einem einsamen Bahnhof, in unruhigem, ungeduldigem Erwarten, der Schaffner möge endlich pfeifen und der schmerzliche Abschied überstanden sein. Am nächsten Tag reist er ab, zusammen mit Granny. Er gibt das Versprechen, an das keiner glaubt, das aber beide brauchen, er werde im nächsten Sommer wiederkommen.

Die nächsten Wochen sind trist, aber arbeitsreich, denn es ist viel zu tun, ehe die Ernte beginnen kann. Die Scheune muß fertig gestrichen werden, aber das übernimmt glücklicherweise Olefejus, Ingers jüngster Bruder. Er steht oben auf der Leiter und ist unbeschwert pfeifend das Opfer für Jakobs Bewunderung, der einen Narren an ihm gefressen hat. Wie ein mit dem Schwanz wedelnder Hund bewegt sich der Junge aufgeregt um die Leiter, aber er respektiert zuverlässig das strenge Verbot, sich auch nur der untersten Sprosse zu nähern. Im übrigen hat er in diesen Wochen viel mit seinem Phantasiekameraden zu tun. Der war eine Weile weg gewesen, tauchte aber wieder auf, als Granny und Eric abfuhren und das Leben auf dem Hof wieder stiller wurde.

Solfrid spürt, daß dieses Sommerabenteuer mit Eric ihr unendlich gutgetan hat. Sie hat etwas von ihrer alten ruhigen Selbstsicherheit zurückgewonnen, dazu aber auch viele neue Erkenntnisse. Das Dorf hat sich geöffnet und ist größer und weiter geworden. Sie hat nun eine Ahnung von der Welt außerhalb, an der teilzuhaben sie immer mehr interessiert ist. Hätte ich kein Kind, denkt sie ab und zu, und duckt beinahe buchstäblich den Nacken unter dem Schuldgefühl, das sie im selben Moment überfällt. Sie drückt den kleinen Jakob so fest, daß das Kind ungeduldig zu heulen anfängt und sich aus ihren Armen windet, um sein Spiel weiterzuverfolgen.

Mit zunehmender, ungeduldiger Unruhe merkt Sol, daß sie etwas *will*. Das eine oder andere. Etwas, das nur ihr gehört, nein, sie findet nicht die richtigen Worte dafür, aber sie spürt, es könnte etwas mit Ausbildung und Arbeit zu tun haben. Sich und den Jungen versorgen zu können und gleichzeitig etwas Nützliches tun. Im Winter besuchte sie Lars mehrere Male im Krankenhaus, und die Begegnung mit dem Krankenhaus löste in ihr eine fast ehrfürchtige Bewunderung für die blau-weißen Uniformen der Krankenschwestern aus. Schließlich reift in ihr der Plan, eine Ausbildung zur Krankenpflegerin zu absolvieren. Die organisatorischen Details sind rasch geklärt: Ragnhild und Solfrids Mutter werden sich gern um Jakob kümmern. Solfrid muß zuerst zur Frauenfachschule gehen und danach drei Jahre auf die Krankenpflegeschule in der Stadt, wenn sie angenommen wird. Eine lange Zeit, um den Jungen anderen zu überlassen, selbst wenn sie zu Hause wohnen wird und nicht im Internat, wie die meisten anderen.

Aber die beiden Großmütter sind voll guten Willens, ja dermaßen eifrig bei der Aussicht, daß Solfrid ein schlechtes Gewissen bekommt, wenn sie sich vorstellt, wieviel Angst die beiden gehabt haben müssen, sie könnte Jakob nach Amerika mitnehmen.

II

Jakob, das bin ich. Ich kann in meinem Bett ganz allein wach werden, ohne zu weinen, wenn ich nichts Böses geträumt habe. Und ich schaffe es, aus dem Bett zu klettern, ohne hinzufallen und mir weh zu tun, auch wenn das Bett hohe Kanten hat. Beim ersten Mal, als ich das getan habe, bin ich in die Küche gegangen, den Stimmen der Erwachsenen nach, und habe gesagt:

»Ich muß mal!«

Sie saßen am Küchentisch, Großmutter und Großvater und Mutter, und alle schlugen sie die Hände zusammen, wie die Erwachsenen das oft tun, und sagten:

»Nein aber auch, wie groß du bist, Klein-Jakob!« wie sie das oft sagen.

Mutter hob mich auf einen Hocker, so daß ich in einen Ausguß machen konnte, der einen blauen Ring ringsum hat, und ließ mich dann Wasser nachpumpen. Wir mußten alle beide die Hände um den lackierten Pumpenschaft halten, denn es ist schwer, schnell vor- und zurückzupumpen, bis das Wasser nach einem saugenden Glucksen in der Pumpe heraussprudelt. Aus dem glänzenden Kran über dem Waschbecken kommt das Wasser herausgeschossen, wenn ich aufdrehe. Aber den Kran ganz oben an dem Warmwasserboiler darf ich nie anfassen. Dann kann ich mich verbrennen, sagt Mutter.

Als das Wasser mein Pipi weggespült hatte, mußten alle drei mit in mein Zimmer gehen und sehen, ob ich wirklich allein aus dem Bett komme, dem blauen Bett, in dem Mutter schlief, als sie ein kleines Mädchen war, und der Junge aus dem Album hier wohnte. Kurz danach habe ich aufgehört, nachts mit Windeln zu schlafen, und dann wurde ich drei und einhalb. Das ist größer als drei.

Jakob, das bin ich. Ich wache in Großvaters Bett auf, und ich erinnere mich, daß ich mit Großvater Mittagsschlaf gehalten habe, denn wir sind gestern lange aufgeblieben, und Sofie und Laila waren hier und haben mich geärgert. Großvater liegt neben mir und schnarcht mit offenem Mund. Das ist furchtbar laut, aber sonst ist es ganz still im Haus. Ich stehe auf, ohne Großvater zu wecken und ohne Mutter zu rufen, denn jetzt bin ich drei und einhalb und kann allein in den Ausguß pullern. Ich gehe barfuß in die Küche hinaus, ich klettere auf den grünen Schemel und pullere in den Ausguß. Aber ich kann noch nicht Wasser pumpen, denn die Pumpe geht viel zu schwer für einen, der drei und einhalb ist. Da kommt nur ein merkwürdiger, flötender Ton, der mich an meinen Vater erinnert, ihn, der ein Ton in der Flasche ist, die ich auf dem Heuboden in einem Stapel von Pfählen für die Trockengestelle des Heus versteckt habe.

Innen in meinem Kopf habe ich viele Gedanken, die ich nicht in Wörter formen kann. Aber ich lerne jeden Tag neue Wörter, und ich lerne auch viele andere Sachen. Ich kann mir die neuen Gummistiefel, die auf dem Flur stehen, ganz allein anziehen, weil man da nur die Beine oben reinstecken muß. Wir haben die Stiefel beim Kaufmann Berg gekauft, und

Mutter hat gesagt, daß die zum Reinwachsen sind. Manchmal sagen die Erwachsenen:

»Ziegenfüße, Klein-Jakob«, wenn sie meine Stiefel sehen, und manchmal sagen sie: »Das war richtig«, ohne daß ich verstehe, was sie meinen, aber ich tue trotzdem, was sie sagen.

Aber jetzt ziehe ich einfach die Stiefel an, ohne an richtig oder falsch zu denken, denn im Flur ist niemand sonst, und ich habe es eilig hinauszukommen. Ich will raus und meinen Vater finden. Ich laufe quer über den Hof, nur in der Unterhose und dem gestreiften Unterhemd, in dem ich Mittagsschlaf gehalten habe. An den Füßen habe ich die neuen Stiefel, die entweder richtig oder falsch sind.

Ich weiß, daß die Stiefel blau sind, denn ich habe viele Farben gelernt. Der Himmel ist auch blau, an dem sind keine Wolken und kein Regenbogen, aber er ist hoch und hell und hat nur einen weißen Streifen, der heißt »Flieger«, das weiß ich. Der brummt und ist weit weg, aber nicht so weit weg wie Gott. Gott ist hinter dem Himmel, zusammen mit den Engeln, die haben Flügel und Palmenzweige.

Großmutter hat mir von Gott und den Engeln erzählt. Großmutter Gudrun weiß alles von Gott, viel mehr als Mutter und Großmutter Ragnhild und sogar als Großvater Lars. Wenn ich frage, ob mein Vater im Himmel bei Gott ist, antwortet Großmutter ja, aber ich kann sehen, daß sie nicht sicher ist, denn sie hat so traurige Augen. Bei Gott sind alle froh. Ich will, daß mein Vater bei Gott ist, und er soll froh sein.

Ich brauche mich nicht so doll zu bücken, wenn ich hineinkrieche, um die Flasche hervorzuholen, in der der traurige Ton wohnt, der mein Vater ist. Denn selbst wenn ich schon groß bin, bin ich kleiner als die Großen. Die Flasche ist glatt und kalt, aber wenn ich den Mund gegen den Flaschenhals halte, ist mein Vater nicht da. Er ist im Wind, der über das

Scheunendach flötet, am Ende der Leiter, auf der Olefejus immer steht, wenn er die Scheunenwand streicht.

Wenn ich die Finger rund um den schmalen Flaschenhals lege, kann ich die Flasche alleine mit einer Hand halten. Das ist gut, denn ich brauche die andere Hand, um mich an der Leiter festzuhalten.

12

Das Leben wird nie mehr, wie es war, wenn jemand gestorben ist, aber allmählich findet es – muß es finden – eine neue Form, mit der die, die zurückgeblieben sind, leben. Für die Menschen aus Nils-Jans Umgebung ist es ein großer Trost, daß sein kleiner Sohn auf dem Hof aufwächst. Denn Solfrid ist mit dem kleinen Jakob in Mathildes Kammer wohnen geblieben. Und sie wird dort wohnen bleiben, wie es aussieht.

Solfrid gefällt es in der Kammer, und sie hat auch gar nicht den Wunsch umzuziehen. Nachdem das Kind mehr Platz brauchte, hat ihr Ragnhild das Zimmer nebenan, das Nils-Jans Kinderzimmer gewesen war, auch zur Verfügung gestellt. Solfrid findet es richtig und gut, daß der kleine Junge, der seinen Vater nie gekannt hat, in dessen Kinderzimmer aufwachsen soll. Viele von Nils-Jans Spielsachen gibt es da noch, man hatte sie zur Zierde auf den Wandregalen stehengelassen. Die Spielsachen, die auf dem Boden verstaut worden waren, werden nach und nach wieder heruntergeholt.

Das ist ein wunderbarer alter Dachboden. Einige Wochen, nachdem Eric und Granny abgereist sind, macht Solfrid einen Ausflug dorthin. Sie schleicht sich vorsichtig die steile, graugestrichene Holztreppe im Flur hinauf, während Jakob mit Lars Mittagsschlaf hält. Ragnhild hat einen Spaziergang zu Solfrids Eltern gemacht, um sie zum Sonntagnachmittagskaffee einzuladen. Solfrid hat gerade ein Blech duftender Schnecken aus dem Ofen geholt. Hefegebäck gelingt ihr immer besonders gut, und sie freut sich schon auf das überschwengliche Lob des Vaters. Er ißt furchtbar gern Kuchen, aber Gudrun hat selten Energie oder Lust zum Backen.

Gewöhnlich schläft Jakob in dem kleinen, blau gestrichenen Kinderbett, in dem Solfrid als Kind selbst geschlafen hat. Das wurde bei ihren Eltern vom Boden geholt, als der Junge zu groß war, um noch in Mathildes großem Wäschekorb zu liegen. Gudrun, ihre Mutter, mußte den Korb damals in Ordnung bringen, denn weder Solfrid noch Ragnhild hatten für irgend etwas Energie nach Nils-Jans Tod. Aber Gudrun hat den großen Flechtkorb mit einem Spitzenumhang verschönert und aus geblümtem Baumwollstoff Bettbezug und Kopfkissenhülle genäht.

Gudrun war es auch, die Solfrids altes Kinderbett gründlich mit Seifenlauge abgewaschen hatte. Und der Vater, Herman, sah es sorgfältig mit dem Hammer nach, um sicher zu sein, daß da kein loser Nagel herausstand, an dem sich der Junge verletzten könnte. Er hatte es neu gestrichen, ohne den Glanzbildengel zu zerstören, der ans Kopfende geklebt war, denn er wußte doch, wie gern Solfrid das große, schöne Gesicht des Engels mit den gelben Locken und den hellblauen Flügeln immer hatte.

Mit Hermans Feinmotorik ist es nicht zum besten bestellt, deshalb hatte Gudrun mit einem Pinsel, den sie in Sols altem Farbkasten fand, bis an den Engel herangemalt. Den Rest des Bettes hatte Herman mittelblau gestrichen, der ursprünglichen Farbe so ähnlich wie möglich.

In den ersten Monaten stand das Kinderbett neben Solfrids eigenem in der Kammer. Sie selbst liegt noch immer in Mathildes altem krummem Bett, hat aber die Matratze ausgetauscht, von der sie Rückenschmerzen bekam. Irgendwann hat sie das Kinderbett in Nils-Jans Kinderzimmer hinübergestellt, wegen des Platzes und weil sie fand, es sei an der Zeit, den Jungen daran zu gewöhnen, in einem eigenen Zimmer zu schlafen.

Lars holte das Bett mit dem Pferd und dem alten Heuwagen. Er benutzt ab und zu zum Spaß Pferd und Wagen, und dem Braunen tut es gut, sich ein bißchen zu bewegen, der wird sonst nur noch selten geholt. Er fuhr gleich eine Runde über die Dorfstraße, denn die kurze Tour hinunter zu Solfrids Elternhaus lohnt nicht das Anschirren. Viele solcher Ausflüge hat Lars durch die Jahre hindurch unternommen. Als Nils-Jan klein war, stand er oft zwischen den Knien des Vaters und erzählte von allem, was solche kleinen Jungen beschäftigt. Oder er und Solfrid saßen hinten im Wagen und führten vertrauliche Gespräche, bei denen Lars manchmal schmunzeln mußte. Als die Kinder groß wurden, fuhr er oft allein los.

Im letzten Jahr hat er mehr denn je solche einsamen Touren unternommen. Jakob quengelte oft, weil er mitwollte, aber so gern Lars den Jungen hat, auf diese Ausflüge hat er ihn nicht ein einziges Mal mitgenommen.

13

Merkwürdig, daß man am hellen Nachmittag den Mond am Himmel sehen kann. Der Gedanke geht Lars durch den Kopf, als er, die Ellbogen auf die Knie gestützt, vorn im Heuwagen auf der umgedrehten Kartoffelkiste sitzt, aus der er seitlich das Rahmenwerk herausgenommen hat. Die Zügel hängen lose zwischen seinen Fingern, und der Braune trottet, wohin er will. Der weiß ebensogut wie der Mann dort hinten, daß diese Fahrt zu denen gehört, die kein Ziel haben.

Rund und bleichgelb hängt der Mond hoch oben über dem Hügelkamm, wie ein kühl abschätzendes Auge. Ah ja, Lars, du kriechst noch da unten herum, du kleines Staubkorn, du.

Ah, ja. Lars schüttelt sich ein bißchen. Nimmt die Zügel in eine Hand und fährt sich mit der anderen übers Gesicht. Ah, ja. Ja, ja, so ist das. Der Braune zottelt dahin, wie er will, und biegt aus alter Gewohnheit an der Weggabelung rechts ab. Ihm gefallen diese einsamen Touren auch.

Ja, ja. Der Lars. Sitzt mit den Ellbogen auf den Knien und betrachtet seine Hände. Dreht und wendet sie, als ob sie fremd wären und er sie zum ersten Mal sähe. Es sind große, breite Hände mit kräftigen Adern auf dem Handrücken und harten Schwielen auf der Handfläche, besonders zwischen Mittel- und Ringfinger. Arbeitshände. Ja, ja. Einmal werden Haut und Muskelgewebe schwinden und die Knochen innen freilegen. Einige Jahre in der Erde, dann sind auch die weg.

Solche Gedanken sind es, die ihn in diesem Winter gequält haben, wenn er vornübergeneigt dasaß und auf das breite Hinterteil des Pferdes starrte oder den Blick über die Ländereien längs des Weges in die Ferne schweifen ließ. Viele Jahre haben diese Gedanken ihn in Ruhe gelassen, lange hat er sich nicht mehr damit geplagt, nicht mehr seit dem Ende des Krieges. Und nicht einmal damals war er so bekümmert wie heute.

Er kann, er darf nicht an den Krieg denken! Seit vielen Jahren hat er es nicht zugelassen, an den Krieg zu denken. Er *darf* einfach nicht an den Krieg denken! An diese fünf Jahre in England. An den Treuebruch und die Schuld und den Betrug! There'll be bluebirds over ... Ein lebenslanger, endloser Verrat. Betrug. Schuld. Sünde und Scham.

Wenn Ragnhild in der Küche mit Klein-Jakob auf dem Schoß auf der Bank sitzt und das alte Kinderlied singt:

»Flog ein kleiner blauer Vogel durchs Fenster
durchs Fenster, durchs Fenster,
flog ein kleiner blauer Vogel durchs Fenster
an einem Tag im Mai.

Nahm ein Goldklümpchen, tschilp tschilp skare,
nahm ein Goldklümpchen, an einem Tag im Mai«,

dann scheint es Lars, daß der Blick, den sie ihm über den Kopf des Jungen zuschickt, unendlich vorwurfsvoll ist. Und der Junge liebt genau dieses Lied, das ihm die Großmutter immer und immer wieder vorsingen muß. Nur der Großvater will nie ›blauer Vogel‹ für Jakob singen.

Der Sünde Sold ist der Tod, steht es nicht so in der Bibel? Früher, als sie jung waren, konnte Ragnhild hin und wieder mit ihm über den Tod sprechen. – Ob er an ein Leben danach glaubte? An einen Himmel oder eine Hölle? Nein, darüber hatte er sich früher nie Gedanken gemacht.

»Wir werden wohl zu Blumen oder vielleicht zu Bäumen. Du wirst bestimmt eine schöne Pflanze, das glaube ich!«

Er pflegte sich aus solchen nächtlichen Gesprächen herauszuwinden, ehe sie eine allzu ernste Wendung nahmen. Verscheuchte sie mit einem Witz und griff nach ihrem Körper, als ob der Liebesakt ein Beweis dafür war, daß es den Tod nicht gab.

Das Leben reichte ihm aus, damals – vor dem Krieg. Ja, eigentlich auch danach, denn er war schnell dabei mit dem Vergessen. Füllte die Tage mit Arbeit aus, vom frühen Morgen bis zum späten Abend, hier zu Hause und draußen beim Walfang. Hatte er zwischen den Ernten eine freie Stunde, dann las er ein bißchen in ›Das Beste‹, dem ›Magazin für alle‹ oder einer anderen Zeitschrift. Draußen beim Walfang pflegte er sich die magere Freizeit, die er hatte, damit zu vertreiben, daß er Serviettenhalter oder Serviettenringe aus Walbein schnitzte. Jetzt hat er ganz die Lust verloren, etwas zu lesen oder mit den Händen zu tun. Immerzu sitzt er da und starrt auf seine leeren Hände, so wie jetzt.

In diesem letzten Jahr ist ihm das Leben so ganz unfaßbar geworden. Es ist, als ob er die ganze Zeit einer Wahrheit nachjagt, die zu fassen ihm der Mut fehlt. Wie in einem Traum, den er einmal hatte: Er folgte einem Tier, das er nur für kurze Momente sah, in einen Wald mit hohen geraden Kiefernstämmen hinein. Das Licht wurde durch die hohen schwankenden Baumkronen gebrochen und bildete merkwürdige, flackernde Muster. Das Tier, von dem er erst glaubte, es sei ein Fuchs, war die ganze Zeit vor ihm zwischen den Stämmen, und im Wechsel von Licht und Schatten veränderte es ständig sein Aussehen. Bald war es der Fuchs mit buschiger Rute und weißer Spitze und mit spitzen Ohren, bald war es ein langbeiniges Rehkitz oder ein Hase mit kräftigen Hinterläufen, die Ohren flach angelegt. Es gelang ihm, das Tier auf einen schmalen Bergabsatz zu treiben, und er sah, daß es ein Mittelding der drei war, ein neues und unbekanntes Tier, über das er mehr herausfinden mußte. Aber als er sich ihm näherte, drehte es sich um und bleckte die Zähne.

Er kann sich noch an die Enttäuschung beim Aufwachen erinnern, daran, wie er durch die Schichten des Schlafes langsam nach oben trieb, das Bild des sensationellen Tieres deutlich auf der Netzhaut. Jedes Detail stand ihm klar und bereit zum Aufzeichnen vor Augen, begann sich aber aufzulösen und wurde bedeutungslos, war ohne Sinn, nichtssagend in dem Augenblick, als er erwachte.

Und er erinnert sich an andere Träume: In einem sitzt er fest in einem Pferch, der aus dicken Knüppeln gebildet wird, die in waagerechten Lagen übereinander gestapelt sind. Es gibt mehrere Lagen von Knüppeln nebeneinander, aber die liegen nicht parallel, sondern in unterschiedlicher Höhe, so daß er immerzu an neue Knüppel stößt, wenn er eine Lage überwunden hat. Er steht ganz unten am Erdboden, der grau ist von weichem Morast – er darf keinesfalls hineinfallen! –, und er krabbelt und kriecht und schlängelt sich durch die Lagen der Knüppel hindurch, während der Angstschweiß feuchtkalt über seinen Körper strömt. Auf der entgegengesetzten Seite des rechteckigen Pferchs sitzen Ragnhild und Gudrun, Solfrids Mutter, hoch oben auf den obersten Knüppeln. Gudrun hält ein Buch in der Hand, er kann nicht sehen, welches, und Ragnhild strickt an einem Schal, der bald bis in den Schlamm hinabreicht. Sie unterhalten sich munter, während sie die Augen die ganze Zeit fest auf ihn gerichtet haben, der sich dort unten abmüht. Sie betrachten ihn mit einer Art gespannter Erwartung, und er bekommt den Eindruck, daß sie darüber reden, ob er es wohl schaffen wird, durch den Pferch zu kommen, ohne daß es sie jedoch nennenswert zu bekümmern scheint. Aber er weiß, daß er durch muß, denn da ist etwas drinnen, ein Tier, das er bergen muß, ein Tier, das in dem grauen Morast festhängt. Er hebt den Blick hilfesuchend zu Ragnhild, und sie lächelt und winkt ihm mit der einen Stricknadel zu, ehe sie das Strickzeug umdreht und auf der neuen Nadel weiterstrickt.

Oder ihm träumt, er säße auf einer Eisscholle, die ständig in kleinere auseinanderbricht, ohne aber so klein zu werden, daß er untergehen würde. Auf einer anderen Eisscholle steht ein schwarz-weiß geschecktes Kalb, das er zu retten versuchen soll. Es steht auf zitternden, dünnen Beinen und sieht ihm mit traurigen Augen nach, als es vorbeitreibt, ohne daß es ihm gelingt, den Strick, den es um den Hals hat, zu fassen zu bekommen. Es ist so nahe, daß er die winzigkleinen Tropfen von Feuchtigkeit auf den gebogenen Haaren um die Augen erkennen kann, und er kann sehen, wie die kurzen schwarzen Haare des Fells auf dem Nasenrücken zum Maul hin in einem drolligen Wirbel wachsen. Und er kann das rauhe Ende des Stricks spüren, so nahe streicht es an seinen Fingerspitzen vorbei, als er vorbeigleitet, während das Kalb sanft den Kopf dreht und ihm mit seinem Blick folgt. Die großen, blanken, dunkelbraunen Augen sind vollkommen ausdruckslos. Keine Trauer ist darin zu sehen, keine Angst und kein Vorwurf, aber auch keine Hoffnung. Es steht unbeweglich auf seiner kleinen

Eisscholle, den Kopf ihm zugewandt, und treibt unerbittlich immer weiter hinaus auf das dunkle, kalte und unendlich einsame Meer. Die Verzweiflung und die Ohnmacht, die er spürt, sind so überwältigend, daß er mit heftig klopfendem Herzen und dem Weinen als einem qualvollen Druck am Gaumen erwacht. Diesen Traum hatte er im letzten Jahr oft.

Dann pflegt er aufzustehen und barfuß in die Küche zu wandern. Mit Kaffee und Zigaretten am Küchentisch zu sitzen und zu spüren, wie die Kälte langsam und lähmend vom Fußboden die Beine hinaufkriecht. Die Gefühllosigkeit im Rücken spüren und das Rückgrat hinauf und denken: Kommt sie nur hoch genug, dann sterbe ich. Und er hat mit so etwas wie Erleichterung an diese Möglichkeit gedacht, denn so kalt, wie ihm in diesen Nächten ist, so kalt kann es einem gar nicht sein. Das ist eine Kälte, gegen die kann man sich unmöglich kleiden. Und Lars macht auch gar nicht erst den Versuch. Ragnhild hat ihm Pantoffeln und Schlafrock zu Weihnachten geschenkt, aber nur selten denkt er daran, sie anzuziehen.

Kälte, denkt er lahm, Kälte an sich ist nichts. Kälte ist nur die Abwesenheit von Wärme. Dunkelheit ist die Abwesenheit von Licht. Tod ist die Abwesenheit von Leben. Ist es das, was den Gedanken an den Tod so beängstigend macht? Diese absolute Abwesenheit von allem, was uns vertraut ist, von Wärme, Licht, Leben? Die totale Einsamkeit.

Zwei Tage und Nächte hat er dagesessen, mit dem Leben des Sohnes zwischen den Händen, während das Walfangschiff auf Kapstadt zubrauste, und gesehen, wie das Leben davonglitt, wie Wasser, das man mit den Händen festzuhalten versucht. Unerbittlich. Buchstäblich unerbittlich, denn er fühlte niemals, daß er eine Antwort bekam auf seine verzweifelten Gebete, die er durch zusammengebissene Zähne hinausschickte – an Gott, an Jesus, an die Jungfrau Maria und an alle Engel des Himmels – keine Antwort. Alles, was er fühlte, war eine große, große Einsamkeit.

Wenn Lars im Wagen hinter dem Braunen sitzt, spürt er dieselbe kalte Einsamkeit, die ihn in den Nächten quält. Es ist, als habe er angefangen, auch am hellichten Tag böse Träume zu träumen. Er sieht die Schneeruten, die den Wegrand markieren, in gleichmäßigen Abständen vorübergleiten, wie Sekunden in einer Ewigkeit, und er verspürt keinerlei Verlangen, umzukehren und wieder nach Hause zu fahren. Kein Gedanke, wieder nach Hause in die Wärme der Küche zu kommen, weg von der Kälte, die sich wie eine gefühllose Schicht über seine Haut legt, unter Hemd und Jacke schiebt.

Aber den Braunen zieht es nach Hause zum warmen Stall. Er geht seinen üblichen Bogen beim Laden und trottet heimwärts, ohne um Erlaubnis zu fragen. Zu Hause steht Klein-Jakob mitten in der Küche mit dem Daumen im Mund und ist gekränkt, weil er auf den Ausflug nicht mitdurfte. Lars hebt den Jungen hoch und spürt, wie der kleine Körper ihn durch das Hemd wärmt, so als wenn die Wärme eines Fingers die Eisblumen an einem zugefrorenen Fenster zum Schmelzen bringt.

14

Aber an diesem Herbsttag hält Lars Mittagsschlaf, obwohl er in der vergangenen Nacht richtig gut geschlafen hat. Er klagt, die Tabletten, die er gegen die Depression bekommen hat, machten ihn müde. Solfrid kann sein Schnarchen als ein fernes Geräusch durch mehrere Wände hören. Und sie sieht Jakobs zufriedenes kleines Gesicht vor sich, wie er sich in Großvaters Arme geschmiegt hat, genüßlich wie ein Kätzchen, er kann kaum nahe genug rücken. Das Bild tut Solfrid weh, und sie schiebt es energisch weg.

Oh, er ist so etwas Besonderes, ihr kleiner Junge! Hin und

wieder kann er so traurig sein, daß es sie schon fast irritiert. Und manchmal ist er so nachdenklich, daß es ihr beinahe Sorgen bereitet. Daß ein so winziges Menschlein dermaßen grübelt! Aber Jakob ist auch ein unglaublich zärtliches Kind. Der Großvater ist in seinem Leben der große Held, neben Olefejus, Ingers Bruder, und diesem »mein Junge«, von dem niemand außer Jakob selbst weiß, wer das ist.

Die steile Treppe endet auf dem Flur des Dachbodens mit einer niedrigen, etwas schiefen, alten Tür zum eigentlichen Bodenraum. Das ist ein großer Raum, ganz hell, weil jetzt die niedrige Nachmittagssonne gerade durch das kleine halbrunde Fenster an der Stirnwand scheint. Ganz oben unter dem Giebel hängt ein verlassenes Wespennest, und auf dem schmalen Fensterbrett liegen zwei der früheren Bewohner und strecken die Beine in die Luft.

Mathildes schwarze Kleider hängen auf Kleiderbügeln, die über dünne Holzlatten gehakt sind. Die Latten sind über zwei der Querbalken gelegt, ganz dort in dem Winkel, den sie zum Dach bilden. Mehr Kleidung – weggeräumte Sommersachen und altes abgelegtes Zeug – hängt über anderen Holzlatten, die zwischen den Balken eingelegt sind. Unter Mathildes Kleidern findet sich auch ihr alter schwarzer Wintermantel, an den sich Solfrid so gut erinnert. Er ist in eine dünne Plastikfolie eingepackt, zusammen mit dem Nerzkragen, den Mathilde »für gut« benutzte.

Als Nils-Jan klein war, hatte er immer große Angst vor dem Nerz. Er konnte einfach nicht glauben, daß der nicht lebte. Und mit dem spitzen Maul und den glänzenden schwarzen Augen sieht er ja auch ganz lebendig aus. Die Ohren liegen flach angepreßt, und das ganze Tier hat einen zusammengeklemmten, langgestreckten Zuschnitt, als ob es durch die große Plättrolle geschickt werden sollte, die draußen auf dem Gang steht.

Plötzlich sieht sie Nils-Jan wieder vor sich. Das mag in

seinem ersten Winter auf Ås gewesen sein. Sie sieht die dünne kleine Gestalt unten durch die Räume rennen, sie selbst ihm auf den Fersen, mit dem Nerz wedelnd, den sie vom Mantel auf dem Flur abgenommen hatte. Spürte sie damals, daß er wirklich Angst hatte? Sie erinnert sich an ihr eigenes Gefühl des Triumphs, die Mutigere und Stärkere zu sein. Und die Scham, anschließend, als Mathilde, den schluchzenden Jungen auf dem Schoß, sie sich vornahm und tüchtig ausschimpfte. Sie nahm kein Blatt vor den Mund, die Mathilde.

Der Nerzkragen läßt Solfrid aber auch noch an eine andere Episode denken. Das muß ein paar Jahre später gewesen sein, vielleicht in dem Winter, als sie in die erste und zweite Klasse gingen. Sie waren auf Rønningen zur Geburtstagsfeier gewesen und gingen durch das Winterdunkel nach Hause, ein Stück weit begleitet von vier der Kinder von dort. Alle waren sie pappsatt von Kuchen und roter Brause, aufgedreht nach den lärmigen Spielen und ziemlich furchtsam und ängstlich vor der Dunkelheit nach den haarsträubenden Spukgeschichten von Inger und Kåre.

15

Die älteren Kinder auf Rønningen machten sich einen Spaß daraus, die kleineren mit Geschichten von blutrünstigen Werwölfen und Vampiren, von Scheintoten und anderen erbaulichen Figuren zu erschrecken, Geschichten, mit denen sie allen den Nachtschlaf raubten. An diesem Abend war die ganze Geburtstagsgesellschaft, das heißt die fünf, sechs jüngsten der Rønningenkinder plus Sol und Nils-Jan auf der alten Chaiselongue in dem Zimmer neben der Küche zusammengekrochen, hatten das Licht gelöscht und die Tür zugemacht.

Auf Rønningen gab es so viele Kinder, daß Milda aufgegeben hatte, die Geburtstage mit eingeladenen Freunden und Freundinnen zu feiern. Das gab es nur noch, wenn sie zehn wurden. An den anderen Geburtstagen durften sie jeweils einen Gast von außen einladen, und da sie selbst so viele waren, waren die Feiern dennoch ziemlich groß. Dieses Mal waren es Hallvard und Anne-Grete, die ihren Geburtstag feierten. Sie waren mit genau einem Jahr Abstand geboren, und da jeder von ihnen einen Gast einladen durfte, waren sowohl Solfrid als auch Nils-Jan eingeladen.

Die beiden kamen um fünf Uhr festlich gekleidet, jeder mit einem blauen Fünfkronenschein im Umschlag, den sie auf dem Flur mit höflichem Diener und Knicks überreichten.

»Gratuliere zum Geburtstag.«

»Danke schön.«

Zu Hause hatte die Mutter Solfrids Haare teilweise geflochten, und auf dem Kopf mit einer großen weißen Schleife hochgebunden. Das übrige Haar lag über dem Matrosenkragen auf dem dunkelblauen Weihnachtskleid. Diese Frisur rief von Seiten des weiblichen Teils der Geschwisterschar große Begeisterung hervor, die Sol sichtlich genoß, und Inger richtete mit ihren geschickten Fingern die Schleife, die unter der dunkelroten Mütze ziemlich plattgedrückt worden war.

Solfrid ihrerseits bewunderte gehörig Anne-Gretes neue schwarze Lackschuhe mit der Rosette vorn: »Ui, sind das schöne Schuhe! Hast du die zum Geburtstag bekommen?«

Ja, das hatte Anne-Grete, denn ihre alten guten Schuhe, vererbt von mindestens drei älteren Schwestern, sind während des Weihnachtsfests der Sonntagsschule verschwunden. Zu Mildas Verzweiflung waren und blieben sie verschwunden, und da sich in der langen Reihe von guten Schuhen in dem Schrank unter der Treppe kein einziges freies Paar in der richtigen Größe fand, bekam Anne-Grete eben neue Schuhe zum Geburtstag.

Diese schwarzen Lackschuhe waren unter dem Weihnachtsstern in Kaufmann Bergs Schaufenster ausgestellt gewesen, und sowohl Solfrid als auch Anne-Grete hatten zu der Schar der kleinen Mädchen gehört, die bei Schneewetter draußen davorgestanden hatten und die schöne Rosette bewunderten. Aber da sie, als Weihnachten gekommen war, nicht von ihrem Platz oben auf der großen Sardellenbüchse verschwanden, die fester Bestandteil von Kaufmann Bergs Weihnachtsdekoration war, hatte keine von ihnen besondere Hoffnung, die glückliche Besitzerin zu werden. Nun war Anne-Grete selig, und man gönnte es ihr. Schließlich bekam sie als eine der jüngsten in der Geschwisterschar nicht oft etwas Neues.

Jetzt waren also die Höflichkeitsfloskeln ausgetauscht, die Brause und die selbstgebackenen Kuchen verzehrt, und die Gesellschaft hatte auf der dunkelbraunen Chaiselongue nebeneinander Platz genommen, die Ältesten mit dem Arm um die Kleineren, die ständig auf der Hut und kurz davor waren, von dem glatten Sofabezug aus Rindsleder zu rutschen.

Im flackernden Schein einer einsamen Stearinkerze auf dem Tisch gaben die ältesten der anwesenden Kinder die schauderhafte Geschichte des Grafen Dracula zum Besten. Inger, die damals um die Zwölf gewesen sein mag, war eine wahre Meisterin, die unangenehmsten Phantasiefiguren heraufzubeschwören, und Kåre, der beinahe elf war, entfaltete überzeugend sein Schauspielertalent. Makabre Rollen waren seine Spezialität, und er konnte ein Lachen anstimmen, so eiskalt, daß es einem durch Mark und Bein ging, auch bei Milda, die in der Küche Tassen und Gläser abwusch und mit einem Ohr der Kinderschar nebenan zuhörte.

Die beiden größten Mädchen, die als Geburtstagsgäste zu alt waren und statt dessen beim Abwasch helfen mußten, hatten ebenfalls neugierig ein Ohr auf das gerichtet, was dort hinter der geschlossenen Tür vor sich ging. Sie hatten seinerzeit sowohl das Manuskript als auch die Regie an die

Ausführenden des Abends überliefert und waren streng genommen zu erwachsen, um sich mit so etwas noch länger abzugeben. Trotzdem legten sie auf eine gemeinsame Eingebung hin die Küchenhandtücher beiseite und ließen Abwasch Abwasch sein.

Ruckzuck hatten sie sich mit Eckzähnen aus Streichhölzern und flatternden Gewändern ausstaffiert, und in dem Augenblick, als Kåre Graf Dracula im flackernden Lichtschein der Kerze langsam und unheildrohend aus seinem Grab aufsteigen ließ, stürzten die zwei mit schaurig dröhnendem Gelächter hinein zu der schreckensstarren Gesellschaft.

Der Spukabend fand ein jähes Ende, erinnert sich Sol. Die kleinsten Kinder fingen furchtbar an zu weinen und mußten von den Großen getröstet und geküßt und gedrückt werden. Milda beruhigte die Gemüter mit einer Extrarunde roter Brause und erließ ein Verbot weiterer Spukgeschichten. Den restlichen Abend wurden friedlichere Sachen gespielt, wie »Der Plumpsack geht um«, »Die Reise nach Jerusalem« und »In meinen Koffer packe ich ...«. Aber nicht einmal Inger und Kåre trauten sich mehr allein über den Hof zum Plumpsklo am Stall.

Sol und Nils-Jan mußten ein Stück auf dem Heimweg begleitet werden, als die Feier um war. Nach dem etwas aufreibenden Abend war unter den jüngeren Kindern keines, das Lust hatte, die warme Stube zu verlassen. Aber freiwillig wollten auch die Größeren nicht, und schließlich rafften sie sich alle auf und machten sich auf den Weg.

Das erste Stück des Wegs ging es durch dichten Wald, in dem die dick mit Schnee bedeckten Tannen hinter den Schneewällen links und rechts am Wegesrand wie schwarze, gebückte Trollweiber im kalten Mondlicht standen. Hin und wieder rutschte der Schnee von einem Ast, der nun, von der Schneelast befreit, mit einer stummen, wiegenden Bewegung hochschnellte. Es war, als würde eines der Trollweiber einen zottigen Arm nach den vorbeigehenden Kindern ausstrecken. Die Kinder rückten im Dunkel noch enger zusammen und stolperten vorwärts wie ein kleines erschrockenes Tier mit sechs wachsamen Augenpaaren.

Als sie das Wäldchen wohlbehalten hinter sich gelassen hatten, wurden sie mutiger. Der Mondschein, der drinnen im Wald jedem Schatten ein verzaubertes Leben verliehen hatte, besaß hier draußen kaum noch Macht. Ringsumher lag friedlich die schneeweiße Erde, und der Mann im Mond sah beinahe freundlich aus, wie er da am sternenübersäten Himmel hing und sein ewiges, schiefes Lächeln auf die Erde hinabschickte. Das erschrockene Tier löste sich allmählich auf, und die Kinder fingen an, sich gegenseitig kopfüber in die Schneewehen am Wegrand zu befördern. Die Angst vor Graf Dracula wich nun anderen Gefahren, viel realeren, und man war vollauf beschäftigt, sich vor den Schneebällen zu ducken, die einem um die Ohren flogen.

Später wußte keiner, wer zuerst das kleine schwarze Tier entdeckte, das ihnen plötzlich zwischen den Beinen herumsprang. Aber die Wirkung auf die Kinderschar hätte nicht furchtbarer sein können, wenn der Graf selbst sich auf dem Dorfweg materialisiert hätte, mit seinen spitzen Zähnen und allem, bereit, beim ersten besten Kind zuzuschnappen. Mit einem entsetzlichen Geheul stoben sie in alle Richtungen, das jüngste hing dem ältesten an den Fersen, völlig durcheinander vor Schreck. Und die ganze Zeit tanzte das schwarze, rattenähnliche Wesen einen Wahnsinnstanz zwischen ihren Füßen.

Es herrschte eine totale Verwirrung, die Kinder rannten heulend auf dem schneebedeckten Weg vor und zurück, manche von ihnen mit kleinen verängstigten Abstechern in den hohen Schnee. Dort mühten sie sich einen Moment hilflos durch die Schneemassen, bis sie sich wieder der kreischenden Schar anschlossen.

Der kleine, schwarz-braungefleckte Beagle von Lund befand sich glücklich auf dem Heimweg, nachdem er im Dorf auf Freiersfüßen unterwegs gewesen war. Man hatte ihn damals nicht auf frischer Tat ertappt, und es sollten noch einige Monate vergehen, ehe sich die Resultate seines offensiven Charmes in Form von krummbeinigen Hundekindern aller Art zu zeigen begannen. An dem Tag, als auch die scharf abgerichtete Schäferhündin auf Li krummbeinige Welpen warf, nahmen die Freierstouren ein jähes Ende, aber da bis dahin keiner der Hundebesitzer im Ort begonnen hatte, den kurzbeinigen Charmeur zu verjagen, gelang es ihm immerzu, all seine Manneskraft zur Entfaltung zu bringen. Und er ging dabei mit einem Mut und einer Ausdauer vor, als ahnte er, daß die Zeit, in der er sich an der Laufleine unter den Ahornbäumen auf Lund bewegte, nicht mehr fern war.

Aber noch lief »Schmock« frei herum, und jetzt kam er – zutiefst befriedigt – im Mondschein angelaufen, nachdem er der gutwilligen Spitzdame des Kaufmanns Berg seinen Besuch abgestattet hatte. Die Folgen dieses tête-à-tête zeigten sich später in sieben verdächtig kurzbeinigen Spitzwelpen, die zur Jagd total unbrauchbar waren.

Der Anblick der tobenden Kinderschar weiter vorn auf dem Weg machte den werdenden Vater so vergnügt, daß er sich mitten auf den Weg setzte, den Kopf nach Beagle-Art in den Nacken legte und die Versammlung mit seinem langgezogensten Geheul begrüßte.

»Oou-oou-oou-oo!« heulte er glücklich und wartete auf die übliche stürmische Begeisterung, die diese Äußerung bei allen Kindern des Dorfs auszulösen pflegte. »Oou-oou-oou!«

Heute abend jedoch schlug er mit seinem Geheul wie aus einem Horrorfilm die Kinder in die Flucht. Einen kleinen Augenblick standen sie da wie festgefroren, doch dann nahmen sie Reißaus, den gleichen Weg zurück, den sie gekommen waren. Die Ältesten zogen die laut schreienden Kleinen mit sich.

Durch das Gehölz, wo die Trollweiber an die Kinder, die außen liefen, von beiden Seiten Klapse und Kopfnüsse verteilten, daß der Schnee stob. Aber wer schert sich um solche Bagatellen, wenn ihm Vampirfledermäuse und Werwölfe auf den Fersen sind!

Schreiend stürmten sie über den Hofplatz auf Rønningen, durch die Tür des Windfangs und hinein in die warme, sichere Küche. Die Kleinste hielt nicht an, ehe sie nicht sicher in den Armen der verblüfften Milda lag, aber der älteste der Jungen warf sich heroisch von innen gegen die Küchentür und stemmte die Schulter unter die Messingklinke, bereit, das Zuhause mit seinem Leben zu verteidigen.

Alle gackerten sie wie erschreckte Hühner auf einmal los, so daß kein Ton zu verstehen war, aber Milda und Sverre, die sich nach dem turbulenten Abend einen wohlverdienten Schluck Kaffee gegönnt hatten, mußten den Eindruck bekommen, als lauerten draußen auf dem Hofplatz die entsetzlichsten Gefahren. Sie warfen einen Blick durchs Küchenfenster, ohne daß sie beim Anblick von Harriet Lunds Beagle sonderlich schlauer gewesen wären. Der lag mitten auf dem Hof im Mondschein und nagte vergnügt an irgend etwas, das unmöglich zu erkennen war. Ab und zu hob er erwartungsvoll den Blick zum Fenster, in der Hoffnung, hereingebeten zu werden.

Dann fiel bei ihnen der Groschen – und der Werwolf konnte als ungefährlich identifiziert werden. Die Gefahr war vorbei. Schlimmer war es mit der Vampirfledermaus, dem verhexten Graf Dracula, der ja auf dem dunklen Weg unverkennbar mitten unter ihnen herumgeflattert war und der ihnen auf den Fersen nach Hause gefolgt war, das konnten die Größten mit dem Kreuz um ihren Hals bezeugen. Die Kleinsten hatten sich nicht einmal die Zeit genommen, über die Schulter zu schauen, so vollauf beschäftigt waren sie gewesen, sich ins Haus zu retten.

Es half nicht viel, als Sverre ihnen versicherte, daß alle Fledermäuse des Orts – es gab nicht so viele – wahrscheinlich in tiefem Winterschlaf in Jakobs Scheune kopfüber unter dem Dachfirst hingen und nicht im entferntesten daran dachten, sich auf die winterlichen Wege hinaus zu begeben, um anständigen Leuten Blut auszusaugen. Die Kleinen beteuerten aber schluchzend, eine Fledermaus gesehen zu haben, eine echte Vampirfledermaus mit gefährlich spitzen Zähnen und leuchtend roten Augen!

Glücklicherweise war die Fledermaus der Kinderschar nicht ins Haus gefolgt, ebenso wie einer von Sols nagelneuen und viel zu großen Winterstiefeln, wie sich zeigte. Sie war inmitten der Kinderschar hereingesprungen, mit nur einem Stiefel. Aus dem anderen war sie gerade noch rechtzeitig gesprungen, als der Vampir nach ihrer Ferse schnappte.

Der Hergang ließ sich nach und nach rekonstruieren, und der Sünder, der Ursprung des Entsetzens, mußte zerknirscht in der Küche Rede und Antwort stehen. Er gehörte zu denen, die nicht an der Geburtstagsfeier teilgenommen hatten, sondern im Jungenzimmer unter dem Dach auf dem Bauch gelegen und die Nase in ein Abenteuerbuch gesteckt hatte. Aber alle in dieser Familie waren mit großen Ohren ausgestattet, und der Junge hatte natürlich viel von dem mitbekommen, was sich dort unten abspielte. Und dann war die Versuchung, ihnen einen bösen Streich zu spielen, zu groß geworden.

Milda hatte einen Nerzkragen, genauer sie hatte einen gehabt, exakt das Gegenstück zu Mathildes, aber ihrer war inzwischen einigermaßen ruiniert, weil eines der Kinder ihn mit einer Schere bearbeitet hatte. Dieses Kind hatte die Mutter über etliche Jahre hin mit seiner Vorliebe für Scheren zur Verzweiflung gebracht. Er, es war Hallvard, einer der kleinsten, schnitt der Reihe nach die Fransen von Mildas besten Teppichen ab, die Aufhänger der meisten ihrer Handtücher, die Troddeln von so gut wie allen Strickmützen des Hauses und die meisten Haare vom Kopf von Anne-Grete, der noch kleineren Schwester. Und eben auch den Schwanz des feinen Nerzkragens. Jetzt hatte das Kind allmählich immerhin Verstand genug, die größten Katastrophen auszulassen, aber der Nerzkragen, eines der letzten Opfer seiner Schneidemanie, lag weiterhin auf der Hutablage im Flur und wartete darauf, daß Milda Zeit haben würde, ihn wieder an seinen Platz zu nähen.

Milda weinte jedesmal ein bißchen über die Zerstörungen. Ja, merkwürdigerweise vergoß sie die meisten Tränen über den kurzgeschorenen Mädchenkopf, obwohl sich das Unglück mit der Zeit von selbst wieder richtete. Aber sie versöhnte sich schnell mit dem Zustand der Sachen, besserte die Schäden aus, so gut es ging, und suchte immer wieder neue Verstecke für die Schere.

Der Nerzschwanz hatte so lange auf der Hutablage gelegen, daß die meisten ihn vergessen hatten. Aber Kjell-Arne, der Missetäter, hatte ihn hervorgeholt und mit einem Bindfaden an Solfrids Stiefel befestigt. Und das war es, was Schmock begeistert zu erwischen versucht hatte und was er jetzt draußen auf dem Hof malträtierte. Nur Mildas entschlossenes Eingreifen verhinderte, daß der Schwanz endgültig ruiniert wurde. Sie hatte Augen wie ein Adler und außerdem genug Phantasie, um sich vorzustellen, was ihre Kinder alles anstellen konnten. Sie erkannte augenblicklich zwischen Schmocks Zähnen die kostbare Mantelzier, der sie in den letzten Jahren nicht einen Gedanken gewidmet hatte, wieder, raste auf den Hof und schnappte sie dem Hund weg. Der starrte sie verblüfft an, legte den Kopf zurück und quittierte den Übergriff mit seinem vorwurfsvollsten »Ooouoo!«, ehe er schwanzwedelnd hinter ihr in die Küche trottete.

Als nun endlich alles aufgeklärt war, schickte Milda den Bösewicht – ihren langen und schlaksigen Sohn im Konfirmandenalter – mit einem ernsten Wörtchen und ohne Abendessen ins Bett. Die Kinder überließ sie Sverre und den ältesten Mädchen, nahm Mantel und Hut, schlang sich einen Schal um die Ohren und brachte Solfrid und Nils-Jan in der mondhellen Nacht nach Hause. Schmock trottete schwanzwedelnd hinterher.

16

Solfrid hat die Plastikhülle um Mathildes Wintermantel geöffnet und spielt gedankenverloren mit der Schnauze und den Pfoten des Nerzkragens. Soll sie Ragnhild fragen, ob sie den für Klein-Jakob bekommen kann? Er ist schon immer ganz wild auf Haare gewesen. In den ersten Monaten hat er seiner Mutter fast die Haare vom Kopf gedreht, und Solfrid spürt noch die Empfindsamkeit ihrer Kopfhaut wie ein leichtes Frösteln, wenn sie nur daran denkt. Sie ist ziemlich empfindlich, und ab und zu rutschte ihr ein so lautes Autsch! heraus, daß der Junge aufschreckte, wenn er an ihrer Brust lag und die prallen Fingerchen in ihr Haar verwickelt hatte, so fest, daß es ihr kaum gelang, sie loszubekommen.

Während ihrer gesamten Kindheit und Jugend hatte sie langes Haar, ihre Mutter wollte das so. Gudrun fand immer, das Haar sei der Schmuck einer Frau, und da lange Haare und Pferdeschwanz modern waren, sah Sol keinen Grund, sich zu widersetzen. Und Nils-Jan mochte ihre Haare so gern, er drohte damit, sich seine Haare ganz kurz scheren zu lassen, wenn sie ihre abschneiden würde.

Aber nach den ersten Trauermonaten, in denen es für Solfrid nichts gab außer Jakob in seinem Kinderbett und seine fest in ihr Haar gekrallten kleinen Händchen, ging sie schließlich zu Inger. Die sprach zwar zunächst sehr eindringlich über das Verwöhnen von Kindern, ging dann aber eifrig mit ihrer besten Schneiderschere ans Werk und schnitt Solfrids Haar gerade ab, ein paar Zentimeter unterhalb der Ohren. Inzwischen hat sich Solfrid sogar zu richtig kurzen Haaren überreden lassen, und Inger hat ihr eine schicke und moderne Frisur à la Audrey Hepburn verpaßt.

Auch wenn der Unterschied enorm ist, so ist Sol doch mächtig zufrieden mit dem neuen Haarschnitt. Ihr Haar, das in dicken Büscheln ausfiel, als sie mit dem Jungen schwanger war und gleichzeitig um Nils-Jan trauerte, ist sowohl dicker als auch glänzender, seit es abgeschnitten worden ist. Die Locken der Kindheit sind auch wiedergekommen, und so fällt das Haar jetzt schön um ihr Gesicht. Ja, sie ist zufrieden mit der neuen Frisur.

»Ich sehe aus wie ein ganz anderes Mädchen«, denkt sie oft, wenn sie prüfend ihr Gesicht in dem alten Spiegel mit dem braunen Rahmen aus Birkenholz betrachtet, der über dem Waschtisch in Mathildes Kammer hängt. Und es versetzt ihr einen Stich, ja, fast macht es ihr angst, und sie denkt: ›Dabei bin ich doch kein anderes Mädchen!‹

Die Haarbüschel, die Inger damals abgeschnitten hat, legte sie zwischen hellblaue Schrägstreifen unter die Nähmaschine und verwandelte sie zu einem kuscheligen Etwas, das Klein-Jakob allmählich begann, »kleine Haare« zu nennen und von dem er so abhängig wurde wie von seinem linken Daumen.

Nach drei Jahren treuer Gefolgschaft sind nun die »kleinen Haare« ziemlich schütter geworden, und jetzt denkt Sol, als sie da auf dem Dachboden steht und über Mathildes Nerzkragen streicht, daß der vielleicht beim Übergang nützlich sein könnte. Das Kind muß doch eines Tages aufhören, ein Haarbüschel unter der Nase hin und her zu ziehen, um einzuschlafen.

Es ist im übrigen auch ein schöner Mantel. Solfrid probiert ihn an, nachdem sie den Nerz, der mit Haken an drei Stellen befestigt ist, abgenommen hat. Der Mantel ist zweireihig geknöpft und leicht ausgestellt, und da Mathilde verhältnismäßig groß war, reicht er Sol bis über die Wade. Er hat einen so altmodischen Schnitt, den sie schick findet, ganz anders als die langweiligen Frauenmäntel, wie sie Ragnhild und die Mutter tragen. Ja, sie will Ragnhild fragen, ob sie sich Mathildes gutes Stück leihen kann.

Sie hängt den Mantel auf einen der freien Kleiderhaken, einen Nagel, der durch das Loch einer Garnrolle in einen Balken geschlagen worden war. Es gibt jede Menge Haken aus alten Garnrollen. Auf den meisten hängen alte Sachen, eine ausgeblichene und verschlissene Nietenhose, ein blaukariertes Arbeitshemd oder eine gemusterte Strickjacke, die an den Ellbogen gestopft ist. Viele der Sachen erkennt Solfrid aus ihrer Kindheit wieder. Beim Anblick von Mathildes Ausgehschürze hat sie den Geschmack von Malzbonbons und Kampferdrops im Mund. Bei dem schwarzen Hut mit der Feder an der Seite muß sie an Ausflügen in die Stadt und an Begräbnisse denken.

Und plötzlich merkt Solfrid, daß sie Mathilde vermißt – sie richtig vermißt. Das schlechte Gewissen meldet sich mit einem kleinen Stich, als ihr klar wird, wie wenig sie eigentlich um diese barsche Frau getrauert hat, die ein so selbstverständlicher Teil ihrer Kindheit und frühen Jugend gewesen war, und die ihr viel näher stand als ihre eigenen Großmütter.

Ehe sie starb, lag Mathilde fest im Bett in ihrer Kammer, die linke Seite nach zwei Gehirnblutungen komplett gelähmt. Nach dem letzten Schlaganfall lag sie meist und döste, während Solfrid bei ihr am Bett saß und nähte oder strickte. Sie weinte viel und murmelte zwischendurch unverständliche Worte. Oft, wenn Ragnhild und Solfrid nicht begriffen, was sie wünschte, konnte ihr Kauderwelsch einen ziemlich bösen Tonfall annehmen.

Nur einmal, ganz kurz bevor Mathilde starb, bekam Sol mit, daß sie einen Namen murmelte. Harald. Mathildes Jugendschwarm. Nils-Jans Großvater. Klein-Jakobs Urgroßvater. Möchte wissen, ob er noch lebt, denkt Solfrid jetzt. Aber damals schenkte sie weder dem Namen noch der Fotografie, die Mathilde, als sie starb, in Händen hielt, Beachtung. Das änderte sich erst, als Ragnhild die verblüffende Ähnlichkeit mit Nils-Jan auffiel, und sie die Geburtsurkunde fanden, die bewies, daß Mathilde, fünfundzwanzigjährig, ein kleines Mädchen geboren und an ein Kinderheim in Oslo abgegeben hatte. Da begriffen sie den Zusammenhang.

Oder nein, am Anfang hielten sie es eher für einen Scherz, daß ein Zusammenhang zwischen Borgny und Mathilde bestehen sollte. Lars und Nils-Jan waren in jenem Winter auf Walfang. Solfrid war mit Jakob schwanger und wohnte auf Ås, um Ragnhild Gesellschaft zu leisten und Pläne für Hochzeit und Hausbau zu schmieden. Die zwei benutzten die Winterabende, um Mathildes Sachen durchzusehen, und amüsierten sich beinahe ein bißchen bei der Vorstellung, daß Borgny, mit der Ragnhild als Neunzehnjährige in Oslo zusammen gearbeitet hatte, Mathildes Tochter sein sollte.

»So was passiert höchstens in Büchern, und auch da eher selten«, lächelte Ragnhild viele Male. Aber die Jahreszahl stimmte. Und das Kinderheim, in dem Borgny aufwuchs, hatte denselben Namen.

»Und wenn ich mich dort jemandem anschloß, mußte das ja jemand sein, der mich an Mathilde erinnerte«, sagte Ragnhild. »Wäre der Gedanke, daß Mathilde ein Kind geboren haben sollte, nicht so komplett unvorstellbar gewesen, dann hätte ich das schon lange erraten müssen, denn sie und Borgny waren sich so schrecklich ähnlich, in jeder Hinsicht, äußerlich und in ihrer Art.«

»Das muß Vorsehung gewesen sein«, seufzte Gudrun, Solfrids Mutter, den Blick fromm zum Himmel gerichtet. Und dieses eine Mal neigten sowohl Solfrid als auch Ragnhild dazu, ihr recht zu geben, und der Rest des Dorfs mit ihnen.

Aber als Nils-Jan einige Monate später im Sarg nach Hause

gebracht wurde, fiel es allen schwer, darin Vorsehung zu erkennen, sogar Gudrun. Und mitten in der Trauer um Nils-Jan wurde es ihnen fast eine Freude, daß zumindest Mathilde um ihren Enkel nicht zu trauern brauchte.

Der Hut liegt auf einem Regal zusammen mit Mathildes geräumiger, schwarzer Handtasche mit Schnappverschluß und soliden Griffen. Neben ihr steht eine verbeulte alte Keksdose, die Solfrid bekannt vorkommt. Ein bißchen neugierig nimmt sie sie vom Bord und bläst den gröbsten Staub weg. Doch, sie hat sie früher schon gesehen. Ragnhild hatte sie vom Boden geholt und Solfrid den Inhalt vor bald vier Jahren gezeigt, gleich nachdem Mathilde gestorben war. In der verbeulten alten Keksdose mit dem Hahn auf dem Deckel liegen die wenigen Dinge, die Borgny, Nils-Jans richtige Mutter, hinterließ.

Solfrid sitzt auf dem Fußboden und öffnet die Dose. Eigentlich gehört es sich ja vielleicht nicht, herzukommen und in Ragnhilds Sachen zu schnüffeln, denkt sie. Aber das sind Sachen, die der Großmutter ihres Sohnes gehört haben, also mag sie wohl ein Recht dazu haben, sie sich näher anzuschauen. Als die Dose zuletzt hervorgeholt worden war, hatte sie sich nicht so genau mit dem Inhalt beschäftigt, da gab es so viel anderes zu bedenken.

Nils-Jan bekam, soweit Solfrid weiß, nie die Hinterlassenschaft seiner Mutter zu sehen. Ragnhild hatte sich überlegt, sie ihm zu zeigen, wenn er groß genug war, aber dann paßte es irgendwie nie, und er selbst zeigte auch überhaupt kein Interesse daran. Er sprach nicht gern über seine früheste Kindheit, ehe er als Fünfjähriger nach Ås gekommen war, und erinnerte sich wohl mit der Zeit auch nicht mehr an allzu viel.

Es ist eigenartig, wenn man bedenkt, daß diese Dose, die sie zwischen den Händen hält, alles beinhaltet, was von einem Menschenleben geblieben ist, findet Solfrid. Eine rechteckige Kuchendose von der Größe einer Hutschachtel, halbvoll mit Erinnerungen, deren Bedeutung niemand anders als die Tote kennt. Hier liegt eine kleine Sammlung von Glanzbildern zusammen mit zwei runden Steinen und einer grünen Glasscherbe, die ein Flaschenboden gewesen sein könnte. Ihre Kanten sind abgeschliffen, sie mag draußen gelegen haben, ziemlich lange, vielleicht im Sand, bevor sie von einem kleinen Mädchen Mitte der zwanziger Jahre gefunden wurde. Ob sie an jenem Tag wohl froh oder traurig war? fragt sich Sol.

Sie weiß, daß Borgny in einem Osloer Kinderheim aufgewachsen war. Hat sie die runde Glasscherbe bei einem der seltenen Ausflüge zu einem der Badestrände gefunden? Hielt sie sie für einen Augenblick vor die Sonne, um den Lichtreflex in dem dunkelgrünen Glas zu sehen, ehe sie sie zu den runden Steinen in die Tasche ihres einfachen Baumwollkleides mit dem Matrosenkragen und dem über den gekräuselten Rock herabhängenden Leibchen gleiten ließ? Hatte sie Freundinnen, mit denen sie solche Schätze teilte oder war sie ein einsames Kind?

Vielleicht stand sie für einen Augenblick am Strand, der Wind spielte im Haar, dem prächtigen Haar, das wie Seide glänzte. Vielleicht war eine der Tanten im Kinderheim so nett gewesen und hatte eine Schleife hineingebunden, weil Sonntag war. Ließ die Sonnenflecken vom Glas über den warmen weißen Sand tanzen, lauschte auf das Schlagen der Wellen und das Schreien der Möwen, atmete den Duft von Meer und Tang tief ein und war ganz, ganz glücklich, so wie Kinder es an schönen Sommersonntagen sein können. Das mag ein Grund gewesen sein, warum sie diese Glasscherbe ihr Leben lang aufbewahrt hatte, die meisten unserer Kinderschätze gehen doch im Laufe der Zeit verloren.

Solfrid fängt mit dem Flaschenboden den Streifen Sonne vom Fenster her ein und spielt einen Moment lang damit. Merkwürdig, sich vorzustellen, daß ein Kind, das sie nie gekannt hatte, aber das die Mutter ihres geliebten Freundes war und die Großmutter ihres kleinen Sohnes, der unten im Bett des Großvaters schläft, einmal die Sonnenflecken auf die gleiche Weise hat tanzen sehen wie jetzt sie. Vielleicht sorgte sie sich genauso wenig um die Zukunft wie jetzt Jakob, und wie Solfrid es tat, bis zu Nils-Jans Tod. Jetzt geht sie fast immer mit der Angst umher, Jakob könnte etwas geschehen. Ihre ganze Kindheit hindurch wunderte sie sich von fern über die Sorgen der Mutter, was ihr alles passieren könnte, denn mit dem unbeirrbaren und unerschütterlichen Glauben, den sie mit ihrem Vater teilte, wußte sie, daß *ihr* nichts Böses geschehen konnte. Sogar als Nils-Jan im letzten Herbst auf Walfang reiste und sie schwanger war, ohne es zu wissen, überdies außer sich, weil er noch einen ganzen langen Winter weg sein würde, war sie sich ganz tief innen sicher, daß ihr kein Unglück geschehen könne. Jetzt weiß sie, daß es eben doch geschehen kann, und diese Erfahrung hat etwas mit dem Fundament ihres Daseins angestellt.

Plötzlich hat Solfrid ein klares Bild vom alten Jakob vor ihrem inneren Auge. Er saß einmal auf der Bank an der Scheunenwand und ließ die Sonnenreflexe von der Taschenuhr, die er aus der Tasche der dicken schwarzen Weste gefischt hatte, über die grauen Planken tanzen. Sol und Nils-Jan müssen noch ganz klein gewesen sein, denn es dauerte lange, ehe sie begriffen, daß der runde, tanzende Lichtfleck, den sie so eifrig mit ihren Händen zu fangen versuchten, etwas mit der glänzenden silbernen Uhr und Jakobs glucksendem Gelächter zu tun hatte. Ist das Leben unberechenbar? Ist das Glück unmöglich zu fangen, festzuhalten, so wie der tanzende Sonnenfleck? Oder sitzt da einer – wie der alte Jakob – und gluckst nachsichtig über unsere linkischen Versuche? Mit einem kleinen Seufzer legt Solfrid die Glasscherbe in die Dose zurück und wendet sich wieder dem Inhalt zu.

Unter einem Bündel alter Briefe, von denen sie weiß, daß

Ragnhild sie an Borgny geschrieben hat, liegt ein Umschlag mit Mathildes zierlicher schräger Schrift. Das ist eine Einladung zu Ragnhilds Hochzeit.

Lars' und Ragnhilds Hochzeit wurde auf Ås gefeiert, und Mathilde hatte es anscheinend übernommen, Einladungen zu schreiben. Und so hat sie also den Namen ihrer eigenen Tochter geschrieben, ohne es je zu erfahren. Borgny hat den Umschlag geöffnet, vielleicht bewundernd die verschnörkelte Handschrift angeschaut und an etwas gedacht, das ihr Ragnhild von Tante Mathilde erzählt hatte. Hat sie die kleine weiße Karte mit den beiden ineinander verflochtenen, goldenen Eheringen oben links in der Ecke aufbewahrt, weil sie schön war oder weil sie die einzige Einladung zu einer Hochzeit war, die sie je erhielt?

Stell dir vor, daß ein Mensch den Namen eines Kindes, das er sein Leben lang vermißt haben mag, mit der gleichgültigen Müdigkeit im Handgelenk schreiben kann, die sich einstellt, wenn man zwanzig, vielleicht dreißig gleiche Karten geschrieben hat. Borgny Hansen, eine Adresse in Oslo, ein Kreuz auf einer Namensliste, den Umschlag anlecken und zum nächsten übergehen, zerstreut und gleichgültig, die Gedanken halbwegs bei all dem anderen, das für eine große Hochzeit vorbereitet und bedacht werden muß.

Nachts in ihrer Kammer, wenn der Hof zur Ruhe gekommen war und der feine Nebel wie ein Schleier über der Jakobsau lag, träumte Mathilde vielleicht, daß sie die Hochzeit für ihre eigene Tochter ausrichtet. Wie verbittert sie gewesen sein muß, wie zornig auf ihren Vater, der ihr nicht erlaubt hatte, ihr Kind zu behalten!

Dachte Borgny in Bitterkeit an ihre Mutter? In der Dose, die Solfrid in Händen hält, liegt nichts, das etwas darüber sagen würde, was Borgny gedacht oder gefühlt hat, nur kleine Gegenstände, von denen man vermuten muß, daß Borgny mit ihnen Gedanken und Gefühle verbunden hat. Eine Serviette aus einem Restaurant, ein Kinobillett, ein Fahrschein für die Holmenkollbahn. Stammte der von einer Tour mit Ragnhild und Lars?

Es gibt ein einziges Bild von Nils-Jans Mutter. Ragnhild hat es zusammen mit anderen Bildern von der Zeit in Oslo mit Hilfe von kleinen Fotoecken in ihr Album geklebt. Es ist irgendwo in Marka aufgenommen und zeigt Ragnhild und Borgny, an einen Birkenstamm gelehnt, in beinahe gleichen selbstgenähten Kostümen. Die schmalen Röcke reichen ihnen bis zur Mitte der Wade und die Jacken haben Revers und einen Gürtel in der Taille. Beide tragen sie solide Wanderschuhe und eine einem Alpenhut ähnelnde Kappe, Ragnhilds mit einem schmalen dunklen Pelzbesatz. Sie lächeln blinzelnd in die Kamera. Das Bild ist überbelichtet, so daß ihre Züge schwer zu erkennen sind, aber Borgny, die mehr als einen Kopf größer ist als die Freundin, wirkt linkisch und schüchtern, während Ragnhild den Fotografen freimütig anlächelt. Freimütig und verliebt, Lars hat das Bild aufgenommen. Unter die Fotografie hat sie mit ihrer charakteristischen, nicht besonders schönen Handschrift geschrieben: Ich und Borgny in Nordmarka. April '36.

Vielleicht hat Ragnhild Mathilde das Bild gezeigt, ehe sie es ins Album eingeklebt hat. Und vielleicht hat Mathilde es zwischen Daumen und Zeigefinger gehalten, auf Armeslänge weg von sich, denn sie wurde zunehmend weitsichtiger, den Kopf leicht zurückgeneigt, und hat die beiden Mädchen betrachtet, während sie dies und das zu den Schnitten der Kostüme zu bemerken hatte. Sie war eine sehr geschickte Schneiderin. Und dann hat sie das Bild gleichgültig wieder beiseite gelegt, ohne zu ahnen, daß sie gerade eben das Bild ihrer Tochter in der Hand hielt. Vielleicht ist sie zu ihren Hühnern hinausgegangen, ohne dem schüchternen jungen Mädchen auf der Fotografie, Ragnhilds Osloer Freundin, noch einen Gedanken zu schenken. Kann einem das Leben tatsächlich solche Streiche spielen? Kann der Tanz der Sonnenflecken so zufällig sein, so unberechenbar?

In der Keksdose liegt auch eine Fotografie, aber nicht von Borgny. Sie zeigt einen jungen Mann in deutscher Uniform und ist in eine steife, doppelt geknickte Hülle aus Pappe eingelegt, dünnes Seidenpapier schützt das eigentliche Bild. Ein Porträt, nicht größer als sieben mal zehn Zentimeter. Hans, Borgnys deutscher Freund. Nils-Jans Vater und Klein-Jakobs Großvater. In dem ernsten, gutaussehenden Gesicht kann Solfrid Züge ihres Sohnes wiederfinden.

Sie weiß nichts von Hans. Das einzige, was Ragnhild damals, direkt vor Borgnys Tod, in der Tuberkuloseklinik in Sandefjord von ihr erfuhr, war, daß Hans aus Berlin stammte und daß er ganz plötzlich und unerwartet vor Weihnachten 1944 nach Deutschland zurückbeordert worden war. Borgny hörte sicher nie mehr von ihm. Ob er sich darüber im klaren war, daß er Vater werden würde, weiß auch niemand.

Vielleicht lebt irgendwo auf der Welt ein Mann, der der Vater ihres Freundes war, ohne auch nur zu ahnen, daß es Nils-Jan gab. Auch ihm bleibt damit eine große Trauer erspart, denkt Solfrid bitter. Aber er wird auch nie seinen kleinen Enkelsohn erleben. Er hat das gleiche eckige Kinn, sie betrachtet den Mann auf dem Bild, und ihr scheint, als könne sie noch weitere Ähnlichkeiten entdecken, aber wohl nur, weil sie darum weiß. Jakobs rundes Gesichtchen kann man schwer mit dem dieses jungen Mannes vergleichen. Und dennoch zeigen dessen Züge etwas Verletzliches, das sie an Jakob erinnert, wenn er unglücklich ist. Sein Gesicht nimmt manchmal einen so nachdenklichen und traurigen Ausdruck an, besonders wenn er merkt, daß seine Mutter Kummer hat.

Ich wünschte, ich könnte ihn aufsuchen! denkt sie impulsiv. Ihn aufsuchen und ihm von Nils-Jan erzählen. Und dann könnte er sein Enkelkind sehen. Sie hat den Gedanken bisher nie als eine reale Möglichkeit erwogen. Hat nie in Erwägung gezogen, überhaupt irgendwo hinzureisen, jedenfalls nicht über die Grenzen des Landes hinaus. Sie hat sich hier immer so verwurzelt gefühlt, war so mit der Familie und dem Ort verbunden, so sicher, daß sie hier für immer leben würde. Wenn andere Mädchen davon fabulierten, wegzufahren und etwas zu *werden*, am liebsten etwas Großes und Wichtiges wie Filmstar oder Stewardeß, beteiligte sie sich gern an den Phantasien, aber in ihrem Innern wußte sie, daß sie hier bleiben wollte. Sie und Nils-Jan. Sie würden sich ihr Haus am Jakobshaugen bauen und dort wohnen, bis sie einst den Hof von Ragnhild und Lars übernehmen würden. Dann würden sie tauschen, und das Haus am Hügel würde das Altenteilhaus werden.

Es wäre alles so einfach gewesen. So schlicht und einfach. Ihr war es gelungen, den tanzenden Sonnenflecken zu fangen, und sie hatte sich kein anderes Leben gewünscht als genau dieses, aus tiefstem Herzen. Auf dem Hof und im Garten arbeiten, Kinder aufziehen – sie und Nils-Jan hatten sich mindestens vier gewünscht. Als Einzelkinder hatten sie beide Geschwister vermißt, auch wenn sie füreinander beinahe wie Bruder und Schwester gewesen waren. Vielleicht würden sie irgendwann ein Auto bekommen – einen Volkswagen – und mit dem Zelt durch Norwegen ziehen oder nach Schweden fahren. Die Küste von Bohuslän soll so schön sein, hatten sie gehört.

Auch wenn Nils-Jan mehrere Saisons am Walfang auf der anderen Seite des Erdballs teilgenommen hatte, war er von der großen Welt wenig berührt. Er konnte wohl von Dingen erzählen, die er in Hafenstädten wie Kapstadt, Montevideo oder Curaçao erlebt hatte, aber meist war er, wie Lars, mit dem Hof und dem Land beschäftigt, wenn er im Sommer zu Hause war. Sie redeten mehr über Frühaussaat und Hafer, über Kohlrüben und Kunstdünger als über das, was sie in fernen Breitengraden erlebt hatten. Und in diesem letzten Sommer war Nils-Jan so beschäftigt gewesen mit dem Haus, das sie im Jahr darauf bauen wollten, daß er von fast nichts sonst sprach.

Jetzt sind mehr als dreieinhalb Jahre vergangen, seit er starb, und noch immer kann Solfrid es phasenweise nicht begreifen, daß er wirklich weg ist. Und jetzt habe ich noch einen zum Vermissen, denkt sie mit einer plötzlichen Bitterkeit, die so stark ist, daß sie sie förmlich auf der Zunge schmeckt.

Solfrid schlingt die Hände um die Knie und bleibt sitzen, das Bild von Nils-Jans deutschem Vater dreht sie geistesabwesend zwischen den Fingern. Draußen auf der Straße hört sie das bekannte Geräusch von Olefejus' Motorrad. Sicher ist er unterwegs zu seiner Freundin in der Stadt. Das Geräusch entfernt sich mehr und mehr, es ergreift Sols Gedanken und trägt sie mit sich – weit hinaus in die Welt.

17

Jakob, das bin ich. Ich kann so hoch oben auf einer Leiter stehen, daß ich den obersten Teil vom Dach auf Lund sehe, hinter den großen Ahornbäumen, die früher Nasen hatten, aber jetzt nicht mehr. Ich kann die Straße sehen, auf der Olefejus mit dem Motorrad vorbeifährt, und ich versuche zu rufen: »Hallo, Olefejus«, aber Olefejus hört mich nicht. Und dann erinnere ich mich daran, daß Olefejus mich immer mit seinem Malerpinsel wegscheucht, wenn er ganz oben auf der Leiter steht, und da rufe ich nicht mehr. Jetzt bin ich bald genauso hoch oben wie er sonst immer.

Olefejus will mich nicht vor sich auf dem Motorrad sitzen lassen, aber Eric, der früher hier war, der aber jetzt nicht mehr hier ist, bei ihm durfte ich. Aber nur auf dem Hofweg.

Und einmal fuhr Eric Mutter und mich bis ganz nach Lund, weil Mutter Harriet besuchen wollte.

Mein Vater ist ein Ton im Wind, ein tiefer und singender Ton, kein großes und gewaltiges Brausen wie der Wind, als ich bei Eric auf dem Motorrad saß und Mutter ihre Arme um Eric und mich geschlungen hatte.

Da war der Ton weg, und der Wind lockte bei Mutter und mir Tränen hervor, aber nicht bei Eric, der nach Rønningen weiterfuhr, um Olefejus das Motorrad zu bringen.

Und Mutter weinte an Harriets Küchentisch und sagte: »Das ist unmöglich!« Aber ich bekomme Angst, wenn etwas unmöglich ist, ich will nicht, daß etwas unmöglich ist. Und da durfte ich bei Elin und Anita sein, die sind Zwillinge, obwohl sie sich nicht ähnlich sind, sagen die Großen. Ich durfte mit Elin und Anita in die Scheune gehen und die Kätzchen ansehen, die sich im Heu versteckten, und das sind auch Zwillinge, obwohl sie sich nicht ähnlich sind, sondern eins ist schwarz mit weißen Flecken und eins ist fast ganz grau. Und die Mama ist auch ganz grau. Die schmiegen sich an unsere Beine und schnurren, so wie Mohrchen.

Ich will nicht, daß Mutter an Harriets Küchentisch weint, ich will nicht, daß etwas unmöglich ist. Ich will nicht, daß mein Vater der große und traurige Ton im Wind über dem Scheunendach ist. Ich will, daß der Wind in der Flasche ist, die ich allein mit einer Hand halte, denn ich muß mich mit der anderen an der Leiter festhalten. Und ich will, daß Mutter den Mund an den Flaschenhals legen und lachen soll, wenn sie meinen Vater aus der Flasche hervorlockt, wie sie es im Sommer gemacht hat, als Eric hier war.

Jakob, das bin ich. Ich bin drei und ein halbes Jahr. Ich will da rauf und meinen Vater wiederfinden.

18

Am Tag, ehe Eric und Granny nach Amerika zurückfahren sollten, fuhr Eric nach Rønningen, um das Motorrad wieder bei Olefejus abzuliefern. Er ließ Solfrid und den Jungen auf dem Hof von Lund absteigen, denn Solfrid hatte gemerkt, daß sie mit jemandem reden mußte, und Inger war mit den Kindern zu Besuch bei den Eltern von Hans, das wußte sie.

Jakob war vollkommen begeistert, daß er so lange auf dem Motorrad sitzen durfte, aber als die Mutter ihn hinunterhob, liefen die Tränen über sein kleines Gesicht, und von dem Wind und dem intensiven Erlebnis schnappte er regelrecht nach Luft.

Harriet ist mehr als zwanzig Jahre älter als Solfrid. Sie hat Sol heranwachsen sehen und hatte wohl nie daran gedacht, daß aus ihnen beiden einmal enge Freundinnen werden würden. Aber sie sind es geworden, in diesen letzten Jahren. Wenn man kleine Kinder hat, schafft das Alter der Kinder das Gefühl von Gemeinsamkeit und Gleichheit, nicht das der Erwachsenen.

Und Harriet also ist frischgebackene Mutter, fünfundvierzig Jahre alt. Wer hätte das gedacht! strahlt Harriet – strahlen Lyder Halvorsen und seine Zwillinge und der ganze Ort, denn wenn jemand ganze Hände voll von Glück verdient, dann ist es Harriet. Denn Trauer hatte sie weiß Gott schon genug erfahren.

Inger und Solfrid hatten in den letzten Jahren so manches Frauengespräch an Harriets Küchentisch. Zuerst, als Harriets Bauch mit der Erwartung der beiden werdenden Halbschwestern um die Wette wuchs, und später, als sich der Kaffeeduft mit dem eigentümlich säuerlichen und warmen Dunst von Milch und Babywindeln mischte, die einem, kaum hat man die Nase durch die Flurtür gesteckt, berichten, daß hier im Haus ein Säugling ist.

Während der Lehrer und seine Töchter im weißgestrichenen Schulhaus jeweils auf ihrer Seite des Pultes ihrer Beschäftigung nachgingen, saßen die drei Mütter, ein Auge bei dem jeweiligen Kind, und tauschten an Harriets Küchentisch über dem bestickten Tischtuch Erfahrungen und Ansichten aus. Harriet hat sich ihr Leben lang mit der Rolle der Frauen, insbesondere der Bauersfrauen, auseinandergesetzt. Sie war langjährige Vorsitzende im Verband der Bäuerinnen und hat auch sonst gern ihre Finger dazwischen, wo etwas los ist. Sie ist sogar viele Jahre lang Sekretärin des norwegischen Bauernverbandes gewesen, denn sie ist wortgewandt, mündlich wie schriftlich.

Aber an diesem Vormittag, als Solfrid Hals über Kopf ihre ganze Verzweiflung hervorschluchzte, fehlten ihr, Harriet, die Worte. Sie scheuchte ihre Mädchen, die noch Sommerferien hatten, mit Jakob hinaus in den Stall. Der stand da mit zitternder Unterlippe wie gelähmt zwischen den Knien seiner Mutter, die großen Augen auf ihr Gesicht gerichtet und war nur schwer von ihr wegzulocken. Aber Elin und Anita hatten schon immer gut mit kleinen Kindern umgehen können und bekamen ihn, widerstrebend zwar, dazu, mit ihnen in die Scheune zu kommen, um die neugeborenen Kätzchen anzuschauen.

Und Lyder, der ebenfalls seine Schulferien genoß, mußte nirgendwohin gescheucht werden, er schlüpfte ganz von selbst durch die Tür, denn das hier war für sein freundliches und sanftes Gemüt entschieden zu schwierig. Er zog sich mit Hamsuns ›Pan‹ zurück und gab sich dessen Stimmung hin, die ihn fast zu Tränen rührte. Das hier mußte seine Frau regeln.

Aber was hätte Harriet regeln können? Diesen Konflikt zu lösen war unmöglich, das war ihnen beiden klar. Denn Eric konnte nicht sein Studium und das Leben in den USA aufgeben – dieser Gedanke ist ihm wohl nicht einmal gekommen, und Solfrid kann sich ebensowenig vorstellen fortzugehen.

»Und selbst, wenn ich es könnte, ich habe doch Jakob«, weint sie in Lyder Halvorsens großes blaues Taschentuch.

Und sie und Eric haben nicht einmal darüber gesprochen, es mit keinem Wort erwähnt, oder jedenfalls höchstens in einer scherzhaften Bemerkung. Sie haben nur atemlos glücklich von einem Tag zum anderen gelebt, bis zu dem Tag, an dem er das Motorrad zurückgeben sollte. Nicht einmal Grannys ziemlich planloses Packen der zahllosen Koffer – sie hatte das Packen für sich und den Enkel übernommen –, nicht einmal beim Anblick des wachsenden Stapels fertig gepackter Koffer im Flur des Waschhauses hatte Sol sich eingestanden, wie traurig sie eigentlich war.

»Es hilft, eine Entscheidung zu treffen.« Harriet hörte an jenem Tag selbst, wie wenig tröstlich ihre Worte waren. Und Sol scheinen sie noch heute, als das Geräusch von Olefejus' Motorrad dort draußen sie an die sommerlichen Touren mit Eric denken läßt, kein Trost zu sein. Als ob sie hätte entscheiden können, als ob sie eine Wahl gehabt hätte. Alles ergab sich doch von selbst! Sie *konnte* doch gar nicht ...

Solfrid sieht plötzlich Lars' versteinertes Gesicht vor sich, in der schlimmsten Phase im Winter. Es war vermutlich erst zu dem Zeitpunkt, ab dem er sich nicht länger um Jakob kümmerte, daß Ragnhild und sie sich wirklich Sorgen machten. Solfrid erinnert sich an das verwirrte kleine Gesicht ihres Sohnes, und schon allein der Gedanke schmerzt sie.

Später gelingt es ihr nicht mehr, sich die Kette der Gedanken in Erinnerung zu rufen. Oder war das keine bestimmte Assoziationskette, eher vielleicht Intuition, oder war es nur Zufall, daß ihr Blick genau an dem länglichen Kasten dort in der einen Ecke des Bodenraums hängenbleibt? Sie weiß, daß ihre Augen ihn schon vorher gestreift haben, und daß sein Anblick eine ferne Erinnerung in ihr auslöste. Vor langer Zeit hat sie einmal über den offenen Kasten gebeugt dagestanden, gemeinsam mit Lars und Nils-Jan. Aber das Bild drang nicht in ihr Bewußtsein, und ihr Blick wanderte weiter zu anderen Gegenständen auf dem Boden. Dem Nerzkragen auf Mathildes Mantel. Der Keksdose mit Borgnys Sachen.

Jetzt setzt sie, einer plötzlichen Eingebung folgend, die Keksdose auf dem Fußboden ab, erhebt sich und geht hinüber zu dem Kasten in der Ecke. Sie erinnert sich plötzlich vollkommen klar an das letzte Mal, als sie ihn sah. Das muß mehr als zehn Jahre her sein.

Als Solfrid um die elf Jahre alt war, geschah in dem Ort, aus dem Lars stammt, ein tragisches Unglück. Zwei Brüder – sie waren ungefähr in ihrem Alter und bestimmt mit Lars weit entfernt verwandt – hatten das Gewehr des Vaters genommen, und der eine Junge erschoß den anderen. Das Unglück bewegte jeden im Dorf tief, aber Lars war vielleicht besonders erschrocken, weil er die Familie, die von dem Unglück betroffen war, kannte.

Er hatte sich entschieden, Solfrid und Nils-Jan mit auf den Boden zu nehmen und ihnen sein eigenes Gewehr zu zeigen, das sicher verwahrt in dem braunen Kasten lag. Sie mußten auf Treu und Ehre versprechen, daß sie augenblicklich Kontakt zu einem Erwachsenen aufnehmen würden, wenn sie bei irgendeiner Gelegenheit ein solches Gewehr in der Hand eines Kindes oder eines Jugendlichen sehen würden.

Solfrid erinnert sich noch immer an das gruselige Gefühl zwischen Furcht und Ehrfurcht, das sie und ihren Spielkameraden erfüllte, als sie Seite an Seite dort standen und Lars den Kasten aufschloß. Wo er den Schlüssel zu dem soliden Hängeschloß aufbewahrte, erfuhren sie nie. Als sie sich jetzt dem länglichen Kasten nähert, spürt sie wieder den gleichen Schauder, der einem Gänsehaut macht. Schon von weitem kann sie sehen, daß der Schlüssel steckt und das Schloß offen ist. Das Schloß ist an dem Krampen aufgehakt, es klafft, und

Solfrid spürt, ehe sie noch den Deckel geöffnet hat, daß das Gewehr nicht an seinem Platz liegt.

Beim Anblick des länglichen Gewehrabdrucks auf dem militärgrünen Stoff tauchen in ihrem Kopf im selben Moment zwei Gedanken auf: Der erste ist die verwirrende Botschaft von Lars, als er im Winter nach dem Zusammenbruch aus dem Wald kam. Er redete unzusammenhängend, redete davon, zu wollen, aber nicht zu wagen, davon, feige zu sein und erbärmlich und daß sie zusehen müßten, ihn loszuwerden. Und er redete von Evine. Weder Solfrid noch Ragnhild hatten begriffen, warum er Evine mit seinen Selbstvorwürfen in Zusammenhang brachte, aber er hielt standhaft, fast aggressiv daran fest, Evine wüßte Bescheid. Evine wüßte, was für ein Mensch er sei.

Aber Evine zeigte sich nur ein einziges Mal auf Ås, nicht lange, nachdem Lars eingeliefert worden war. Und Evine gehörte nicht zu denen, die sich ausfragen ließen. Merkwürdigerweise hatte sie sich nach Lars erkundigt, sie hatte auf Ragnhilds neugierige Fragen nur wunderlich und schüchtern gelächelt, wie es ihre Art war. Sie hatte sich vorsichtig und flüsternd wie stets für den Pudding bedankt, den Ragnhild ihr anbot.

Aber als sie ging, hatte sie Solfrid zu sich in den Flur hinausgewunken. Dort hatte sie eine zerbrechlich zarte, an einen Vogel erinnernde Hand auf Sols Arm gelegt. Das war das einzige Mal, daß Evine die Initiative ergriff, sie zu berühren – ja vermutlich, um überhaupt einen Menschen zu berühren. Sol fällt ein, daß sie das dachte, als sie den leichten, aber merkwürdig bestimmten Druck Evines durch die Strickjacke spürte. Und ihre hellen Altefrauenaugen sahen für einen Moment direkt in Solfrids Augen.

»'s ist nicht mehr gefährlich. Der Nöck hat's geholt.«

19

Jakob, das bin ich. Die Erwachsenen sagen, daß mein Vater tot ist, und wenn sie das sagen, dann weinen sie, wenn sie Mutter oder Großmutter Ragnhild sind. Wenn sie Großvater oder Großmutter Gudrun sind, räuspern sie sich nur.

Manchmal nimmt mich Mutter auf den Schoß und zeigt mir die Bilder in dem grünen Album, das im Wohnzimmer im Sekretär liegt. Auf der Anrichte steht eine Fotografie von Maren Pütt und Anders Irgendeiner. Sie sind tot, aber um sie muß man nicht weinen. Sie waren Mathildes Vater und Mutter. Sie ist auch tot, aber um sie muß man auch nicht weinen. Mutter weint oft, wenn sie mir im Album den Jungen zeigt, der mein Vater ist und Nils-Jan heißt, und er ist tot, aber sie weint nicht, wenn sie mir Mathilde zeigt oder Maren und Anders oder Urgroßmutter, obwohl die auch tot sind. Wenn ich auf die Bilder zeige und sage, wie sie heißen, lacht sie und sagt, ich sei lieb. Aber wenn ich auf den Jungen zeige, der mein Vater ist, weint sie.

Urgroßvater ist nicht tot, nur sehr, sehr alt. Er sitzt auf einem Stuhl im Altersheim und wartet darauf, daß Mutter und ich ihn besuchen kommen. Er weint nicht, wenn ich sage, daß Urgroßmutter tot ist. Er lächelt nur mit vielen Falten und ohne Zähne. Urgroßvaters Zähne liegen in einem Glas auf dem Tisch, weil sie scheuern, sagt Urgroßvater. Als es Winter war, kamen Urgroßvaters Zähne und scheuerten an der Wand hinter meinem Bett. »Nein, das war eine Maus«, sagt Mutter und lacht mich aus. Wenn die Erwachsenen lachen, werde ich traurig und weine, und dann lachen sie nicht mehr.

Mohrchen fing die Maus, die an der Wand scheuerte und nicht Urgroßvaters Zähne war, und legte sie auf die Treppe vor der Küche. Da sagte Großvater, Mohrchen wäre lieb. Die Großen sind nie lieb, nur die Kleinen und die Katzen auch.

Die Großen weinen nie, nur wenn jemand tot ist. Aber nicht, wenn die, die sterben, schon alt waren. Ich will nicht alt werden und Zähne haben, die an der Wand scheuern, und eigentlich Mäuse sind. Und ich will nicht tot sein, sondern ich will groß werden wie Olefejus und Motorrad fahren und ganz oben auf der Leiter stehen und die Scheunenwand streichen.

Vielleicht hat Urgroßvater die Urgroßmutter nicht so gut gekannt, weil Mutter sagt, daß man um die weint, die man am besten gekannt hat. Mutter kannte den Jungen im Album am besten, aber jetzt kenne ich ihn besser. Er ist herausgekommen und ist fast immer mit mir zusammen.

Wenn ich meinem Jungen die grüne Flasche mit dem Ton zeige, der mein Vater ist, die ich im Stapel auf dem Heuboden versteckt habe, wird er ärgerlich und sagt: »Ich bin dein Vater!«

»Nein«, sage ich und verstecke die Flasche wieder, »du bist mein Junge. Komm, mein Junge, wir rennen um die Wette!«

Früher war mein Junge nicht hier, aber jetzt ist er fast immer hier. Er ist größer als ich und kann radfahren, aber er ist kleiner als Olefejus und kann nicht Motorrad fahren. Wenn ich mit dem Dreirad fahre, das ich von Großmutter Gudrun und Großvater Herman bekommen habe, sitzt mein Junge hinten auf dem roten Gepäckträger, und wenn wir zu Mittag essen, sitzt mein Junge neben mir am Tisch. Ich will, daß mein Junge einen eigenen Teller bekommt, aber dann sagt Mutter: »Hör auf mit dem Unfug, Jakob.«

Wenn ich weine, bekommt mein Junge einen eigenen Teller. Und wenn ich immer noch weine, bekommt mein Junge Essen auf seinen Teller.

Auf beiden Tellern ist ein Bild von dem Kaninchen Pelle. Meiner ist Mutters gewesen, und der ist weniger abgenutzt als der von meinem Jungen. Das ist, weil Mutter hier nicht gewohnt hat, sondern zu Hause bei Großmutter Gudrun und Großvater Herman, deshalb hat sie nicht so oft von ihrem Teller gegessen. Sie hat mit meinem Vater gespielt, der Nils-Jan hieß und nicht tot war, als er ein kleiner Junge war wie ich. Er konnte Fahrrad fahren, genau wie mein Junge. Ihm gehörte der abgenutzte Teller.

Mein Junge ißt sein Essen nicht auf, deshalb setzt Ragnhild es unten beim Ofen hin, für die Katzen. Ich will auch nicht aufessen, weil ich nicht will, daß mein Kaninchen abgenutzt wird und fast weg ist.

Weg sein ist tot sein, aber nicht immer. Mutter ist manchmal weg, aber sie kommt immer wieder, und wenn ich weine, ist Großmutter Ragnhild da. Großvater Lars ist manchmal weg, obwohl er das nicht ist. Er sitzt mit den Händen im Schoß nur auf der Bank und antwortet nicht, wenn ich mit ihm spreche. Wenn ich bei dem Ausflug mit dem Braunen nicht mitfahren darf, schreie ich wie verrückt, und Mutter packt mich so fest am Arm, daß ich noch mehr schreie. Dann geht sie mit mir zur Speisekammer, und ich darf einen Keks haben. Aber das war früher. Jetzt ist Großvater fast nie mehr weg.

Großvater geht über den Hof auf dem Weg zum Stall, aber er sieht mich nicht, obwohl ich nicht weg bin, aber so hoch oben auf der Leiter stehe. Ich winke nicht, weil ich weiß, daß ich nicht auf die Leiter klettern darf. Aber das ist, wenn Olefejus ganz oben steht und streicht. »Dann streiche ich dich rot an«, sagt Olefejus und droht mit dem Pinsel. Aber jetzt ist Olefejus mit seinem Motorrad unten auf der Straße vorbeigefahren und wird nicht streichen, weil Sonntag ist. Am Sonntag streichen ist böse, sagt Großmutter Gudrun.

Über dem Scheunendach flötet mein Vater, der der Ton im Wind ist. Er ist groß und traurig und will in die Flasche hinein, die ich im Arm halte, damit er klein werden kann. Mein Junge darf nicht auf die Leiter klettern.

»Nein, mein Junge! Du kannst runterfallen und dir wehtun«, sage ich.

Jakob, das bin ich. Ich bin drei und einhalb. Ich kann auf eine Leiter klettern und mich nur mit einer Hand festhalten.

20

Auf dem Weg über den Hof hinunter zum Kuhstall hält Lars inne, hebt die Arme und streckt sich genüßlich nach dem Mittagsschlaf. Er bleibt einen Augenblick mit den Armen über dem Kopf stehen, mit einem Mal verblüfft darüber, wie lange es her ist, seit er so eine Bewegung mit dem Körper gemacht hat. Der war im letzten Jahr so merkwürdig gefühllos und abwesend, daß er ganz vergessen hat, wie gut es sich anfühlt, wenn man sich reckt bis die Gelenke knacken. Nun spürt er die Muskeln in Armen und Beinen; Bauch und Rücken straffen sich angenehm, verkrampfen sich nicht vor Angst. Das Herz schlägt rhythmisch und ruhig, soweit er das Klopfen hinter dem Brustbein spüren kann, wie eine unerschütterliche und zuverlässige Großvateruhr.

Er atmet tief ein und wendet das Gesicht mit geschlossenen Augen für einen Moment der Wärme der Sonne zu, ehe er den Blick über die Umgebung schweifen läßt. Als ob einer den Staub von einer trüben Glasscheibe gewischt hat. Alles wirkt wie frisch gestrichen, mit kräftigen, glänzenden Farben. Das Korn goldgelb, der Himmel tiefblau, das Gras um die Füße dunkelgrün. Sogar die Stallstiefel, die auf der untersten Stufe der steinernen Treppe gestanden haben und in die er Hunderte von Malen die Füße gesteckt hat, sogar diese braunen Stiefel mit den Spuren von Kuhmist an der Sohle sind auf eine neue und glänzendere Weise braun. Das karierte Hemd, das auf dem Nagel im Gang gehangen und das er über das Unterhemd gezogen hat – das Stallhemd, das nach dem Gebrauch über viele Jahre verblichen und verschlissen ist – er kann plötzlich spüren, wie angenehm weich es sich am Körper anfühlt. Er ist wieder da! Er lebt!

Für einen kurzen Moment empfindet er eine ganz intensive Zufriedenheit, einfach nur auf dem Hof zu stehen und am Leben zu sein. Er hat sich so lange wie eingefroren gefühlt, gefühllos und eiskalt, wenn er nicht von Herzklopfen und Angst gejagt wurde. Nach dem Krankenhausaufenthalt im Frühjahr ist es ihm jetzt, als würde die Macht der Sonne immer stärker. Die Angst ist beinahe weg und die Lust zu arbeiten kehrt langsam zurück. Oh, wenn das nur wahr wäre! Wenn er nur verhindern könnte, einen solchen Winter noch einmal zu erleben!

Auf dem Weg zur Stalltür vor dem Ende der Scheune hebt er wieder den einen Arm, diesmal um Ragnhild und Solfrids Eltern zuzuwinken, die auf dem Pfad zwischen den Häusern gehen. Ragnhild war losgegangen und hatte sie zum Nachmittagskaffee abgeholt. Sie hebt den Arm und winkt zurück. Er sieht die Freude in der kleinen Bewegung, in ihrer ganzen Gestalt, als sie sich jetzt umdreht und etwas zu den beiden anderen sagt, ehe er im Kuhstall verschwindet, um nach einer Kuh zu sehen, die kalben soll. Es ist, als ob sie den gleichen Wunsch zu ihm hinaufschickt: Wenn wir nur verhindern könnten, so einen Winter noch einmal zu erleben!

21

In den schwarzen Winternächten hat Lars am Küchentisch gesessen, die aufgeschlagene Bibel vor sich auf dem karierten Wachstuch. Er blättert das dünne Papier vorsichtig mit dem Zeigefinger um, den er vorher an der Zungenspitze angefeuchtet hat. Die weißen, fast durchsichtigen Blätter zittern leicht in dem Luftzug seines Atems, ehe sie sich auf der vorigen Seite zurechtlegen, so wie die weißen Schneeflocken im Dunkel draußen vor dem Küchenfenster. Aber die sind nichts als weiß. In großen, weißen Flocken sinkt der Schnee unablässig zum Hügel, der schon einen halben Meter hoch mit unschuldig-weißem Schnee bedeckt ist. Dort war kein Schriftzeichen zu sehen.

Man könnte meinen, der alte Hof habe sich entschlossen, des Nachts Gesellschaft haben zu wollen. Früher war es Mathilde, die in ihrem knöchellangen, hellroten Flanellnachthemd lautlos durch die Zimmer schlich. Oder versteckt hinter der Gardine in ihrer Kammer saß und verstohlen über die Jakobsau blickte, ohne daß je irgend jemand erfuhr, woran sie dabei dachte.

Jetzt war Lars es, der vorsichtig über die knarrenden alten Fußbodendielen tappte. Solfrid hörte ihn oft in den kalten Winternächten, wenn sie auf war, um nachzusehen, ob sich Klein-Jakob freigestrampelt hatte. Oder war es vielleicht umgekehrt? Sie erwachte von Lars und stand auf, um nach ihrem Kind zu sehen, wo sie nun schon wach war.

Lars ist groß und schwer, so daß die breiten Dielenbretter unter seinen nackten Füßen knarzen. Aber sowohl das Haus als auch die Menschen gewöhnen sich allmählich an seine Geräusche, wie sie sich an Mathildes gewöhnt hatten. Lars streift nicht durch die Zimmer, wie sie es tat, und das kleine Holzpferd auf der Anrichte im Wohnzimmer, das Mathilde einst von ihrer Jugendliebe geschenkt bekam, hat vor Lars' großen Händen Ruhe.

Nein, er schlurft nur so leise er kann hinaus in die Küche und wärmt am Herd den Kaffeekessel. Sie haben den alten Herd genau deshalb behalten – es ist so angenehm, eine der Platten die ganze Nacht warm halten zu können, und im Winter wird die Küche nie ganz kalt.

Er sitzt im gestreiften Flanellpyjama am Küchentisch. Die breiten Schultern vornübergeneigt, dreht er sich mechanisch eine Zigarette. Hebt die Selbstgedrehte an den Mund, läßt die Zunge ein paarmal am hauchdünnen Papier längs gleiten und atmet mit einem Seufzer tief aus, ehe er den ersten Lungenzug nimmt, nachdem er die Enden der Zigarette abgekniffen hat. Sie hängt im Mundwinkel von seinen Lippen, während er die Tabakkrümel in die gelbe Packung zurückschiebt, aufs neue inhaliert und den Zigarettenrauch mit einem leisen »Ja, ja« ausatmet. Resigniert, innerlich erfroren. Wie ein Schiff, das im Treibeis gefangen ist, so hat er sich in diesen schlaflosen Nächten gefühlt. Als ob er langsam und unerbittlich in eine Landschaft einfriert, in die weder Sonne noch Wärme eindringen.

Wenn Lars den Blick von den dichtbedruckten Bibelseiten hebt und den unablässig sinkenden, großen Schneeflocken, die er im Lichtkreis der Außenbeleuchtung an der Treppe vorm Windfang sehen kann, mit den Augen folgt, beginnt das Haus, die Küche mit ihm und der Bibel, dem Tabak und der Kaffeetasse sich in rasendem Tempo aufwärts und hinaus in den Himmelsraum zu bewegen. Er kann sich erinnern, wie er als Kind zu Hause auf der Treppe stand und das gleiche unternahm: phantastische Reisen in den Raum. Die ganze Welt verschwand, und es gab nur ihn dort auf der Treppe, den Geschmack von nassen Wollfäustlingen im Mund, das Jucken der stramm sitzenden Strickmütze auf der Stirn, unterwegs nach oben, immer höher in einem unendlichen, schwindelerregenden Sog. – Wohin soll ich? Was ist der Sinn? Ist dort oben etwas, jemand?

Nein, sicher hat er damals so nicht gedacht. Damals stand er nur da und freute sich über das schwebende Gefühl des Körpers, während er sich darauf konzentrierte, die rieselnden Schneeflocken zu sehen, ohne sie anzuschauen, gleichsam vorbeizusehen und hinaus ins Nichts, um zu schweben. Und dann die jähe Landung, wenn er den Blick nach unten wandte und der Schnee es war, der sich auf ihn zu bewegte, nicht umgekehrt.

Aber in diesen Winternächten reist er, eine Hand weilt auf dem aufgeschlagenen Buch vor sich auf dem Küchentisch, hinaus in die ewigen Fragen, die wir Menschen uns zu allen Zeiten gestellt haben: Was ist dort draußen? Gibt es einen Gott? Gibt es ein ewiges Leben für mich? Wenn er den Lichtkreis mit den sinkenden Schneeflocken mit dem Blick verläßt und ihn den Buchstaben der Bibel zuwendet, ist der Fall so jäh, daß er ihn wie eine geballte Faust im Zwerchfell trifft. Er spürt die Angst wie eine überwältigende Übelkeit und muß mehrere Minuten lang dasitzen und kämpfen, um die Atmung unter Kontrolle zu bringen, die ein Tempo vorlegt, daß er außer Atem ist wie nach einem Marathonlauf.

Auch sein Herz hämmert in einem wahnwitzigen Rhythmus drauflos und treibt ihm den Angstschweiß auf die Stirn. Er beugt sich über den Tisch und stöhnt, wie einer der Zöllner in der Bibel: »Herr, sei mir armem Sünder gnädig! Gott, laß mich nicht sterben! Lieber, guter Gott! Laß mich nicht sterben!«

Im vorletzten Sommer begann es mit dem Herzen, dessen rhythmischem Uhrwerk er nie in seinem Leben einen Gedanken geschenkt hatte. Immer schön im Takt hatte es das Blut durch seinen Körper gepumpt, mehr als fünfzig Jahre lang. Wie oft hatte sich dieser Muskel zusammengezogen, sich wieder geweitet und die Herzklappen geöffnet, so daß das Blut hineinströmen und die Herzkammern füllen konnte, ehe sich der Muskel wieder zusammenzog und die lebenswichtige Flüssigkeit in die Adern preßte? Wie oft in fünfundfünfzig Jahren? Sechzig-siebzig-achtzig Mal in der Minute, wie oft ist das? Er macht keinen Versuch, das auszurechnen. Schon bei dem Gedanken an die Zahl wird ihm schwindlig, er war im Rechnen nie besonders gut.

Nie hat er daran gedacht, daß das Herz eines Tages einfach zu schlagen aufhören würde, anhalten wie eine Uhr, die man vergessen hat, aufzuziehen. Und eher das Gegenteil geschieht. An einem Spätsommertag, als er eben dabei war, Steckrüben zu ernten, genau in dem Moment, als er sich zur schwarzen Erde bückte und die Hand nach einer der großen, gelb- und graulilafarbenen Rüben ausstreckte, da galoppierte sein Herz in so halsbrecherischem Tempo drauflos, daß er stehenblieb und verwundert einen Moment in seinen Körper hineinhorchte – was geschieht da mit mir? –, bis er, überwältigt von einer plötzlichen Todesangst, losmußte, um die Stirn an den Hals des Braunen zu legen. Die Faust in die Mähne des Pferdes gekrampft, lehnte er sich gegen das große Tier und spürte verwundert, wie die Herzschläge seinen ganzen Körper gewaltig erzittern ließen. Er konnte die Schläge durch die blaue Arbeitsjacke sehen, und sie wie ein tickendes Geräusch im Hals hören, jedes Mal, wenn er nach Luft rang. – Sterbe ich jetzt, lieber Gott im Himmel, sterbe ich jetzt?

Und der Braune drehte den Kopf, wandte verwundert lauschend die Ohren seinem Bauern zu und zupfte ihn prüfend mit weichen Lippen am Ärmel: Wie benimmst du dich denn?

Das Herz, der wilde Rhythmus, der Puls, der gegen die Fingerspitzen zitterte, wenn er sich an den Hals griff. Es dauerte nur einen kurzen Moment, höchstens ein paar Minuten, dann schlug der Takt um. Ein paarmal klopfte es ungleichmäßig in der Brust, ehe das Herz wieder in den gleichmäßigen, unmerklichen Rhythmus verfiel, über den er nie nachgedacht hatte.

Er ging weg und setzte sich auf den Haufen Steckrüben, denen er bereits mit der breiten Schneide der großen Sichel die Blätter abgehackt hatte. Dort blieb er mit den Händen auf den Knien sitzen und lauschte dem Herzrhythmus, während er gleichzeitig seine Umgebung in sich aufnahm. Die feuchte, schwarze Erde, aus der er die Steckrüben geholt hatte. Die großen, fast blaugrünen, kohlähnlichen Blätter der Pflanzen, die noch nicht geerntet waren, Reihe für Reihe, und so fort. Die Hügelkette hinter dem Jakobshügel, auch sie mit einem bläulichen Ton vor dem hellen Herbsthimmel, einer hinter dem anderen, kilometerweit ins Landesinnere. Die graue, baufällige Jakobsscheune, so vollkommen erschöpft unter dem Ziegeldach, daß es aussah, als ob sie jeden Moment in die Knie sinken würde. Und das Dach, das im niedrigen Licht der nachmittäglichen Sonne so lebendig rot leuchtete.

Oben auf der Höhe ragte sein Hof auf, von dem niedrigen, weißen Hauptgebäude die breite und von der roten Scheune die schmale Seite, dennoch wuchtig. Die müßte gestrichen werden, denkt er gleichgültig. Dreißig Jahre hat er hier gewohnt, ausgenommen die fünf Jahre in England während des Krieges, die er aus dem Gedächtnis getilgt hat. Soll er vielleicht jetzt dafür bestraft werden?

Dreißig Sommer oder jedenfalls fünfundzwanzig Ernten und nach dem Ende des Walfangs auch viele Winter. Soll das jetzt zu Ende sein, wo er noch immer im besten Alter ist, und wo vieles noch nicht getan ist? Soll der kleine Jakob nicht nur ohne Vater, sondern auch ohne Großvater aufwachsen? Und was soll aus Ragnhild werden?

Allmählich erlangte er wieder die Kontrolle über den Atem. Die Kraft in den Beinen kehrte zurück, die waren während des Anfalls so merkwürdig schwer. Er erhob sich und faßte den Braunen für einen Moment um den Kopf, ehe er nach den Zügeln griff. Es wurde Zeit für den Kaffee, das konnte er an der Sonne sehen. Er schwang sich auf den Wagen, etwas vorsichtiger als sonst, und ließ das Pferd nach Hause trotten. Er schaffte es nicht, irgend jemandem von dem Anfall zu erzählen, nicht einmal Ragnhild. Nein, vielleicht am wenigsten Ragnhild.

22

In den nächsten Tagen ging sein Puls wieder so regelmäßig, wie er das immer getan hatte. Jetzt, wo Lars für diesen unmerklichen Rhythmus hellhörig geworden war, erinnert er ihn an die Stromstöße, die vom Aggregat an der Scheunenwand durch die elektrischen Zäune geschickt werden. Immer öfter ertappt er sich dabei, daß er unter der tickenden Box stehenbleibt, wenn er am Nachmittag unterwegs ist hinaus zu den Kühen oder wenn er sie auf die Weide entlassen hat, früh am Morgen, wenn noch der Morgennebel wie ein zarter Schleier über der Jakobsau liegt. Minutenlang kann er stehenbleiben und auf das gleichmäßige Ticken des Stroms hören, wenn der hinaus in den Stahldraht pulsiert, der an den Zaunpfählen mit kleinen weißen Porzellanspulen befestigt ist. Er kann sehen, wie die Stromstöße den gespannten Draht vibrieren lassen, auf die gleiche Weise, wie die Schläge des Herzens gegen seine Fingerkuppen vibrieren, wenn er die gegen den Hals preßt oder auf die Innenseite der Handgelenke.

Lars kann sich gut daran erinnern, wie ihn sein älterer Bruder als Kind einmal zum Narren gehalten hat, indem er ihn den stromführenden Zaun auf dem elterlichen Hof anfassen ließ. Er erinnert sich an das merkwürdige, nicht eigentlich schlimme, sondern vor allem überraschende Rucken im Arm. Und er erinnert sich daran, daß er aus irgendeinem Grund einfach nicht losließ, sondern dastand und den Zaun festhielt, durch den Stoß auf Stoß ging, wie Knoten an einem Draht, den man durch die Finger zieht, bis ihn der Bruder wegriß. Seither hat er Respekt vor diesen Zäunen und achtet darauf, dem rhythmisch vibrierenden Stahldraht fernzubleiben.

Ab und zu spürt er, wie das Herz einen Schlag überspringt, als ob es in seinem eigenen Rhythmus stolpert und ihm einen kleinen Angststoß versetzt, ehe es weitermacht.

Aber die tickende Strombox an der Wand stolpert nie. Und Lars denkt, wie gebrechlich und verletzlich ein menschlicher Körper doch ist. Diese Ansammlung von Adern und Gewebe, so perfekt zusammengesetzt zu einer lebenden Einheit, gegen die Umwelt nur durch eine dünne Schicht Haut geschützt, und von diesem einen Aggregat angetrieben, dem Herzen, das jederzeit aufhören kann zu schlagen. Es gibt keinen Hilfsmotor, der zwischengeschaltet werden kann, keinerlei Reserveaggregat.

Lars hat sich nie besonders mit den physischen Aspekten des Menschen befaßt. Sein Körper hat immer zuverlässig und präzise wie ein Uhrwerk funktioniert und ihm deshalb nie Anlaß zur Sorge gegeben. Viele Jahre hindurch ist er jeden Morgen um halb sechs aufgewacht und hat die ersten fünf bis zehn Minuten des Tages draußen am nördlichen Ende der Scheune auf dem Klo verbracht. Im Winter hat er sich gewöhnlich ein Stück Zeitung unter den Po gelegt, um nicht am Sitz festzufrieren. Im Sommer hat er durch die Ritzen in den Holzwänden gesehen, wie die Sonne über der Au immer höher stieg, wo der Morgentau auf den Spinnweben in den niedrigen Strahlen wie Rosetten glitzert. Ohne Wenn und Aber hat sein Körper wieder von sich gegeben, was er ihm am Tag zuvor zugeführt hatte. Dabei studierte Lars alte Zeitungen und dachte über die vielerlei Pflichten des vor ihm liegenden Tages nach.

So ist es gewesen, solange er sich erinnern kann, bis zu jenem ersten Anfall, den er im Herbst unten auf dem Steckrübenfeld hatte. Seitdem sein Herz zum ersten Mal gestümpert hat, und sich bei Lars das Gefühl einschlich, er müsse fortan mit einem manchmal stotternden Vergaser leben. Das sind keine großen Unregelmäßigkeiten, nur hin und wieder eine kleine Pause im Rhythmus, gerade genug, um ihn daran zu erinnern, wie abhängig er von seinem inneren Uhrwerk ist.

Nach einer Woche hatte er sich fast daran gewöhnt. Aber

eines Nachts wachte er mit dem Empfinden auf, sein Herz wäre dabei, sich aus dem Körper hinauszuklopfen. Er lag im Dunkel neben der schlafenden Ragnhild und spürte das Blut in den Ohren rauschen. Wenn er die Fingerspitzen an den Hals legte, bebten die Pulsadern in einem dermaßen heftigen Rhythmus gegen die Haut, daß er ihn unmöglich zählen konnte. Wie beim letzten Mal wurde er auch diesesmal von schrecklicher Todesangst übermannt. – Lieber Gott, sterbe ich jetzt? Der kalte Schweiß brach ihm am ganzen Körper aus, und der Hals schnürte sich zusammen, als ob jemand eine Schlinge anzöge. Lieber Gott, laß mich nicht sterben!

Mit einer Hand tastete er halbherzig nach Ragnhild, zog aber den Arm wieder zurück, denn er merkte, daß er dies hier nicht mir ihr teilen konnte, nicht einmal mit ihr. Deshalb blieb er statt dessen liegen und versuchte, Kontrolle über seine Atemzüge zu gewinnen, indem er ihrem regelmäßigen Atem folgte. Er bewegte sich vorsichtig, um sie nicht zu wecken, während er gleichzeitig tief im Innern wünschte, sie möge die Augen aufschlagen, den Arm, der oben auf der Decke ruhte, nach ihm ausstrecken und mit wachsamer Stimme in den dunklen Raum hinein sagen: »Aber was hast du, Lars, fühlst du dich nicht gut?«

Doch sie wachte nicht auf. Nicht einmal, als er gegen die Kommode stieß, weil er einen Schritt zur Seite machen mußte, um das Gleichgewicht wiederzugewinnen, denn es wurde ihm schwarz vor Augen, als er vom Bett aufstand. Sie dreht sich nur um und murmelt schlaftrunken, ehe sie anfängt, eine Melodie zu summen. Ragnhild hat schon immer im Schlaf gesungen. Als er die Tür öffnet und das Licht der Flurlampe für einen Moment ihr Gesicht trifft, kann er sehen, daß sie lächelt. »Bleib nicht zu lange, Nils-Jan«, sagt sie.

23

Den Herbst hindurch kehrte dieses Herzrasen immer wieder, oft mehrfach in der Woche. Es dauerte jedesmal ein paar Minuten, und die Todesangst, die gleichzeitig damit auftrat, gab sich nach und nach. Lars lernte, seine Atmung zu beherrschen, und er konnte hin und wieder den Herzrhythmus dazu bekommen, in normalen Takt zu verfallen, indem er sich nach hinten lehnte oder am besten, indem er sich hinlegte – wenn er an Orten war, wo ihn keiner sehen konnte – und bis tief in die Lungen einatmete, den Atem etwas anhielt und dann vorsichtig ausatmete.

Bei der Erleichterung, die er verspürt, wenn der Herzrhythmus wieder umschlägt, denkt er an einen Seiltänzer und wie der sich auf eine winzige Plattform rettet, nachdem er auf einem straff gespannten Seil über einen tiefen Abgrund balanciert ist. Er verspürt intensiv den Drang, sich an etwas oder bei jemandem anzuklammern, was oder wer auch immer, und gleichzeitig spürt er das zufriedene Gefühl, die Situation zu meistern, die Kontrolle zu haben. Die Male, wenn die Atemmanöver nichts nutzen und das Herz weiterhin wie eine aufgeschreckte Herde in seiner Brust hämmert, ist das Empfinden von Angst und Niederlage fast nicht auszuhalten.

Diese Anfälle dauerten in der Regel nur ein paar Sekunden, ein paar Minuten höchstens. Es ist, als hätte ein kleiner schadenfroher Teufel hinter seinem Brustbein Platz genommen, ein kleiner zusammengekrümmter Satan, der ab und zu eine Klaue nach seinem Lebensnerv ausstreckt, ihn anzieht und losläßt, wie man an einer Gitarrensaite zupft: »Da kannst du's sehen! So jämmerlich ist die Saite, die dich mit dem Leben verbindet. Und was kommt dann ...?«

Lars hatte weder für den Himmel noch für die Hölle besonderes Interesse. Getauft und konfirmiert wurde er in der weißen Steinkirche weiter nördlich im Land, aber seine Eltern sind nie besonders eifrige Kirchgänger gewesen. Seine stärkste Erinnerung an Kirchenbesuche ist ein Gefühl von schläfriger Feierlichkeit, wenn er eingeklemmt zwischen den Eltern auf einer der graugestrichenen Kirchenbänke saß und die monotone Stimme des Pfarrers das Weihnachtsevangelium verlesen hörte, während die schweren Atemzüge des Vaters und sein ständig tiefer sinkender Kopf anzeigten, daß er reichlich den Schnäpsen zugesprochen hatte zu dem Imbiß – zerbröckeltes Fladenbrot mit fetter Brühe –, den die Mutter den Gästen serviert hatte, die früher am Tag vorbeigekommen waren, um frohe Weihnachten zu wünschen.

Um die Ewigkeit hat Lars sich nie Gedanken gemacht. Im Gegenteil fand er den Gedanken von der ewigen Seligkeit als eine Art Belohnung für gutes Betragen auf Erden ziemlich empörend. Als ob es nicht schon genug wäre, ein ehrenhafter Mensch zu sein. Er und Ragnhild hatten über die Jahre hin über vieles geredet, aber nie oder selten über den Tod. Nicht einmal, als ihr Sohn gestorben war. Sie haben nur von Nils-Jan gesprochen. Das heißt, Ragnhild redete. Er schwieg meist.

Denn es war nach Nils-Jans Tod, daß diese neuen Gedanken begannen, sich bei ihm einzuschleichen. »Wie ein Dieb in der Nacht«, las er in Mathildes Bibel, die er in späten Nachtstunden auf dem Küchentisch aufschlug. »Er wird kommen wie ein Dieb in der Nacht.« – »Gnade dem, der sich nicht wachgehalten hat, wenn der Meister heimkommt.« Er liest die beunruhigenden Worte, dreht und wendet die dünnen, fast durchsichtigen Blätter auf der Suche nach Trost, aber er findet nichts, das ihm das Gefühl vermittelt, die Wahrheit gefunden zu haben. Aus den Seiten der Bibel steigt keine Erlösung zu ihm auf, nur eine unendliche Schwermut.

In dem Sommer, als sie sich verlobten, waren Ragnhild und Lars mit dem Zug ins Vestland gefahren und hatten eine Drei-Tage-Tour ins Gebirge unternommen. Lars konnte sich später kaum daran erinnern, wie sie gingen, ob die Sonne schien oder ob es regnete, ob sie in Gebirgshütten oder im Zelt übernachteten, ob die Wege steil und anstrengend waren oder ob sie über große Hochebenen gingen. Er erinnert sich einzig und allein an das Pferd.

Sie stolperten beinahe über das Pferd, als sie über eine kleine Kuppe mit Zwergbirken, Krähenbeeren und hellgrünen Flechten kletterten. Ragnhild war erschöpft, das weiß er noch. Sie beklagte sich im Scherz ein bißchen darüber, wie ungerecht es wäre, daß sie mit ihren kurzen Beinen vermutlich die doppelte Strecke gehen mußte – wo er doch doppelt so groß und stark war! Er hatte sie an der Hand gefaßt und sie halbwegs die kleine Steigung hinaufgezogen, wobei er ihr für den Gipfel Kaffee und Butterbrote versprach.

»Und mehr als das!« lachte er frischverliebt, als sie ganz oben standen. Er nahm sie in die Arme und hob sie hoch, während er gleichzeitig prüfend die Umgebung musterte.

Sie sahen es gleichzeitig. Es lag, genauer es stand direkt unter der Kuppe, auf der sie waren, wenige Meter entfernt im Moor versunken. Torf und Morast reichten ihm schon bis unter den Bauch, und beim Anblick der beiden Menschen – Lars hatte Ragnhild so schnell abgesetzt, daß sie fast hinfiel – fing das Pferd so verzweifelt hilflos an nach Halt zu suchen, daß es sich im Nu noch verhängnisvoll tiefer eingegraben hatte.

Lars war außer sich zur nächsten Gebirgshütte gerannt, und Ragnhild konnte nicht aufhören zu weinen, in den langen Stunden, in denen sie am Rand des Moores saß und dem erschöpften Tier beruhigend zuredete. Nachdem Lars dem Wirt eine genaue Lagebeschreibung gegeben und das Versprechen bekommen hatte, daß Hilfe aus dem Dorf kommen würde, kehrte er zurück, und da saß Ragnhild noch immer zusammengekauert ein paar Meter von dem Pferd entfernt und redete und summte beruhigend, während ihr die Tränen über das Gesicht liefen. Sie wagte nicht, sich zu bewegen, denn auf jede ihrer kleinsten Bewegungen reagierte das Pferd mit einem verzweifelten Rucken des Kopfes und der Vorderbeine. Und jedes Mal versank es tiefer im schwarzen Moor. In Todesangst verdrehte es die Augen, und anfangs hatte es noch heiser gewiehert, aber inzwischen japste es nur noch mühsam nach Luft. Es starrte Ragnhild und Lars an, als sei es ihm absolut unmöglich zu begreifen, warum die beiden am Rand des Moores saßen, die Arme umeinander geschlungen, und keinen Versuch unternahmen, ihm zu helfen.

Ab und zu kroch Lars vorsichtig auf allen Vieren auf den Gipfel der kleinen Bergkuppe, um nach der Hilfsmannschaft Ausschau zu halten. Dann robbte er sich vorsichtig zurück, schüttelte zu Ragnhilds fragendem Blick wortlos den Kopf und setzte sich hin wie zuvor, seinen Blick in den des Pferdes versenkt. Die blauschwarzen, weit aufgerissenen Augen, die Ohren fragend nach vorn gerichtet – wollen die mich wirklich sterben lassen? –, das lähmende Gefühl, nichts tun zu können, das war nicht zu ertragen. Es wirkte beinahe wie eine Erleichterung, als der Pferdekopf sich nach vorn neigte und die Augen sich über dem anklagenden Blick schlossen. Als der Besitzer des Pferdes als erster der Rettungsmannschaft über der Kuppe auftauchte, ging durch den Körper des Pferdes ein Ruck. Der Kopf, das einzige, was über der schwarzen Moorerde noch zu sehen gewesen war, rutschte abrupt zur Seite.

24

Man kann in einen Morast von schweren Gedanken geraten, wie ein unvernünftiges Tier stehenbleiben und nach Halt suchen, ohne mehr zu erreichen als sich tiefer und tiefer einzugraben. Mit niemandem lassen sich Schwermut und Angst teilen, dort steht eine Eiswand, kalt und klar wie eine Glasscheibe, und man ist ausgeschlossen. Hinter der Scheibe streckt jemand eine Hand aus, man sieht Lippen, die sich bewegen und Worte formen, die aber nicht hindurchdringen, einen nicht erreichen. Sie treffen auf die kalte Scheibe und setzen sich als Eisblumen auf dem Glas ab.

Lars ist in diesem Winter mit Holzeinschlag beschäftigt. Irgendwie kommt er morgens auf die Beine, führt er die täglichen Arbeiten aus wie immer. Nur daß alles langsamer geht. Es ist, als hätte sein Körper das Tempo aller Funktionen gedrosselt. Er schläft weniger, ißt weniger, und er muß unendlich lange auf dem kalten Plumpsklo sitzen. Er bleibt in der eiskalten Winterwitterung mitunter so lange sitzen, daß sich Ragnhild verzweifelt in den Nebengebäuden zu schaffen macht, um nachzusehen, wo er bleibt.

Wie ein Dieb in der Nacht schleicht sie sich in den Wagenschuppen und legt ein Auge an das Astloch, das sie ganz heimlich benutzte, als sie klein war, um Mathilde nachzuspionieren, die mit geschürzten Röcken dasaß und geistesabwesend an einem Splitter der groben Planken der Holzwand zupfte oder sich die Nägel mit einer Haarnadel säuberte, die sie aus dem stramm geflochtenen Zopf gezogen hatte.

Jetzt legt Ragnhild vorsichtig einen Moment lang ein Auge an dieses Astloch. Mechanisch registriert sie, daß sie heute ein bißchen in die Knie gehen muß, wo sie sich als Kind auf die Zehenspitzen recken mußte. Aber ihre Aufmerksamkeit ist auf die Gestalt gerichtet, die gebeugt dort sitzt, die Unterarme auf die nackten, weißen Schenkel gestützt. Im Schein der Glühbirne, die an der dünnen Holzwand zwischen Klo und Wagenschuppen befestigt ist, wo ein Rechteck aus dem Holz gesägt wurde, damit eine einzige Birne beide Räume erhellt, sieht sie, daß er zwischen den gespreizten, nackten Knien unablässig seine Hände hin und her dreht und wendet: »Ja, ja.«

Jedenfalls lebt er. Sie zieht sich eilig zurück, um Kaffee aufzusetzen, und gibt sich selbst das Versprechen, daß im Sommer Bad und Toilette im Haus eingebaut werden. Es ist eine Schande, daß sie das nicht schon lange getan haben, aber wenn es um die Modernisierung des Hofes geht, ist Lars merkwürdig altmodisch. Am liebsten will er alles beim Alten belassen. Und solange Mathilde lebte, wurde ohnehin nicht über Veränderungen im Haus geredet.

»Aber jetzt wird es Veränderungen geben!« murmelt Ragnhild energisch mit klappernden Zähnen und stößt bei ihrem raschen Rückzug an Mathildes alten blauen Schlitten. Eine der eisenbeschlagenen Kufen trifft sie mit solcher Wucht am Schienbein, daß sie die Zähne zusammenbeißen muß, damit ihr Aufstöhnen nicht hinausdringt, wobei sie sich mit einer Reflexbewegung vor dem wackelnden Stapel von Kartoffeleimern stützt, die umgedreht auf dem Schlitten stehen.

Halb über den Eimern auf dem Schlitten liegend, schießt ihr, quer durch das atemberaubend schmerzende Schienbein, ein Bild von Nils-Jan und Solfrid kristallklar durch den Kopf, wie die beiden auf Mathildes altem Schlitten die vereiste Scheunenauffahrt hinunterfuhren.

Das rotwangige Gesicht des Jungen unter der blau-weißen Zipfelmütze, die sie ihm gestrickt hatte. Seine eifrige, jubilierende Stimme: »Mutter, schau nur! Schau her zu uns!« Sie selbst auf der Küchentreppe, halb drinnen auf dem Flur, die Hand auf der kalten Türklinke und den Kopf ein bißchen ungeduldig zu den Kindern umgedreht. »Ja, ich sehe euch!« Mathilde mit dem Eierkorb unterwegs über den Hof. Ein Durcheinander von schwarzem Rock, grauen Strickstrümpfen, Kindern und zerbrochenen Eiern. Und Mathildes wütendes Gezeter: »Paßt doch auf, Kinder! Seid ihr verrückt geworden?«

Die Erinnerung, der Schmerz im Bein, die komische Situation, die Angst, ihr Mann auf der anderen Seite der Holzwand könnte durch das Astloch blinzeln, all das zusammen wird nach einem Augenblick, wo sie zwischen Lachen und Weinen schwankt, von der Besorgnis beiseite geschoben.

Was geschieht da mit ihrem Mann? Diesem Menschen, von dem sie meinte, ihn so gut wie sich selbst zu kennen? Wie ein vollkommen Fremder geht er umher und erinnert sie am ehesten an die kleine Figur zum Aufziehen, die Jakob von Ingers Töchtern Sofie und Laila zum Geburtstag geschenkt bekommen hat. Am Anfang springt das Pferd mit dem Reiter munter drauflos, aber nach ein paar Runden bewegt es kaum noch die Füße, und Jakob kommt angelaufen, damit sie den Schlüssel, der auf einer Seite steckt, umdreht. So einen Schlüssel hätte sie in diesem Winter gern für Lars.

Manchmal wird sie auch ungeheuer wütend auf ihn. Wie ein grauer Schatten geht er umher und schließt sich in seine Schwermut ein. Er ist nicht zu fassen, wie ein Nebelfetzen, man kommt nicht an ihn heran. Aber sie muß es immer wieder versuchen. Wie eine widerspenstige Glucke pickt und hackt sie an seine Scheibe aus Eis. Versucht, sich bis in seine Seele hineinzupicken, die irgendwo dort drinnen, hinter diesem unbegreiflichen Grau, eingefroren liegen muß. Sie hackt und pickt mit Kleinigkeiten, mit Alltagskram – was ihnen mit der Zeit allen beiden auf die Nerven geht. Dann weint sie. Auch Tränen, bei denen er immer schwach wurde, auch die prallen jetzt an ihm ab, wie Wasser am Gefieder einer Gans, wie Tropfen an einer Scheibe.

»Ja, ja«, sagt er und atmet seufzend aus, »ja, ja.« Dann legt er dem Braunen das Geschirr an und spannt ihn vor den zweigeteilten Holzschlitten. Den Hinterschlitten hat er an dem vorderen, dem sogenannten Vorschlitten mit Gurten und Stangen befestigt. Er hat ihn durch die zwei Haken vorn am Schlitten eingefädelt und dann festgezurrt. Er legt sich den Sack mit dem Heu für das Pferd unter dem Hosenboden zurecht, als er sich auf den Schlitten setzt.

Oft begleitet sie ihn bis auf die Treppe hinaus. Hört ihr eigenes Gezeter, ist aber nicht imstande aufzuhören. Sieht sie die Andeutung einer Irritation über sein verschlossenes Gesicht huschen, entzündet das in ihr eine schon beinahe boshafte Hoffnung: Sollte es ihr endlich gelungen sein, ein Loch in diesen Eiswall von Mann zu picken? Sie bohrt und stochert, aber er zuckt nur mit den Schultern und weicht ihrem Blick aus.

An einem Morgen jedoch weicht er ihr nicht aus. Als er nach den Zügeln greift, nachdem er den Heusack, auf dem er sitzt, vorsichtig zurechtgerückt hat, hebt er die Augen, und für einen kurzen Moment treffen sich ihre Blicke.

Dieser Blick trifft sie wie ein Schlag ins Zwerchfell, obwohl sie nicht einmal einen Hauch von Vorwurf darin sieht. Auch keine Wut, keine Trauer oder Zärtlichkeit. Nur eine große, nackte Leere, der sie ganz hilflos gegenübersteht.

»Ja, ja, Ragnhild«, sagt er und sieht sie lange an. In seinen Händen, in der Art, wie er die Zügel strafft, liegt eine ganz merkwürdige Entschlossenheit. Der Braune hebt den Kopf und sie fahren zum Wald. »Ja, ja.«

Ragnhild bleibt ratlos auf der Treppe zurück.

25

Ragnhild ist im Laufe dieses Winters so winzig klein für ihn geworden. So winzig klein und so weit weg. Hin und wieder träumt er von ihr, nicht nur nachts, sondern auch in diesem besonderen, halbwachen Zustand, in dem er sich jetzt tagsüber befindet. Er sieht sie auf einem Fels stehen, nein, auf einer Art Felsvorsprung, weit, weit entfernt – sie ist winzig, winzig klein, und sie redet und redet, mit einer Stimme, als spiele jemand eine Schallplatte in zu hoher Geschwindigkeit ab. Wörter, die er nicht zu erfassen imstande ist, strömen unablässig wie kleine schwarze Vögel aus ihrem Mund.

In einem der Träume steht sie am äußersten Rand des Bergabsatzes und fuchtelt mit den Armen, um die Vögel wieder einzufangen. Sie ergreift einige, die sie, wie sie sind, in den Mund stopft und ganz schluckt, aber die meisten fliegen schreiend um ihren Kopf. Sie trägt ein geblümtes Kopftuch über dem Haar, ein Kopftuch, das er sie schon Jahre nicht mehr hat tragen sehen, und von dem er nie gedacht hätte, daß er sich einmal daran erinnern würde. Im Traum kann er Details des Musters erkennen, wenn sie das Kopftuch abnimmt und über dem Kopf schwenkt – tut sie das, um die Vögel loszuwerden, oder ist das ein Signal für ihn? Denn er ist dort, unerwartet, eine unförmige und unbewegliche Masse, die er nicht sehen kann, in der er aber angsterfüllt drinsteckt. Er ist gelähmt, in Unbeweglichkeit gefangen, und als sie einen Schritt nach vorn tut und fällt, vergeht eine lange, erschreckende Ewigkeit, ehe er seine Hand sieht, riesengroß, die in einer halbherzigen Bewegung vorschießt und sie auffängt, gerade ehe sie am Boden zerschellt wäre.

Er kann sehen, wie sie verstört auf seiner Handfläche hockt. Sie sieht aus wie ein kleines Kind, als sie da sitzt und sich mit ihren Händen abstützt, die ausgestreckten Beine gespreizt. Die Vögel über ihrem Kopf sind verschwunden. Klar und scharf sieht er seine Finger, die schwarzen Trauerränder unter den Nägeln, die sich langsam, unerbittlich über ihr zusammenkrümmen.

Aus diesem Traum erwachte er, das Herz ein zu Tode erschrockener, flatternder Vogel hinter dem Brustbein. Er war im Nu am ganzen Körper naß geschwitzt und taumelte hoch, ohne zu registrieren, ob Ragnhild schlief oder an seiner Seite wach lag. Schwindelig und verwirrt taumelte er hinaus in die Küche, wo er sich der Länge nach auf den gestreiften Flickenteppich auf den Rücken legte und einen verzweifelten Versuch unternahm, die Atemzüge unter Kontrolle zu bekommen, damit das Herz wieder normal im Rhythmus schlägt.

Oh, diese Träume und diese entsetzliche Angst! Und dieses galoppierende Herz! So kann man nicht leben – nicht leben. Lars wiederholt den Satz, als er an diesem blauenden Wintermorgen auf dem Holzschlitten sitzt. Er spürt bei diesen Worten eine solche Ruhe, eine Ruhe, die er nicht gekannt hat.

Zum ersten Mal seit vielen Monaten sieht er die Welt mit einer Klarheit, wie er sie sonst nur in seinen Träumen erlebt. Er sieht, wie das Dorf in dem blauen Zwielicht hervortritt, und unter der schwarzen Fellmütze mit den Ohrenklappen spürt er die vier, fünf Grad Frost angenehm auf der Haut prickeln. Seine Hände fühlen sich warm an in den Fäustlingen, die ihm Ragnhild gestrickt hat; fast schwitzen sie. Er zieht einen Handschuh aus und streicht sich mit der Hand übers Kinn, das zum ersten Mal seit Tagen glattrasiert ist. »Ja, ja.«

Das Pferd kennt den Weg und trottet selbständig dahin. Es folgt der Dorfstraße ein kleines Stück, ehe es in den engen Pfad zum gefällten Holz einbiegt. Sie fahren an ein paar Mädchen vorüber, die unterwegs sind zur Schule – sie müssen die erste Stunde frei gehabt haben oder sie sind unerlaubterweise spät dran. Das sind Mädchen von der weiterführenden Schule, die, als sie an Lars vorbeikommen, mit blaugefrorenen Knien unter den kurzen Mänteln noch eine Andeutung von Knicks machen, schon zu groß, um noch richtig zu knicksen, aber noch nicht groß genug, um nur zu nicken.

Lars sitzt mit den Händen auf den Knien auf dem Holzschlitten und nimmt die Umgebung mit einer geradezu überwältigenden Klarheit wahr. Zur gleichen Zeit ist ihm, als wäre alles ein Traum. Die tief verschneiten Tannen, die ihm, wenn er vergißt, sich unter den niedrigen Zweigen zu bücken, einen Hauch von Schnee über Kopf und Schultern rieseln lassen.

Die Fährten von Hasen, Fuchs und Rehen neben dem ausgefahrenen Weg. Die Stille, die nur unterbrochen wird von dem einen oder anderen Vogel – ist das nun eine Blaumeise oder eine Kohlmeise? – und von den Geräuschen der Kufen und dem Schnauben des Pferdes. Er erlebt das alles kalt und klar, fühlt sich aber gleichzeitig wieder so sonderbar außenstehend. Sitzt vornübergebeugt auf dem Heusack, träumend und wach, hier und weit weg, und registriert erst nach einer geraumen Weile, daß der Braune stehengeblieben ist und sich mit anklagendem Blick zu ihm umgedreht hat. Er sitzt an dieser Steigung doch nie auf dem Bock? Mit einem Seufzer erhebt er sich vom Schlitten. Aber er preßt die Hand für einen Moment auf den Strohsack, auf dem er sitzt. Durch das Heu kann er die harten Umrisse des Gewehrkolbens spüren.

26

Evines kleiner Hof liegt weit innen im Vorgebirge, gar nicht so weit entfernt von der Lichtung, auf der Lars mit dem Umschichten des Holzes zu tun hat. Auf einer kleinen Bergkuppe klammern sich die niedrigen grauen Häuser unter der steilen Felswand des Børjærås' so nahe an den Hang, daß sie große Teile des Tages im Schatten liegen. Ja, im Winter können sich die niedrigen Sonnenstrahlen am hellichten Tag gerade noch über die Kante des Ås schmiegen, so daß ein einsamer Skifahrer, der darauf verfallen ist, seinen Weg über das Vorgebirge zu nehmen, für einen Moment von einem kurzen Aufleuchten einer Fensterscheibe geblendet wird. Diese Sonnenstrahlen haben keinerlei Macht, so daß das Eis im Winter die schönsten Blumen auf die Scheiben malt. Aber die sieht niemand außer Evine.

Denn das letzte kurze und steile Stück Weg kommt nie ein

Mensch herauf. Der Weg ist nicht mehr als ein unwegsamer Pfad, der sich zwischen stacheligen Wacholderbüschen und schlankgewachsenen Ebereschen mit schweren Büscheln roter Beeren windet. Nach den ersten Frostnächten kommt häufig eine Schar von Seidenschwänzen angeflogen, um in den gefrorenen Beeren zu schwelgen. Dann sitzt Evine gern auf ihrem Ruhestein und beobachtet, wie die schönen rosafarbenen Vögel sich mit runzeligen roten Beeren vollfuttern, bis sie ganz benommen hinunter in die Heide taumeln, berauscht von dem leichtgegorenen Saft.

Evine ist hier so eins mit der Natur, daß es aussieht, als hätten die Vögel und das Wild keine Angst vor ihr. Der Hase richtet sich neugierig auf und wittert mit zitterndem Maul in ihre Richtung, blinzelt einige Male mit hellwachen schwarzen Augen, ehe er ihr den Stummelschwanz zuwendet und ohne sich zu übereilen davonhoppelt. Die Rehe mit ihren Kitzen stehen wie im Sprung gefroren, den Kopf erhoben und die Ohren ständig in Bewegung, länger, als sie es bei jedem anderen, der überraschend vorbeikommt, getan hätten. Wenn Evine sich nur still genug verhält, kann es geschehen, daß alle drei sogar noch einmal den schlanken Hals senken, um weiterzuäsen, aber schon ein leise knickender Zweig unter Evines Schuhsohlen reicht aus, und sie springen elegant hinter das Haselgebüsch ein paar Meter weiter in Sicherheit. Ganz zutraulich werden sie nie, denn selbst wenn sie freundlich zu ihnen ist und ihnen in sehr strengen Wintern mit viel Schnee einen Heuballen hinlegt: Wenn die Rehe sich im Schutz der herbstlichen Dunkelheit an den Kohlköpfen oder Mohrrüben in ihrem Küchengarten vergreifen, kennt sie keine Gnade.

Evines Hof ist durchaus nicht so steinig, wie es von unten scheinen mag. Aber das weiß fast niemand oder es denkt kaum jemand darüber nach. Wer sich die Mühe machte, den unwegsamen Pfad hinaufzuklettern, würde sehen, daß der Hof auf einer kleinen Ebene liegt, die sich sanft einwärts auf die Felswand zu absenkt. Groß ist der Flecken nicht, aber Evines Küchengarten hat Platz für ein paar Beerensträucher und Obstbäume. Der Giebel des Stalls lugt, von unten gesehen, wie die Ohren einer neugierigen kleinen Katze hinter der Mutter über den Rand des Plateaus hervor. Dort beherbergt Evine vier Schafe und ebensoviele Hühner. Und natürlich den Hahn, der mit geschwollenem Kamm auf dem Hofplatz herumstolziert und seinen Harem streng beaufsichtigt.

Evines Hühner sind braun, nicht das übliche Weiß, wie sonst im Dorf. Und keiner weiß, wo sie die herbekommen hat, sie, die kaum wagt, einem Menschen in die Augen zu sehen, geschweige denn, den Mund aufzutun, wenn sie jemandem begegnet. Im übrigen wissen die wenigsten aus dem Dorf, daß sie überhaupt Hühner hat, ob sie nun braun oder weiß sind, denn niemand macht sich die Mühe, den Pfad hinaufzuklettern, um die großen, hellbraunen Eier ihrer Hühner mit dem goldgelben Dotter und dem schneeweißen Eiklar unter der kräftigen Schale zu kosten. Das würde die menschenscheue Evine auch zu Tode erschrecken. Ja, die Hühner im übrigen auch. Nur Kaufmann Berg und seine Familie, die kennen den Geschmack von Evines Eiern, denn Berg nimmt sie im Tausch gegen Zucker und Mehl, wenn Evine zum Einkaufen ins Dorf kommt, mit einer alten grauen Kiepe auf dem Rücken und in einem Milcheimer die Eier, dazwischen Lagen gewaschener Schafwolle.

Und dann gibt es noch dieses rabenschwarze Huhn, das nennt Evine »Zigeunerkönigin«, obwohl es vielleicht mehr an eine gesetzte, feine Dame erinnert, die mit sittsamen, knielangen Pluderhosen umhergeht und das kräftige Hinterteil in die Luft streckt und alles aufpickt, was an Eßbarem im halbhohen Gras ums Haus herum zu finden ist. Entdeckt es etwas Interessantes, kommen die Nebenfrauen augenblicklich angerannt, um den Fund in Augenschein zu nehmen.

»Nein, habt ihr so etwas schon mal gesehen!« Sie stecken die Köpfe zusammen, bis die ungestümste unter ihnen eine günstige Gelegenheit ausnutzt, sich des Schatzes zu bemächtigen und ihn mit Stumpf und Stiel zu verzehren. Dann wenden sie sich die Hinterteile zu und setzen jedes für sich ihr Geschäft fort.

Die drei braunen Hühner hatte Evine nach den Frauen im Dorf benannt. Das sind Harriet, Milda und Mathilde. Evines Hahn trägt den stolzen Namen Haakon der Siebte. Und er hält sich schließlich auch mit königlicher Würde, wenn er so über den Hof stolziert und sein Revier aufmerksam beobachtet. Gleitet der Schatten eines Habichts über den Platz oder sieht er im Gebüsch flüchtig Reineke Fuchs, versammelt er die Hennen rasch mit präzisen Befehlen, und wie ein verantwortungsvoller Familienvater bei einer Landpartie treibt er die erschrockene Schar ins Haus.

Dann kommen die Frauen aus allen Richtungen zeternd herbeigeeilt und schlüpfen verstört durch die offene Stalltür, während sie sich gackernd über die Unterbrechung empören. Verärgert ordnen sie die Spitzen ihrer Pluderhosen und halten schwatzend im halbdunklen Stall Familienrat ab, ehe sie sich auf ein Zeichen des Hahns hin wieder vorsichtig hinaus ins Sonnenlicht wagen, mit schwer wiedererrungener Würde.

Wenn nur drei von ihnen die Köpfe herausstrecken, dann aus dem einfachen Grund, daß das Vierte sich in dem alten Schweinetrog zur Niederkunft bereitmacht, wo vier Heubündel in Reih und Glied liegen, alle mit dem Abdruck eines Huhns. Dann hält sich der Hahn in respektvollem Abstand, gleich vor der schiefen Stalltür, wie es sich für einen werdenden Vater ziemt. Er pickt in den Körnern, die Evine ausgestreut hat, als sie am Morgen die Tür öffnete. Unterdessen hält er ein wachsames Auge auf die drei geschäftigen Damen – sie dürfen sich nicht zu weit entfernen, und wenn sie es tun, ruft er sie barsch zurück. Das andere Auge hat er aufmerksam der Schwangeren drinnen zugewandt. Wenn sie mit dem charakteristischen Gackern vom freudigen Ereignis unterrichtet, stimmt der Hahn mit ein, so energisch, daß man glauben könnte, *er* wäre in anderen Umständen gewesen. Und nach einer angemessenen Zeit kommt die stolze Mutter heraus und wird mit entsprechenden Ovationen begrüßt. Die Hühner legen eifrig, so daß Evine den ganzen Sommer über jeden Tag vier große hellbraune Eier einsammeln kann. Im Winter sind es weniger.

Evines vier Schafe sind draußen, sobald die ersten schneefreien Flecken im Frühling auftauchen, und bis es im Herbst zu schneien beginnt. Sie weiden friedlich miteinander an den abschüssigen, grasbewachsenen Hängen des Hügels oder auf den duftenden sanft geneigten Wiesen rund um den Børjærsee, der unten in der Heide, gleich unterhalb der steilen Böschung zu Evines Haus, liegt. Im Winter überleben sie von dem wenigen Essensabfall, den Evine ihnen anzubieten hat und von dem Heu, das sie in dem flachen Gelände gemäht und auf dem Rücken den steilen Pfad hinaufgetragen hat. Nachdem Schwingel- und Straußgras vor ihrer kurzschäftigen Sense gefallen sind und sich mit dem charakteristischen Geräusch in schöne gerade Reihen gelegt haben, schichtet Evine die weichen Halme in passend große Lasten. Wenn das Wetter gut ist, kann sie sich das Vergnügen gönnen, das Gras zu wenden und es auf dem Erdboden trocknen zu lassen, ehe sie es zu einem ordentlichen Armvoll zusammenrecht und ein Seil darum bindet. Vielleicht geht sie im Lauf des Sommers hundertmal mit einer duftenden Bürde auf dem Rücken den kurzen steilen Weg hinauf, vielleicht zweihundertmal oder öfter.

Im großen und ganzen wissen die Leute so gut wie nichts von Evine. Sie streift so zurückgezogen durchs Leben, daß die wenigsten ihr Aufmerksamkeit schenken. Ihre Geschichte haben die allermeisten schon vor langer Zeit vergessen.

27

Evine geht es nicht sommers wie winters gleich gut, natürlich nicht, denn da ihr Haus undicht und zugig ist, quält sich die Ärmste im Winter oft sehr. Ihr Vater, Søren Ura, der es gebaut hat, war ein ordentlicher Arbeiter, aber kein guter Handwerker. Während der Herbst- und Winterstürme zieht es durch die Fenster, daß die Gardinen über den Küchentisch flattern, wo Evine mit einem Becher Pulverkaffee oder kochend heißem Kamillentee sitzt.

Sie legt die klammen Finger um die Tasse, und wenn sie genug Wärme bekommen haben, berührt sie mit dem Zeigefinger die Eisblumen an der Scheibe und schmilzt sich ein kleines rundes Guckloch zur Welt. Wenn es viel zu kalt ist, geht sie wieder ins Bett. Liegt zusammengerollt unter den Schaffellen, die sie über die Steppdecke gebreitet hat und wartet darauf, daß die Wärme des alten Ofens die Kälte aus dem Haus verjagt. An solchen Tagen im Dämmerschlaf ist ihr Kopf voll von Stimmen und Gesichten.

Sie sieht die Elfen über die mittsommernächtlichen Wiesen tanzen und hört ihr lockendes Lachen. Die Fee rennt geschäftig zwischen den dunklen Stämmen der Tannen umher, und mit einem glühenden Auge zwinkert ihr das Gespenst, der Deildegast, vergnügt zu. Der Nöck plätschert zwischen den Wasserlilien, und der Laternenmann schwenkt seine Laterne zwischen weißen Stämmen, so daß der Lichtkegel munter in ihren Gedanken umherspringt. Sie hat keine Angst vor ihnen, es sind ihre vertrauten Freunde. Ihr ganzes Leben lang hat sie diese merkwürdigen Wesen gekannt. Sie führt leise Gespräche mit ihnen und lacht zwischendrin glucksend wie ein Kind, das gekitzelt wird. Nur vor einem Anblick hat sie Angst – vor den Händen des Vaters –, aber die kommen nicht mehr hierher.

Hin und wieder taucht die Mutter auf und bewegt sich still

im Zimmer, so wie damals, als Evine klein war. Sie sagt nichts, geht nur herum und richtet das Tischtuch, wischt ein paar Brotkrumen von Evines Frühstück in die gekrümmte Handfläche und wirft sie in die Holzkiste in der Ecke hinterm Ofen. Oder sie zupft eine schiefe Gardine zurecht. Dann verstummt Evines Lachen. Sie blickt die Mutter mit sehnsüchtigen Augen an und versucht von ihrem zusammengerollten Platz unter den Schaffellen aus, die Aufmerksamkeit der Mutter zu erregen.

Aber die Mutter beachtet sie niemals. Sie entschwindet, lautlos wie sie kam, und läßt Evine mit einer Sehnsucht zurück, die sie unter den warmen Schaffellen hervortreibt, hinein in die Kleider, die sie fröstelnd überstreift, ehe sie zur Tür eilt. Die alten angerosteten Eisenscharniere quietschen klagend, und die Katze nutzt die Gelegenheit, um zwischen ihren Beinen aus der Tür zu schlüpfen, als ahnte sie, daß Evine länger wegbleiben könnte.

Im Winter kommt sie vor Einbruch der Nacht zurück und kümmert sich rührend um ihre Schafe und Hühner in dem zugigen kleinen Stall. Aber im Sommer, wenn sich die Tiere draußen allein versorgen und unterstellen können, kann es passieren, daß sie mehrere Tage von zu Hause wegbleibt. Die Gesichte und die Sehnsucht nach der Mutter, der Mutter ihrer Kindheit, treiben Evine hinaus auf der Suche nach dem, was sie ihr Leben lang mit der Mutter und den ersten behüteten Kinderjahren verbinden wird – dem Geruch von Kühen und Milch und dem warmen Körper einer wiederkäuenden Kuh.

Die erste Aufgabe in Evines Leben war es, den Schwanz der Kuh festzuhalten, während ihre Mutter molk. Während die Mutter auf einem niedrigen, dreibeinigen Schemel saß, das weiße Kopftuch an die Seite der Kuh lehnte und an den Zitzen zog, hielt das Kind den störrischen Kuhschwanz fest, indem es die Finger in die äußerste Quaste verhakt hatte. Jedes Mal, wenn die Kuh so fest mit dem Schwanz ruckte, daß die kleinen Finger fast ihren Zugriff verloren, lachte Evine – ein helles, klingendes Lachen, und die Mutter wandte den Kopf und lächelte. Denn das war in der guten Zeit, als Evine noch lachen konnte. Und sie war auch überhaupt nicht so still, wenn sie allein war mit der Mutter. Andere Menschen sah sie nie. Der Hof gehörte auch damals nicht zu den Orten, an denen der Weg anderer Menschen vorbeiführte, und der Vater war in diesen ersten Jahren selten zu Hause.

Evine wird sich später in ihrem Leben an die ersten Jahre ihrer Kindheit nur vage erinnern. Keine bewußten Erinnerungen, eher empfindet sie ein Gefühl von Frieden, das sie mit bestimmten Tönen und Gerüchen verbindet, in erster Linie mit dem warmen Geruch nach Milch und Kühen.

Als sie erwachsen ist, hat sie keine eigenen Kühe, dazu sieht sie sich nicht imstande, so gern sie auch will. Aber um die Zeit des Melkens sucht sie gern den Kuhstall auf Ås oder auf anderen Höfen auf. Steht im Gang versteckt, ohne sich hineinzutrauen und saugt in sich die Töne auf, die mit dem Melken einhergehen. Mathildes gutmütiges Schimpfen mit einer Kuh, die ein bißchen unruhig ist. Der Ton der Milch, wenn die Strahlen rhythmisch den Eimer treffen, zuerst beinahe klingelnd gegen den Zink, dann allmählich schäumend, wenn sich der Eimer mit Milch füllt. Später wird sie Ragnhild hören, Ragnhild, die beim Melken immer singt.

Einige Jahre lang hört sie auch die Stimme des kleinen deutschen Jungen, den Ragnhild zu sich genommen hat. Dieser leise plaudernde Klang der erwachsenen Stimme, vermischt mit der vorsichtigen, hellen Kinderstimme ruft in Evine Erinnerungen an eine Kindheit hervor, an die sie sich nicht länger erinnert, die sie aber in ihren Gesichten gelegentlich wiedererleben kann. Ganz hinein in den Kuhstall wagt sie sich nur, wenn es sich gar nicht vermeiden läßt.

Oftmals irrt sie so lange blaugefroren in den Wäldern umher, bis die Arbeit im Stall abgeschlossen ist. Dann stiehlt sie sich, geschützt vom Winterdunkel in den Kuhstall hinein. Wie eine Gestalt ihrer Visionen huscht sie blitzschnell und lautlos durch die Stalltür, schlüpft in einen Viehstand und schlingt die Arme um die wiederkäuende Kuh. Sie saugt die Wärme und den Duft ein, die Nähe, spürt das lebendige glatte Fell unter ihren Fingern. Neigt den Kopf zu der weichen, losen Haut am Hals der Kuh, während die Hände sie unablässig klopfen. Und das große Tier, das Evine von unzähligen Begegnungen draußen wie drinnen kennt, dreht den Kopf und läßt ihr feuchtes Maul an Evines Arm entlangstreifen. Vielleicht fährt es mit der kräftigen Zunge über das wirre Frauenhaar, während die Augen die kleine Gestalt ohne jede Verwunderung betrachten. Aber im Nachbarverschlag legt Gullsi oder Rødlin den Kopf in den Nacken und muht ungeduldig, und drinnen in der Küche hebt der Bauer fragend den Blick von der Zeitung. »Stimmt da etwas nicht?« Aber ehe er sich von der Bank erhoben hat, um herauszufinden, was dort draußen im Kuhstall vor sich geht – fürs Kalben ist es schließlich noch zu früh –, verstummt die Unruhe. Ein leises Knacken, als der Haken der Stalltür an seinen Platz gleitet, und Evine macht sich unter den Sternen auf den Heimweg.

Im Sommer, wenn die Kühe Tag und Nacht draußen sind, verbringt Evine die Nacht oft zusammen mit der Kuhherde. Ja, Mathilde ist tatsächlich vor vielen Jahren einmal auf sie gestoßen, als sie zusammengerollt auf der Erde schlief, ihr Kopf ruhte am Hals einer Kuh. Es war ein schöner Morgen im Juli, nach einer von Mathildes vielen schlaflosen Nächten, als sie aufgestanden und extra früh losgegangen war, um die Kühe zum Melken hereinzuholen.

Der Anblick der schlafenden Gestalt im geblümten Rock, mit Gummistiefeln, grauer Strickjacke und mit dem Kopftuch, das halb abgerutscht war von dem wirren, rötlichen Haar, rührte Mathilde fast zu Tränen. Zur selben Zeit fühlte sie, daß sie unfreiwillig eines von Evines Geheimnissen enthüllt hatte, weil sie in eine Umgebung eingedrungen war, in der sie nichts zu suchen hatte. Sie entschloß sich zu einem raschen und lautlosen Rückzug durch das Gebüsch und ging in einem weiten Bogen über den Hügel, ehe sie geräuschvoll zurückkam. Da war Evine verschwunden und die Kühe dabei, sich mit dem taunassen Gras zu versorgen. Mathilde hat nie erfahren, ob Evine sie damals bemerkt hatte. Und auch dieses Geheimnis nahm sie mit ins Grab.

28

Aber jetzt ist Winter. Die Kühe stehen in ihren Verschlägen, und Evine ist unterwegs durch den Wald. Nicht, um sie im nächsten Kuhstall aufzusuchen, denn die Mutter und mit ihr die Sehnsucht nach den großen, warmen Körpern der Tiere hält sich seit längerer Zeit fern.

Evine ist unterwegs ins Dorf, um einzukaufen. Sie braucht so wenig für ihren Alltag, aber ein bißchen Kaffee und Zukker, Butter, Mehl und Salz muß sie schon haben. Das alles bekommt sie beim Kaufmann Berg, der den Landhandel an der Straßenkreuzung genauso betreibt, wie sein Schwiegervater vor ihm. In den letzten Jahren ist es allerdings schwerer für ihn geworden, denn immer mehr von den Jüngeren im Dorf haben sich ein Auto angeschafft und fahren zu dem großen Einkaufszentrum, wenn sie etwas brauchen, wo die Auswahl besser ist.

Aber die Älteren halten Berg die Treue – aus dem einen oder anderen Grund haben die Menschen den Kaufmann immer mit seinem Nachnamen angesprochen. Warum, weiß eigentlich keiner, vielleicht weil er ein Zugereister ist. Er betreibt das Geschäft jetzt schon viele Jahre, seit sein Schwiegervater starb. Und auch wenn sich das Warenangebot mit den Jahren etwas verändert hat, so ist die Atmosphäre in dem engen Laden zwischen Dauerwurst und Zucker die gleiche geblieben.

Große braune Papiertüten mit Mehl und kleinere weiße mit Zucker, Salz oder Sago, Taurollen, Sandpapier und »Tiedemanns Tabak« gehen zusammen mit Neuigkeiten und politischen Ansichten über die Theke. Ein gedankenloser Mann, der wegen Hirschhornsalz losgeschickt worden war, sitzt unter Umständen so lange auf dem Hocker vor der Theke, daß seine Frau, die mitten in der Weihnachtsbäckerei steckt, zum Telefon greifen muß, um ihren Mann vom politischen Meinungsaustausch loszureißen. Kaufmann Berg ist ein eifriger Konservativer, und von denen gibt es im Dorf nicht so viele, die meisten stehen für die Arbeiter- und Bauernpartei.

Und an der Theke des Geschäfts sind durch die Jahre hin viele Erfahrungen ausgetauscht worden, über die Bodenbeschaffenheit, das Vieh, über Kraftfutter und Wechselwirtschaft.

»Nirgends kannst du so viel über Landwirtschaft lernen, nicht mal auf der Landwirtschaftsschule!« pflegte der alte Jakob zu sagen, auf seinem angestammten Platz unter dem Reklameschild für »Tiedemanns Tabak«, wobei er die Stummelpfeife schwenkte, um seine Aussage zu unterstreichen.

So war das damals. Aber der alte Jakob lebt längst nicht mehr, aus der Bauernpartei ist die Zentrumspartei geworden, und Kaufmann Berg wird langsam alt. Wenn er großzügig »für fünfzig Öre gemischte Drops« aus der großen glänzenden Dose abwiegt, die er unter der Theke hervorgeholt hat, zittert seine Hand mit der Metallschaufel so, daß eins der rosa Bonbons neben die weiße Papiertüte fällt, die er in den kleinen Ring an der Waage eingehakt hat. Das Bonbon rollt über die Theke und direkt in die Hand – und schwupps! in den Mund – von Ingers kleinem braunäugigen Mädchen. Und die noch kleinere, blauäugige Schwester, die, wenn sie sich auf Zehenspitzen stellt, gerade eben mit dem Kinn über die Theke reicht, sieht so lange dem Bonbon hinterher, daß Kaufmann Berg sich lächelnd genötigt sieht, noch eins fallenzulassen.

Im modernsten Bekleidungsgeschäft in der Stadt steht derweil mit dem Maßband um den Hals der Sohn von Kaufmann Berg. Er bewegt sich geschäftig hin und her, mißt Taillenweite und Beinlänge, streicht abschätzend über den Stoff eines Kleides und denkt überhaupt nicht daran, nach Hause zurückzukehren, um landwirtschaftliche Erfahrungen, politische Äußerungen und lokalen Klatsch an der Kaufmannstheke seines Vaters zu parieren.

Aber noch treibt der Kaufmann Handel, und eine seiner treuesten, wenn auch nicht einträglichsten Kunden ist Evine. Sie bekommt nun schon seit vielen Jahren Rente, und Berg kümmert sich für sie darum. Das heißt, das Geld ist natürlich auf der Bank, und dort wächst der Betrag langsam aber sicher, denn Evine gehört nun wirklich nicht zu den Verschwendern. Was sie einkauft und was sie im Tausch bringt, Kaufmann Berg schreibt alles in ein Buch, und wenn er gute Laune hat – er hat oft gute Laune – aber wenn er besonders gute Laune hat, holt Berg das Buch vor mit Debet und Kredit in zierlichen Kolonnen, zeigt Evine die Zahlen und sagt geheimnisvoll: »Du bist reich wie ein Graf, Evine! Du bist eine gute Partie, das sage ich dir!«

Aber Evine kennt keine Grafen, Evine kennt nur Elfen und Gespenster. Etwas zu besitzen, bedeutet ihr nichts. Zahlenreihen sagen ihr nicht das mindeste, und sie lächelt dann nur schüchtern und reicht ihm den Zettel, auf dem steht: ein Viertel Kaffee, 100 Gramm Wurst, ein halbes Kilo »Marianne-Margarine«. Sie kauft diese Margarine wegen der schönen Zöpfe von Marianne. Als sie klein war, hat die Mutter so ihr Haar geflochten. Sie band die langen Zöpfe über jedem Ohr mit einem Band hoch, das sie wiederum aus verschieden gefärbten Wollfäden geflochten hatte.

Als Kind pflegte Evine ein paar Meter von der Mutter entfernt im Zimmer zu stehen, die verschiedenen Wollfäden fest in Händen haltend, deren Fäden in Schlaufen über die Finger der Mutter gelegt waren, zwei auf der einen Hand und drei auf der anderen. Fasziniert starrte sie auf die flinken Hände der Mutter, wenn die blitzschnell nach einem vorgegebenen Muster die Fäden von Finger zu Finger flocht, so daß am Ende ein regelmäßig geflochtenes Band entstand.

Aber das war lange vor Mariannes Zeit. Jetzt bindet Evine die langen, farbenfrohen Bänder selbst. Wie sie das gelernt hat, hat sie vergessen. Aber sie mag das Bild des kleinen Mädchens auf der Margarinepackung. Ja, hin und wieder geschieht es, daß Marianne zwischen Elfen und den anderen Wesen aus Evines Welt auftaucht. Dann tanzt sie umher im kurzen Faltenrock mit den Trägern, die sich auf der Brust kreuzen, damit sie nicht von den Schultern rutschen. Der Rock steht ab wie ein kleiner Schirm, und die Zöpfe fliegen ihr so hübsch um die Ohren, wenn sie sich dreht, und sie lächelt mit tiefen Grübchen, ehe sie verschwindet.

Manchmal, wenn Kaufmann Berg den Kaffee abgemessen und auf Stufe 3 gemahlen hat, weil er weiß, daß Evine ihn so am liebsten hat, würde er sich am liebsten nach der rechteckigen Margarinepackung in der neuen Kühltheke strecken und sagen: »Willst du nicht einmal »Per-Margarine« ausprobieren, Evine?« Dann wüßte sie aber genau, daß er das nur fragt, um sie zu foppen. Denn er rechnet fest damit, daß sie auf seine Frage nur vorsichtig den Kopf schüttelt, ehe er »Marianne« hervorholt und die Packung zusammen mit dem Kaffee in Evines abgenutztem, grauen Rucksack verstaut. Er weiß, es muß Marianne sein. Nur ahnt er nicht, warum.

29

Niemand kennt Evines Welt, genausowenig wie es jemanden gibt, der Lars' Welt kennt, und die ist in diesem Winter jedenfalls deutlich erschreckender als Evines.

Lars' Welt ist erfüllt von großer Dunkelheit. Sie ist wie die Welt vor der Erschaffung der Welt, öde und leer. »Und die Erde war öde und leer«, hat er in Mathildes Bibel gelesen. »Und Gottes Geist schwebte über den Wassern.« Aber wie er da auf dem Holzstapel sitzt, schwebt in Lars' Kopf, den er zwischen den Händen preßt, kein Gott mit seinem ›Es werde Licht‹! Es gibt kein Licht, nein, hier gibt es nur noch Dunkelheit und Angst. Gewiß preßt er zwischen seinen zusammengebissenen Zähnen ein »O Gott, o Gott!« hervor, aber das hört nur der Braune. Der dreht vielleicht verwundert den Kopf zu seinem Bauern um, aber ansonsten hat er genug damit zu tun, das Bündel Heu, das Lars mechanisch und gedankenleer aus dem Sack gezogen und ihm vorgeworfen hat, geräuschvoll zu zermalmen.

Lars sitzt auf dem Holzstoß, das Gewehr, eine Mauser, zwischen den Beinen. Der Gewehrlauf weist unter sein Kinn, sein glattrasiertes Kinn, und es ist entsichert. Aber diese entschlossene Ruhe, die ihn ein paar Tage lang begleitet hat, die ist jetzt einer unfaßbaren Angst und Verzweiflung gewichen.

Ein Teil von ihm wünscht sich, das Gewehr möge einfach losgehen, damit der Tod ihn ohne aktives Eingreifen seinerseits treffen möge. Gleichzeitig spürt er, wie die Todesangst ihm den Schweiß aus allen Poren treibt. Er ist vor Schreck ganz klamm, aber außerstande, auch nur ganz leicht den Wunsch, weiterleben zu wollen, empfinden zu können.

Der Gedanke an Ragnhild und vielleicht vor allem der an den kleinen Jakob hat in ihm den Wunsch, auf jeden Fall aber die Pflicht zu leben, aufrecht gehalten. Bis jetzt. Aber in den letzten Tagen ist ihm klargeworden, daß es den beiden ohne ihn besser gehen würde. Wenn Ragnhild mit dem Jungen auf dem Schoß sitzt und singt »Flog ein kleiner blauer Vogel durchs Fenster im Mai«, hört er die Verachtung in ihrer Stimme. Es wird für Ragnhild eine Erleichterung sein, wenn er weg ist. Und der Junge wird ihn schnell vergessen.

Denn Lars hat eingesehen, daß er kein guter Mensch ist. Vielleicht kein böser, aber auf jeden Fall ein charakterschwacher. Seit Tagen und Wochen ist ihm das nun im Kopf herumgegangen, was für ein schlechter Mensch er ist. Alle Fehler, die er gemacht hat, alles was er gesagt, getan oder gewünscht hat, alles ist schändlich und schlecht.

Oh, er hat schon gemerkt, daß sie im Dorf über ihn reden, darüber, was für ein schändlicher und schlechter Mensch er ist. Wenn Inger mit ihren kleinen Töchtern zu Besuch kommt, blickt die älteste von ihnen, Sofie, ihn mit ihren braunen Augen an, vorwurfsvoll, das sieht er wohl. Sie muß etwa so groß sein wie ... und hat die gleichen braunen Augen ...

Um die braunäugige Tochter Ingers gibt es Gerede, aber er weiß doch ... Sie ist für ihn als Mahnung gekommen. Und Harriet, die ihre kleine Tochter, die sie gerade bekommen hat, Elisabeth tauft. »Aber wir werden sie meist Lise nennen, denn Elisabeth ist ja so schwer.« Doch, Harriet weiß auch etwas von der kleinen braunäugigen Liz. Wie sie weinte, als er damals abfuhr: »Daddy! Daddy!«

Die Zeit während des Krieges, die fünf Jahre, die er aus dem Gedächtnis getilgt hat, jetzt lassen sie ihm keine Ruhe mehr. Er hätte damals mit Ragnhild darüber reden sollen, aber jetzt ist es zu spät. Jetzt ist alles zu spät. Er umfaßt den kalten Gewehrlauf mit beiden Händen, streicht prüfend über das glatte Metall, und murmelt gedankenverloren: »So ist das also? Du und ich, wir sollen unsere Kräfte messen? Ja, ja.« Er rückt das Gewehr zurecht.

30

An Evines Vater Søren erinnert sich fast niemand im Dorf, denn er verschwand nur wenige Jahre nach dem Jahrhundertwechsel. Einer, der ihn noch kannte, ist Martin Myra, Solfrids Großvater, der älteste Sohn des alten Herman Myra, der so gut Ziehharmonika spielte und nach dem Solfrids Vater getauft wurde. Martin Myra war es, der Mathilde einmal vor dem Ertrinken im Fluß gerettet hat, auch wenn Mathilde ihm diese Heldentat nie zugestehen will.

Martin ist im selben Alter wie Evine, aber beträchtlich wackeliger auf den Beinen. Die letzten Jahre hat er im Altersheim zugebracht, wo Solfrid ihn einmal in der Woche besucht, eine Aufgabe, der sie gerne nachkommt, denn sie hat ihren Großvater immer sehr gemocht, und seine Geschichten hat sie stets gern gehört.

»Evine ist wie ein Vogel auf der Erde«, sagt Martin, und was er meint, ist leicht zu verstehen, wenn man sich Evines zerbrechliche, verschreckte Gestalt vor Augen führt. Zartgliedrig, scheu und wachsam wie ein Vogel, irrt sie durch die Wälder und über die Heide, als ob sie nur halb von dieser Welt wäre. An ihren Vater mit seinen gewaltigen behaarten Fäusten erinnert sie sich nicht mehr.

Von Søren hieß es, daß er mit Stutenmilch aufgezogen worden und deshalb so unerhört stark gewesen wäre. Ob das stimmt, weiß keiner, aber dafür, daß er stark war, gibt es einen sichtbaren Beweis. Den größten Stein in der Kirchenmauer, ein gewaltiger Granitbrocken, dessen Gewicht viele mit über zweihundert Kilo veranschlagen, den hat er mit bloßen Fäusten an seinen Platz gehoben. Anschließend hat er in groben Buchstaben S.A. eingemeißelt, denn er gehörte nicht zu denen, die ihre Stärke unterschlugen.

Die Anfangsbuchstaben seines Namens waren möglicherweise das einzige, was er schreiben konnte, denn für Schulbesuch und Bücher interessierte er sich nicht. Seine Fäuste brauchte er für anderes. Es wurde irgendwann so schlimm mit ihm, daß sich am Schluß sowohl der Pfarrer als auch die Polizei ereiferten und er sich dorthin zurückziehen mußte, wo selten Leute hinkamen.

Das war, als er noch Søren Amundsen hieß, genannt Søren Streithahn. Der Name verschwand, als er sich auf dem Hof niederließ, den Evine später übernahm, zusammen mit einer Frau, so klein und zaghaft, daß das Gerücht ging, er habe sie mit Gewalt geraubt, denn daß sie freiwillig in ein solches Verhältnis eingewilligt hatte, konnte sich keiner vorstellen. Und wenn, dann hatte sie es bald bitter bereut, denn Søren war kein einfacher Ehemann.

Sie bekamen einen Sohn, einen kräftigen kleinen Jungen, der vom Abhang stürzte und starb, als er erst zwei, drei Jahre alt war. Es heißt, Søren habe bei der Gelegenheit so laut geflucht und getobt, daß man es bis ins Dorf hörte, und daß er kurz davor gewesen wäre, seine Frau hinterher zu werfen, weil sie nicht besser auf sein Kind aufgepaßt hatte. Aber im letzten Augenblick besann er sich und »bemächtigte sich ihrer« statt dessen, denn einen Sohn, der den steinigen Ort nach ihm übernehmen sollte, den wollte er haben. Statt eines Sohnes aber bekam er Evine.

Evine, kleine vogelähnliche, scheue Evine. Wie ein verschüchterter kleiner Wicht hast du dich im Dickicht und hinter Steinen versteckt und versucht, dich vor seinem gewaltigen Zorn unsichtbar zu machen. Dein Vater, mit seinen fürchterlichen Fäusten, die dir allzu früh einen Einblick in eine Welt gaben, von der du nichts hättest wissen sollen. Du hast sie zum Glück vergessen, seine behaarten Fäuste. Nur selten einmal, wenn du auf der Scheunenauffahrt sitzt, mit einem vertrauensvoll schnurrenden Kätzchen auf dem Schoß, kann es geschehen, daß sie unvorhergesehen auftauchen, lautlos und erschreckend wie der Schatten eines Hühnerhabichts.

31

In den ersten fünf, sechs Jahren ihres Lebens arbeitete Evines Vater auf Baustellen in einer entfernten Stadt. Unter den Arbeitskollegen war er unbeliebt, weil er immer seine Stärke beweisen mußte, aber er war ein tüchtiger Arbeiter, und zwar aus demselben Grund. Er trank und prügelte sich, wenn sich ein Anlaß bot, und am Ende hatte er sich so unmöglich gemacht, daß ihn kein Bauführer mehr auf seiner Baustelle haben wollte.

Das war das Ende von Evines glücklicher Kindheit. Der Vater, der bislang wie ein dunkler Schatten über sie und die Mutter hinweggeglitten war, aber mit so langen Zwischenräumen, daß es Evine zwischendurch gelang, seine Existenz zu verdrängen, der war von jetzt an ständig bedrohlich anwesend.

Die Mutter, Martina, gehörte unter Fremden nicht zu den Redseligen, aber in diesen ersten Jahren plauderte sie mit ihrem Kind mit dieser freundlich-zugewandten Stimme, die man bei allen weiblichen Wesen und ihrem Nachwuchs findet, Menschen bilden da keine Ausnahme. Sie betrauerte den Jungen, den sie verloren hatte, aber sie freute sich um so mehr über das Mädchen, das sie statt dessen bekommen hatte. An den Mann dachte sie in den Zeiten, in denen er weg war, so wenig wie möglich.

So lebten die zwei wie die Prinzessinnen im blauen Berg. Sie kämmten und spannen die Wolle, kümmerten sich um Kuh und Hühner in dem niedrigen kleinen Stall und um den Gemüsegarten unter dem Felsvorsprung. Die Kleine ahmte nach, was die Große ihr vormachte. Bis eines Tages der Riese nach Hause gerannt kam, querköpfig und übellaunig, wie Riesen sind, und sich der Großen gegenüber benahm, wie es in keinem Märchen steht, daß Riesen so etwas tun, egal wie garstig sie sind. Die Kleine beachtete er nicht, fürs erste.

Evine machte sich da so klein sie konnte. Saß mucksmäuschenstill in der Ecke hinter dem Ofen, oft mit einem Kätzchen auf dem Arm und folgte der Mutter mit ängstlichen Augen. Sie versuchte, den Vater nicht anzusehen, sterbensbang, daß er sie entdecken könnte. Wuchtig und düster saß er bei Tisch und legte los, welches Unrecht ihm hier und da geschehen war, oft vor zehn, zwanzig Jahren, während er bei dem, was seine Frau ihm vorgesetzt hatte, zulangte. Setzte den Kaffeebecher so hart auf dem Tisch ab, daß die Teller sprangen, er würde es ihnen schon zeigen! Einem Søren Amundsen tanzt man nicht auf der Nase herum, wahrhaftig nicht!

Egal, wieviel Mühe sich die Mutter gab, egal wie leise sie ging und wie wenig sie sagte, es ging regelmäßig schief. Mal war es das Fleisch, das zu stark gebraten war – oder zu wenig. Mal war es ein unglückliches Wort, natürlich auf die Goldwaage gelegt, ein Fleck auf der Tischdecke oder eine schiefe Gardine, und schon brach das Unwetter los.

Er umrundet seine Frau wie ein scharf abgerichteter Hund, mit blutunterlaufenem, geiferndem Schlund. Knurrt tief unten in der Kehle, wie unfähig sie sei, wie flachbrüstig und breithüftig und häßlich. Sieht aus wie eine Kuh, riecht wie ein Schwein, watschelt wie eine Gans, gackert wie ein Huhn, ist dumm wie eine Stute – Bilder hat er viele, wenn auch wenig originelle. Er schaukelt sich hoch, und wenn er die schwere Pranke hebt und zu knurren anfängt, kriecht die Mutter in sich zusammen, legt die Ohren an und winselt schwach, wie ein durch Bisse verletzter Hund, der sie ja ist.

Dann werden die Wörter anders, häßlicher, Evine wird sie alle lernen. Von ihrem Platz in der Ecke hinter dem Ofen, wo sie sich an die kleine Katze klammert, sieht sie das bizarre Vorspiel in Taten übergehen, die kein Mensch erleben dürfte. Mutters verstohlenem Winken, daß sie das Haus verlassen möge, wagt sie nicht nachzukommen. Es ist, als ahnte sie, daß an dem Tag, wenn sein Blick auf sie fällt, die Welt ganz und gar in Scherben gehen wird.

Evine macht sich unsichtbar. Sie hat eine Kappe wie die Elfen, von denen ihr die Mutter erzählt hat, eine Kappe, die sie überzieht. Die beschützt sie vor seinen Augen und vor seinen Fäusten. Sie wirft sie über, sobald der Vater in der Nähe ist. Bald vergißt sie die Kappe auch bei der Mutter abzuziehen. Sie flüchtet in Wald und Heide, wo sie zwischen Blumen und Tieren und zwischen freundlichen Wesen umherirrt, die nur sie sehen kann.

Das fürchterliche Gespenst Deildegast wird ihr Freund. Die Mutter hat ihr erzählt, es habe im lebendigen Leben »Deilde« – Grenzsteine zum Eigentum eines anderen Mannes – versetzt und könne nun keinen Frieden finden, sondern sei dazu verdammt, glühende Steine zu tragen. Evine glaubt, daß der Deildegast hinter ihrem Vater her ist, weil Søren die Grenzsteine zu dem Eigentum von Anders Irgendeiner versetzt hat. »Komm mit mir«, poltert das Gespenst mit riesigen, glühenden Augen und ist freundlicher, als der Vater es je war. »Komm mit uns«, säuseln die Elfen in fröhlichem Tanz über die sumpfigen Wiesen rund um den Børjærsee. »Komm mit mir«, blinkt das Laternengespenst und schwingt seine Laterne hin und her zwischen den weißen Stämmen der Bäume unten bei der Bucht. Und der Nöck steckt den Kopf aus dem See, Schilf und Seerosen in Haar und Bart und gluckert: »Ja, komm mit mir, komm einfach mit!«

Aber zu Hause werden die Augen der Mutter immer leerer, die Gestalt schrumpft zusammen und wird immer geduckter. Und eines Tages, Evine ist neun Jahre alt, und der Riese poltert auf dem Hofplatz wegen eines Rechens, der schief an die Stallwand gehängt worden war, da sagt die Mutter mit leeren Augen und einer verzagten Müdigkeit in der Stimme: »Evine hat den dahingehängt.«

Evine sitzt auf der Scheunenauffahrt, vom Vater aus riesengroßen Steinen angelegt, die er von dem Hügel hergetragen hat. In ihrem Schoß liegt ein getigertes Kätzchen, das sie mit unendlicher Geduld hat zähmen können. An jedem Tag nach der Arbeit im Kuhstall, während der Vater drinnen in der Küche frühstückte oder Abendbrot aß, hat sie auf dem Scheunenboden gehockt. Jeden Tag die Schale mit Milch ein bißchen näher geschoben. Die Katzenmutter ist ihr um die Beine gestrichen und hat ihre Jungen – es gibt zwei – mit diesem besonderen knurrenden Ton gelockt, den Evine so schön findet.

Jeden Tag waren sie ein bißchen zutraulicher. Bei der getigerten Grauen, die eine Idee größer und mutiger ist als die Schwarze, hat schließlich die Neugier gesiegt, und sie hat angefangen, mit dem Halm zu spielen, mit dem Evine winkt. Mit aufgeregt zitternden Schnurrhaaren hat sie sich Evines spielendem Zeigefinger genähert und ist erschreckt davongesaust, wenn Evine eine zu jähe Bewegung gemacht hat. Und endlich, nach geduldig zugebrachten Tagen und Wochen, hat sie das Kätzchen zum ersten Mal aufheben dürfen.

Jetzt liegt es auf dem Rücken in ihrem Schoß und hält sich mit den Vorderpfoten fest, während seine Hinterbeine wie Trommelstöcke gegen ihren nackten Unterarm treten. Sie sieht gerade noch den Schatten der gewaltigen Fäuste des Vaters, ehe er ihr ohne ein Wort das Kätzchen wegnimmt und es auf die Scheunenauffahrt schmeißt, sie mit einem langen Blick bedenkt und hineingeht.

Das Kätzchen tauchte erst einige Wochen später wieder auf. Ein verschüchtertes, abgemagertes Wesen, der halbe Kopf zerschmettert, das erschrocken um die Hausecken schlich und sich nur mit Mühe und Not von Evines Milch locken ließ. Zahm wurde es nie mehr.

Aber der Kummer über die Katze ist nicht das Schlimmste. Auch nicht die brennenden Pusteln an Armen und Beinen, nachdem sie in den Brennesseln neben der Auffahrt nach dem verletzten Kätzchen gesucht hat. Am schlimmsten ist, daß die Tarnkappe zerrissen ist. Evine ist sichtbar geworden.

32

Diese Faust wird dich ein Leben lang plagen, Evine. Blitzschnell, wie ein Falke, fährt die herab, mit schwarzen Haaren auf den Fingern – du kennst diese Faust von Tagen und Nächten in zusammengekrümmtem Schrecken. Du hast gesehen, wie sie deiner Mutter ins Haar griff und sie schüttelte, daß ihr Kopf wie bei einem geschlachteten Huhn hin- und herschlenkerte. Du hast gesehen, wie die Faust den Kopf deiner Mutter auf den Tisch knallte, daß das Blut aus der Nase spritzte.

Unterwegs über den Hof zum Kuhstall oder gebückt über die Mohrrüben im Küchengarten, kannst du sie sehen, die Faust, die du vergessen hast, die Faust, die dir deine kleine Katze aus den Händen reißt. Du hörst das jämmerliche Fiepen und den dumpfen Knall, als der winzige Kopf auf die Steine der Scheunenauffahrt trifft. Und du spürst das Brennen der Haut an deinen Beinen, nachdem du weinend durch die Brennesseln gewatet bist, auf der Suche nach dem halbtoten Tier.

Dann rennst du, wie du es dein Leben lang tust, wenn dieses Bild dir erscheint, rennst den beschwerlichen Pfad hinunter zur einzigen Stelle, die dir Frieden geben kann. Mit den Jahren, die vergehen, brauchst du länger und länger für den Weg, aber die Gesichte werden immer seltener. Und endlich stehst du nach Atem ringend zwischen den weißen Birkenstämmen am See. Der liegt herbstlich blank und still – und sein Spiegel wird nur manchmal noch von der gewaltigen behaarten Faust durchstoßen, die sich einige Meter vom Land zwischen den Blättern der Seerosen hochreckt. Du siehst den Kahn treiben, beide Ruder hängen in den Riemenauflagen, so nahe, daß du nur die Hand auszustrecken brauchtest und ihn heranziehen könntest. Aber du stehst regungslos und nimmst den Anblick der fuchtelnden Faust wahr, die immer unbeholfener versucht, nach etwas zu greifen. Sie reckt sich aus dem schlammigen, aufgewühlten Wasser, so daß du sehen kannst, wie die drahtähnlichen Stengel sich unzählige Male um den kräftigen Unterarm geschlungen haben. Die Faust, von rötlichen, ovalen Blättern umrankt, öffnet sich mit gespreizten Fingern, ehe sie endgültig ins Wasser und aus deinem Bewußtsein gleitet. Zurück bleiben die unschuldigweißen Seerosen, die sanft auf der schattigen Wasseroberfläche schaukeln.

Ein Stück weiter weg lockt der Flatberg mit Abendsonne und hoch aufschnellenden Fischen. Dorthin gehst du oft mit der Angelrute und der Büchse für die Angelwürmer, denn bei dem jähen Übergang zwischen seichtem Wasser und steil abfallendem Grund beißen die Flußbarsche gut. Aber fängst du einen Hecht, wirfst du ihn gleich zurück, wenn du ihn nicht Mathilde schenkst oder später Ragnhild, damit sie Hechtklöße zubereiten kann. Denn Hechte, hast du immer geglaubt, fressen Menschen.

Gerüchte gingen um im Dorf, Søren habe Frau und Kind verlassen und sich mit einer Zigeunerbande zusammengetan. Ja, es dauerte nicht lange, bis dieser und jener mit jemandem geredet hatte, der glaubte, Søren auf einer Viehschau gesehen zu haben oder auf der Landstraße, unterwegs zu fremden Orten. Offenbar war er zusammen mit einem Zigeunermädchen, so jung und schlank, daß sie noch nie einen Mann gehabt haben konnte. Mit rabenschwarzem Haar und einem Messer im Gürtel – so wußten einige zu berichten – stolzierte sie dahin wie eine Königin. Doch, da hatte Søren eine passende Mitstreiterin gefunden.

Einige meinten gesehen zu haben, daß Søren hinter der Zigeunerkönigin herstreifte wie ein geifernder Hund an der Leine, während wieder andere von heftigen Wortgefechten zu berichten wußten.

Nach und nach versiegte das Gerede, und Søren war bald

vergessen, er gehört nicht zu denen, die man vermißt. Seine Frau fing an, sich ganz selten einmal im Dorf sehen zu lassen. Sie stahl sich die Straße entlang, um im Geschäft ein wenig einzukaufen, eine Kleinigkeit zum Tausch in dem kleinen Sack. Durchaus bezahlte sie auch, woher auch immer sie das Geld hatte. Einige meinten, Søren hätte bei einer Wette Geld gewonnen und bei Ringkämpfen, und daß er reich gewesen sei wie ein Troll. Daß er das Geld nicht mitgenommen hatte, war ja merkwürdig, aber vielleicht hatte seine Frau etwas verstecken können.

Evine kam in die Schule, in Mathildes Klasse, obwohl sie mehrere Jahre älter war. Drei Tage in der Woche ruderte sie den kleinen Kahn quer über den Børjærsee und ging die sieben Kilometer zum Dorf. Im Winter fuhr sie mit den Skiern übers Eis. Wenn das im Frühjahr und im Herbst zu unsicher war, ging sie außenherum. Jeden Tag stand sie in der Pause an der gleichen Stelle unter der Eberesche in der Ecke des Schulhofs. Fast bewegungslos beobachtete sie das lärmende Spiel der Kinder. Rollte ein Ball auf sie zu, nahm sie ihn, wenn jemand sie darum bat, und warf ihn mit einer linkischen Bewegung und einem vorsichtigen Lächeln zur Gruppe zurück.

Die Kinder haben sie meist in Ruhe gelassen. Doch vielleicht empfand sie es schon als Qual, wenn sich einer der Mitschüler an sie wandte, um sie doch einmal zum Reden zu bewegen. Oft fragten sie sie nach ihrem Vater: »Stimmt es, daß dein Vater mit den Zigeunern abgehauen ist? Stimmt es, daß seine Freundin eine Zigeunerkönigin ist?«

Dann nickte Evine und lächelte und vielleicht konnte der, der am allernächsten stand, hören, wie sie mit gesenktem Kopf ein »Ja ...« hauchte. Und ihr Leben lang wird Evine glauben, daß es so war.

Was die Mutter glaubt, erfährt sie nie, denn untereinander erwähnen sie den Vater mit keinem Wort. Sie bestellen zusammen die Erde des kleinen Gehöfts, wo die Mutter Evine lehrt, an dem der Sonne zugewandten Hang zum See hinunter Flachs anzubauen. Sie bringt der Tochter auch bei, wie Flachs erst im Wasser rotten muß und dann gebrochen, geschwungen und gehechelt wird, um die Leinenfasern von den groben Fasern der Stengel zu trennen, so daß ein Faden gesponnen werden kann. Und sie zeigt ihr, wie man die Wolle, die sie in jedem Herbst von den Schafen scheren, kardiert, spinnt und mit Pflanzenfarben färbt.

In den ersten Jahren nach dem Weggang des Vaters glitt der Schatten des Habichts in kurzen Abständen über Evines Bewußtsein. Dann klammerte sie sich an die weißen Birkenstämme am Seeufer, die Augen voll von Gesichten, ehe sie in den Wald rannte und auf Pfaden umherirrte, die nicht einmal die Mutter kannte. Sie war dann ein paar Tage oder Wochen nicht in der Schule, tauchte aber immer wieder von allein auf. Da sie leicht lernte, hatte sie das Versäumte schnell aufgeholt, jedenfalls bei den schriftlichen Arbeiten. Wurde sie in einem Fach abgehört, erhob sie sich gehorsam von ihrem Pult hinten in der Ecke und stand still, die Augen auf den Fußboden gerichtet, ohne daß der Lehrer je imstande war, ein Wort aus ihr herauszubekommen. Schließlich gab er es auf und ließ sie in Frieden.

Sie verließ die Schule und wurde konfirmiert, zusammen mit Mathilde und ihren Klassenkameraden. Der Pfarrer, der sie abhörte, war nett und stellte nur Fragen, auf die sie mit ja oder nein antworten konnte. Dann nickte Evine errötend oder schüttelte den Kopf. Sie kniete mit den anderen Mädchen am Altar und flüsterte ihre drei Ja mit einer Stimme, die war so schwach, daß selbst der liebe Gott Probleme gehabt haben wird, sie zu hören. Der Pfarrer hörte sie jedenfalls nicht, legte aber dennoch die Hand segnend auf ihr dickes rotblondes Haar, worauf sie mit niedergeschlagenen Augen zwischen den Bankreihen hinter den anderen Konfirmanden herging.

Doch jetzt wurden die Gesichte ja seltener. Manchmal verging ein Jahr, bis Evine wieder in halsbrecherischem Tempo den steilen Pfad hinunterstürzte und die Arme um eine weißstämmige Birke schlang.

Einige Jahre lang pflegte sie ihre Mutter, die nach einem Hirnschlag bettlägerig geworden war. Und eines Morgens fand sie die Mutter tot im Bett. Da ging Evine zu Mathilde. Aus dem einen oder anderen Grund entschloß sie sich, Hilfe ausgerechnet bei der barschen Schulfreundin zu suchen. Seltsam, denn Mathilde hatte nicht das geringste unternommen, um Evine näherzukommen.

Damit begann jedenfalls eine lebenslange Freundschaft, eine Freundschaft, die erstaunlich wortlos funktionierte. Manchmal tauchte Evine wie aus dem Nichts auf, weil sie sich so leise bewegte. Und mehr als einmal jagte sie Mathilde einen Schrecken ein, wenn sie urplötzlich in dem halbdunklen Kuhstall vor ihr stand, während Mathilde sich gerade über den Mehlkasten beugte und mit einer alten Blechkelle Mehl für den Kälbertrunk schöpfte.

Doch wenn sie sah, daß es Evine war, die dort mit einem Bündel feiner rotgestreifter Flußbarsche oder einem gutgewachsenen Hecht, aufgezogen auf einen Ebereschenzweig, stand, hielt sie eine scharfe Bemerkung zurück. Manchmal zog Evine auch einen Bund gelber Wolle, gefärbt mit Rainfarn, Birkenlaub oder Hundskamille, aus ihrem abgewetzten Rucksack hervor. Oder sie brachte verstohlen einen Eierbecher voll mit braunem Harzpflaster. Sie wußte, daß Lars bei entzündeten Fingern auf die altmodische, selbstgemachte Salbe schwur. Nach der Waldarbeit hatte er öfter Splitter in den Fingern und behauptete steif und fest, Evines Harzpflaster zöge beides raus, den Splitter und die Entzündung.

»Rennœrskoe« kocht Evine nach einem uralten Rezept: Das zähflüssige Harz wird von den Fichten gesammelt, gereinigt und zusammen mit Rahm und Dachwurz, wie es eigentlich heißt, gekocht, und für die richtige Konsistenz fügt sie Schafsfett dazu. In der Küche auf Ås steht im Medizinschrank über dem Ausguß immer ein kleiner Eierbecher mit Evines Harzpflaster bereit.

Wenn Mathilde allein im Kuhstall war, kam Evine verstohlen herein und tätschelte verschämt eine der Kühe, während Mathilde ihre frisch gesiebte Milch in den kleinen Eimer füllte. Dann mußte sie mitkommen in den Windfang – bis in die Küche hinein ließ sie sich nur selten locken – und wartete dort, daß Mathilde eine Flasche selbstgemachten Apfelsaft für sie holte.

33

Der Wald ist heute ungewöhnlich schön, findet Evine. Sie schnallt die Skier ab und steckt sie in den Schnee, ehe sie den Weg einschlägt, den die Holzfuhren nehmen. Die Sonne hat mit knapper Not den Kopf über den Kamm des Hügels gestreckt und schickt lange goldene Winterstrahlen schräg durch die tiefverschneiten Tannen. Einige der besonders schlanken jungen Birken haben unter der Last des Schnees die Krone gebeugt und stehen in geschmeidigen Bögen, die Köpfe im Schnee begraben. Sie sehen aus wie Elfen beim Tanz. Evine benutzt einen Skistock, um sich auf dem ausgefahrenen Weg darauf zu stützen, und um die eine oder andere Birke von ihrer Schneelast zu befreien.

Evine stochert sich ein Stück den Pfad hinunter, aber mit einem Mal dreht sie sich um und folgt ihm in entgegengesetzter Richtung, in den Wald hinein. Ihr ist das kleine Gehölz mit jungen Birken eingefallen, die ganz oben am Rand des Holzeinschlags stehen. Denen mag es nach dem letzten Schneefall schlimm ergangen sein.

Von dort oben ist heute kein Ton zu hören, keine Axt, keine Säge, dann ist Lars wohl nicht bei der Arbeit. Oder ist das vielleicht seine Motorsäge, die immer wieder, weit entfernt, auf der anderen Seite des Hügels, die Stille unterbricht? Nein, das ist Herman, Solfrids Vater. Er fällt seit vielen Jahren Holz für Lars.

Lars hat mit dem Abfahren des Holzes weiter nördlich aufgehört, das hat Evine die wenigen Male, die sie im Winter auf diesem Weg unterwegs war, gesehen. Sie geht jetzt nicht mehr so weit, besonders um diese Jahreszeit, denn sie ist nicht mehr so gut zu Fuß wie früher.

Jetzt schnallt sie die Skier wieder unter, um den See bis hin zu Lars' Holzpfad zu überqueren. Sie sind alt und schwer, vorne mit Zuckerhut und fast ohne Biegung. Es ist ein Wunder, daß sie damit in dem tiefen und losen Schnee überhaupt vorankommt. Die Bindungen, mit denen sie sie an den Stiefeln befestigt, sind genauso alt. Das Leder der Riemen ist steif und nachgedunkelt, und die Klammern, mit denen sie sie stramm zieht, sind braun von Rost. Die Stiefel hat sie vor langer Zeit einmal von Mathilde bekommen. Sie gehörten vermutlich einem von Ragnhilds Zwillingsbrüdern, die als Erwachsene nach Amerika ausgewandert sind. Aber woher die dicke Hose aus schwarzem Wollstoff stammt, die Evine den ganzen Winter über trägt, weiß niemand. Es könnte die Sonntagshose ihres Vaters gewesen sein, eines Menschen, den Evine vergessen hat.

Evine bleibt ab und zu stehen und läßt den Blick über den Wald wandern, dessen Weiß durch das steigende Sonnenlicht immer intensiver hervortritt. Und von einem Tannenzweig über ihrem Kopf flötet eine Blaumeise eine Serie reiner Triller, ehe sie davonfliegt und beim Abheben einen leichten Schneeschauer über Evines Nacken schickt. Der Zweig schwingt für einen Augenblick nach, dann ist alles still. Es ist so still und so schön, daß auch die Stimmen in ihrem Kopf verwundert schweigen.

Evine liebt die Stille mehr als alles andere. Wenn die Stimmen in ihrem Kopf schweigen und der Wald ganz ruhig ist, so wie jetzt, spürt sie einen tiefen Frieden, wie sie ihn früher nur kannte, wenn sie in hellblauen Sommernächten schlummernd mit dem Rücken an einer wiederkäuenden Kuh kauerte, den Kopf zurückgelehnt, so daß das Ohr der Kuh sie jedesmal, wenn es sich bewegte, im Haar kitzelte.

Aber damit hat sie jetzt aufgehört, sie ist zu alt, um ganze Nächte unter freiem Himmel zuzubringen. Sie sucht auch kaum noch den Kuhstall auf. Die Erinnerung an ihre Mutter ist verblaßt, und nur noch selten bewegt sich die Mutter als Schatten durch die Küche, nicht mehr deutlich genug, um die gleiche intensive Sehnsucht in ihr zu wecken wie früher. All die Stimmen und Gesichte sind verblichen, und immer öfter erlebt sie es, daß es in ihrem Kopf ganz still ist. Evine ist alt geworden.

34

Lars sitzt so still auf dem Schlitten, daß Evine, als sie ihn unversehens entdeckt, nicht weiß, ob er tot ist. Er kümmert sich nicht um sie, bewegt sich nicht aus dieser Stellung mit dem Gewehrlauf unter dem Kinn. Seine Finger krümmen sich um den Lauf, und seine Augen starren in die Ferne, ins Nichts. Aber der Braune spürt Evines Anwesenheit. Der hebt den Kopf von dem Heubündel und wendet sich leise wiehernd zu ihr um.

Da schaut auch Lars hoch. Er starrt Evine an, aber es scheint, als ob es Minuten dauere, bis er sie wiedererkennt. Seine Augen sind lange Zeit vollständig ausdruckslos. Allmählich füllen sie sich dermaßen mit offener Verzweiflung, daß der Blick Evine daran hindert, ihrer ersten Eingebung zu folgen: sich umzudrehen und den Holzpfad hinunter zu fliehen.

Daß sie stehenbleibt, ist ein Wunder, denn durch den Anblick des Gewehrs ist sie entsetzlich erschrocken. Als sie klein war, schoß ihr Vater Krähen und andere Vögel mit einem solchen Gewehr. Er legte die Büchse an die Wange und pflückte die Vögel vom Scheunendach – direkt vor den Augen des schreckensstarren Mädchens, das diese Vögel in ihr Herz geschlossen hatte. Er versicherte sich nicht einmal, ob die abgeschossenen Federballen, die Schlag auf Schlag über die Ziegelsteine stürzten und mit weichem, dumpfem Aufprall auf den Boden fielen, wirklich tot waren, sondern überließ es der Tochter, sich um die Körper zu kümmern. Evine begrub sie dann weinend zwischen den Johannisbeerbüschen im Garten, um sie vor den Katzen zu schützen. Ihr war klar, daß der Vater, wenn er einmal eine Katze mit einer blutigen Elster im Maul sehen würde, auch die Katze erschießen würde.

Aber diesmal flüchtet Evine nicht. Irgend etwas in Lars' Blick hält sie fest. Und nachdem Lars diese seltsame alte Frau angestarrt hat, sichert er die Büchse und legt sie langsam beiseite. Er klopft mit der flachen Hand auf den Holzstoß, auf dem er sitzt, und Evine setzt sich, wie ein gehorsamer Hund, ein Stück entfernt neben ihn. Lars holt die Thermoskanne hervor und gießt Kaffee ein. Alle seine Bewegungen sind langsam und mechanisch, als ob die Impulse dafür von weither kommen. Er reicht Evine den Thermosbecher und nimmt selbst seine Küchentasse. Er richtet die Augen auf die Tasse, die er zwischen den Händen dreht und dreht, und mit merkwürdig flacher Stimme, die von weither zu kommen scheint, fängt er an zu erzählen.

35

Lars war seit einem Jahr in Liverpool, als er Maureen begegnete. In diesen Monaten hatte er sich so sehr nach Ragnhild gesehnt wie nie zuvor in seinem Leben. Das erstaunte ihn, war er es doch gewohnt, monatelang von ihr getrennt zu sein. Im Gegensatz zu vielen anderen Walfängern wurde Lars, wenn er mit der Flotte in den Fangrevieren unterwegs war, selten von Heimweh geplagt. Aber in dem Moment, wo die Schiffe wieder Kurs nach Hause nahmen, war er wie ein Zugvogel im Frühjahr. Zielstrebig, getrieben von ständiger, steigender Unruhe schlug er mit den Flügeln. Heim. Heim. Jede Rast unterwegs wurde zur Qual. Die Ungeduld ließ ihn schroff und in sich gekehrt werden, so daß die, die ihn nicht so gut kannten, verblüfft die Augenbrauen hoben. Was war mit dem besonnenen Lars los?

Heim! Zu Ragnhild und allem was ihm lieb war. Heim zum Sommer in Norwegen. Heim, um ein Kind zu zeugen. Ein Kind, das Ragnhild endlich würde behalten dürfen. Nein, damals hatten sie die Hoffnung noch nicht aufgegeben. Je näher sie Norwegen kamen, desto stärker wurde seine Rastlosigkeit: Heim! Heim! Doch jetzt hatte der Kriegsausbruch alles unterbrochen.

In den ersten Wochen glaubte er, er würde das nicht überleben. Er beobachtete die Kameraden, die sich zusammenschlossen, um beieinander Trost zu suchen. Sie saßen mit einem Glas dunklen Bier im Pub um den Tisch und redeten und redeten – vom Krieg und von denen zu Hause. Aber selbst wenn Lars mit ihnen zusammensaß, selbst wenn er das kalte Glas an den Handflächen spürte und seine eigene Stimme reden hörte, ruhig und besonnen wie stets, war es, als ob er innerlich kurz vorm Zerreißen war. Wie ein Vogel im Käfig schlug er sich die Flügel blutig, außerstande, diese übermächtige innere Unruhe zu beherrschen.

Als er mit den Fahrten im Konvoi anfing, war das fast eine Erleichterung. Die Furcht vor einer realen Gefahr war leichter zu ertragen, diese Gefahr war mit den Händen zu greifen. Ja, er fürchtete sich. Die meiste Zeit fürchtete er sich so sehr, daß er alle seine Kräfte mobilisieren mußte, um sich nicht von der Angst überwältigen zu lassen. Er wußte, daß es den anderen genauso ging. Aber diese Furcht war gegen einen äußeren Feind gerichtet. Der Körper war in allen wachen Stunden in Alarmbereitschaft. Er hatte Aufgaben auszuführen. Er hatte etwas, wogegen er die Furcht richten konnte.

Schlimmer war es an Land. Schon nach wenigen Tagen brachten ihn die Angst und die enorme Unruhe fast um den Verstand. Er war achtundzwanzig Jahre alt und kämpfte verzweifelt, um nicht in eine tiefe Depression zu versinken, ohne zu wissen, was da mit ihm geschah.

Vielleicht spürten es die Kameraden. Sie ließen jedenfalls nicht locker, ihn immer wieder zu ihren Treffen mitzunehmen, wo sie sein Bierglas füllten und ihm jovial und aufmunternd auf die Schulter klopften »Das wird schon wieder, Lars! Prost!« Doch Verzweiflung war auch in dem polternden Lachen der Männer. Ein Blick, in dem die Angst für einen kurzen Augenblick wie ein schneller Flügelschlag an der Oberfläche erschien. Oh, nein, er war nicht allein.

Im nachhinein konnte er sich nicht erinnern, ob Maureen die ganze Zeit dagewesen oder ob dies der erste Abend war. Zu irgendeinem Zeitpunkt erschien sie in seinem Gesichtsfeld, und etwas in ihrem traurigen Blick ließ ihn automatisch sein Glas heben. »Das wird schon wieder. Prost!«

Sie erinnerte ihn an Ragnhild, obwohl sie ein gutes Stück älter sein mußte. Und sie war größer, runder, und ihr Haar war anders. Aber sie erinnerte ihn an Ragnhild. Oder wünschte er sich, daß sie ihn an Ragnhild erinnerte? War das eher seine eigene Verzweiflung, die er in ihrem schweren Blick wiedererkannte?

Zuerst saßen sie am gleichen Tisch, ein Stück von den anderen Bekannten entfernt. Nach einigen Abenden merkte er, daß es gut tat, den Blick zu ihr wandern zu lassen. Daß es gut tat, das kleine Lächeln über ihr Gesicht gleiten zu sehen, wenn ihre Augen sich durch Rauchschleier und über die Musik hinweg begegneten. »There'll be bluebirds over ...«

Maureens Mann war über Deutschland abgeschossen worden und seit einem halben Jahr vermißt. Er mußte unter den ersten gewesen sein, die nicht zurückkehrten. Maureens Mutter hatte sich in der ersten Zeit um Maureen und ihre beiden Töchter gekümmert, war aber jetzt wieder in ihre eigene Wohnung gezogen. An einem Abend in der Woche kam sie und befahl der Tochter Ausgang – damit sie auf andere Gedanken käme. Anfangs ging Maureen, weil es einfacher war, sich der Mutter zu fügen, als sich ihrem gutgemeinten Wohlwollen zu widersetzen, aber nach und nach fing sie an, sich auf diese Abende zu freuen, wegen Lars.

Am Anfang redeten sie. Redeten und redeten, während Vera Lynns Stimme sinnlich und melancholisch über ihren Köpfen schwebte: »There'll be bluebirds over the white cliffs of Dover ...« An den ersten Abenden war meist sie es, die redete, sie erzählte von ihrem Mann und von den Kindern. Aber allmählich wurde auch Lars gesprächiger, und bald war er nicht mehr aufzuhalten. Er erzählte von Ragnhild und von zu Hause, von den Eltern und dem Bruder, vom Hof und von Mathilde. Er sprach sogar von dem Kind, das sie sich so von Herzen wünschten, aber nie bekamen. Schließlich sprachen sie beide über die Angst und die Verzweiflung, die sie fühlten.

Lars redete in seinem stotternden Seemanns-Englisch von Gefühlen, über die er nie zuvor mit jemandem gesprochen hatte. Nicht einmal mit Ragnhild, denn so wie sie hatte er nichts von ihnen gewußt. Während er redete, starrte er in das Frauengesicht auf der anderen Seite des Tischs und hatte gleichzeitig Ragnhilds Bild im Kopf. Er sah sie mit dem

Strickzeug auf dem Schoß dasitzen, ein Garnknäuel in Händen. Offenbar war eines von Mathildes Kätzchen im Strickkorb gewesen, denn das Garn war heillos durcheinander. Er sah Ragnhilds Hände, die mit unendlicher Geduld die Fäden entwirrten und wieder zu einem ordentlichen Knäuel aufwickelten.

Maureen hielt oft das Kinn auf die Hände gestützt und sah ihn direkt an. Eines Abends ergriff er ihre Hände, und zwar so unvermittelt, daß ihr Kopf nickte, als er die Hände zu sich zog und an seine Wange preßte. Gleichzeitig fuhr ihm durch den Kopf, daß es bald zwei Jahre her sein mußte, seit er einer Frau so nahe gewesen war, und daß er sich nicht daran erinnern konnte, einmal so verzweifelt nach den Händen eines anderen Menschen gegriffen zu haben.

Danach saß er oft und hielt ihre Hände in seiner. Während sie redeten, drehte er ihre Handflächen nach oben und folgte vorsichtig mit dem Zeigefinger den Linien darauf. Ihre Hände erinnerten ihn nicht an Ragnhilds, denn deren Hände waren oft rot und aufgesprungen, und wo Ragnhild von der schweren Arbeit auf dem Hof Schwielen hatte, waren Maureens weich und rosafarben. Sie hatte lange, rote Nägel, die er mit wachsendem Vergnügen ab und zu über die Wange und über seine Lippen gleiten ließ.

»Give me your tongue«, sagte sie einmal, als sie so dasaßen, und griff vorsichtig mit ihren roten Nägeln nach seiner Zungenspitze. Sie hatte ihn aufgezogen, weil er nicht den schwierigen th-Laut beherrschte, sondern ihn wie d aussprach. Jetzt streckte sie ihre eigene Zungenspitze zu den Lippen, preßte sie ein wenig gegen ihre kleinen weißen Schneidezähne und blies: »th ... th ... the ...« Gleichzeitig bohrte sie leicht mit den Nägeln von Daumen und Zeigefinger in seine Zungenspitze und zog sie vor: »Give me your tongue!«

Auf den gleichen Impuls hin lehnten sie sich beide über den Tisch und ließen Lippen und Zungenspitzen aufeinandertreffen. In der physischen Explosion, die dem Kuß folgte und woraufhin sie Hals über Kopf das Restaurant verließen, schoß es Lars nur noch durch den Kopf, daß er das schon so lange, so lange gewollt hatte.

36

Überwältigt von dieser plötzlichen Nähe eines anderen Menschen, obendrein noch eines Mannes, summen die Stimmen in Evines Kopf erschreckt durcheinander. Schwirrend mischen sie sich unter Lars' Monolog, weshalb sie von seiner Erzählung nur unzusammenhängende Brocken erfaßt. Sie preßt die Hände um den grauweißen Plastikbecher, in dem der Kaffee allmählich kalt wird, ohne daß ihr einfiele, die Tasse an den Mund zu führen. Die Stimmen, so zudringlich, fast wie früher, plappern wie erschreckte Elstern und übertönen in langen Abschnitten Lars' Stimme.

Er sitzt vornübergebeugt auf dem Holzstoß, die Ellbogen auf die Knie gestützt, den Zeigefinger der einen Hand durch den Henkel der Tasse mit dem Rosenmuster gefädelt. Mit dem anderen Zeigefinger zupft und zupft er an einem entzündeten Splitter in der Handfläche. Zwischendurch hebt er die Kaffeetasse an den Mund und nimmt einen Schluck von dem schwarzen Kaffee. Nicht ein einziges Mal schaut er Evine an. Man könnte meinen, er habe vergessen, daß sie dort sitzt, aber sie kommt nicht auf die Idee, sich davonzustehlen.

Und er hat sie nicht vergessen, denn als seine eigene Tasse leer ist, windet er den Thermosbecher vorsichtig aus ihren Händen und schüttet den Inhalt vor ihren Füßen in den Schnee, ehe er ihnen beiden aus der hellblauen Thermoskanne frischen Kaffee einschenkt. Evine starrt auf den braunen Flecken im Schnee. An seinem Rand tanzen fröhlich ihre Elfen.

»Vier Jahre«, sagt Lars schwer. »Ein vier Jahre langer Betrug, kannst du das begreifen?«

»Vier Jahre«, lachen die Elfen Evine an. »Vier Jahre. Der Mensch denkt, Gott lenkt.«

37

Vier lange Jahre hielten sie zusammen, beinahe wie Mann und Frau, in den Zeiten, wenn Lars nicht auf See war. Schließlich wurden sie einander unentbehrlich. Während sein Schiff über das endlose Meer stampfte, auf dem Weg nach oder von Amerika, hüllte ihn der Gedanke an Maureen in den langen, eiskalten Nächten, wenn Lars an Deck Hundewache hatte, wie ein warmer Mantel ein. Der Konvoi entging nicht den Torpedoangriffen, aber das Schiff, auf dem er war, bekam wie durch ein Wunder keinen Treffer ab.

Am Anfang war es der Gedanke an Ragnhild gewesen und an zu Hause, weshalb er die Zähne gegen die Kälte und den Schrecken zusammenbiß, aber nachdem die Monate und schließlich die Jahre vergingen, wurden es Maureens Gesichtszüge, an die er sich klammerte. Wie ein kleines, flackerndes Licht stand sie am Ende einer jeden gefahrvollen Reise. Nur diese eine Tour überleben. Nur sicher nach Baltimore kommen, aufladen und dann wieder nach Hause. Nach Hause zu Maureen und den Mädchen.

Im Laufe dieser Jahre schloß er sich den Mädchen so intensiv an, daß er sie beinahe als seine eigenen Kinder anzusehen begann. Wenn der Fliegeralarm in dunklen Nächten seine Träume zerfetzte, taumelte er aus dem Bett, in dem er an Maureens Seite schlief. Hellwach und dennoch verwirrt, wickelte er eine Decke um das jüngere Mädchen, das im Zimmer nebenan schlief, und rannte in den Keller hinunter, dicht gefolgt von Maureen und ihrer älteren Tochter. Oft weinten beide Mädchen aus Furcht und weil sie so jäh aus dem Schlaf gerissen worden waren. Unten im Keller drückten sie sich wie verschreckte Vögel aneinander, eines der Mädchen zwischen sich, das andere auf seinem Schoß, die Decken über sie gebreitet. Wenn Maureen dann seinem Blick begegnete, über den runden kleinen Mädchenköpfen, waren ihre Augen so voller Dankbarkeit, daß alle Gedanken an Schuld und Betrug, die er hätte haben können, vertrieben wurden.

Aber damals hatte er keine solchen Gedanken. Jedenfalls nicht in seiner späteren Erinnerung. Damals war die Welt so vollkommen aus den Fugen geraten, daß es schien, als ob das Leben dort nicht mit dem Leben vorher zusammengehörte.

Als er dann endlich heimkehrte nach Norwegen, das sich im Friedensrausch befand, mit norwegischer Flagge und hellem Birkengrün, mit Ragnhild, die als überglücklicher Angelpunkt alles herumschwenkte, da waren die Jahre in England zu einer losgerissenen Parenthese geworden. Das war ein anderes Leben, eine andere Welt, eine andere Liebe gewesen. Ja, er wußte nicht einmal, ob man es Liebe nennen konnte. Es war gewiß in erster Linie Dankbarkeit, was sie beide, Maureen und er, füreinander empfunden hatten.

In den folgenden Jahren hatte er verblüffend wenig an sie und ihre Töchter gedacht. Vielleicht vermißte er sie so sehr, daß er es nicht ertrug, an sie zu denken, vielleicht war das Gefühl von Verrat zu groß, sowohl ihnen als auch Ragnhild gegenüber. Er erinnert sich an die Zeit in England nur in gelegentlichen Bildern:

Er und Maureen an dem braunen Tisch beim Kaffee. Ihre Hände auf der karierten Tischdecke für ein Abendgebet ineinander verflochten. Die Kleinste, die braunäugige Liz, mit ihrem verschlafenen warmen Gesicht an seiner Brust, so daß er spürte, wie sein eigener ängstlicher Pulsschlag gegen ihre Wange klopfte. Fliegeralarm und eine karierte Wolldecke. Er und Maureen im warmen Sand am Strand, die Mädchen plantschend in den blauen Wellen. »There'll be bluebirds over ...« Nein, das war nicht Dover, sondern ein Ort, dessen Namen er vergessen hat, ein Badeort an der Ostküste.

In der letzten Zeit hatten sie sich oft gestritten. Der Frieden, der näherrückte, erhöhte die Spannung zwischen ihnen. Die letzten Bilder, an die er sich erinnert, überlagern sich, er kann sie kaum noch in eine Reihenfolge bringen. Maureen, die weint. Maureen, die lacht. Liz, die sich an den Hals eines mageren, blassen Mannes klammert: »Daddy! Daddy!« Kann Liz sich an ihren Vater erinnern, der wegblieb, als sie weniger als drei Jahre alt war? Kann er, Lars, Zeuge eines Wiedersehens gewesen sein? Oder kann er selbst das gewesen sein, halbgebückt, die Arme nach einer schluchzenden Siebenjährigen ausgestreckt: »Daddy! Don't go away, Daddy.« Hatte sie ihn Daddy genannt?

Er weiß nicht länger, was er erlebt hat und was geträumt. Wie Photos in einem umgekehrten Entwicklungsprozeß verschwinden die Bilder und neue kommen hinzu: Ein kleiner Junge und ein Mädchen am Kai. Sie in roter Joppe, er in blauer. Solfrid und Nils-Jan, Hand in Hand: »Vater! Vater! Siehst du mich, Vater?« Das muß viele Jahre später gewesen sein. Das muß am Anfang der fünfziger Jahre gewesen sein, eine Heimkehr von vielen nach dem Walfang. Aber an die Jahre, die dazwischen liegen, kann er sich nicht erinnern.

Doch, eine Episode ist ihm im Gedächtnis geblieben. Das muß gleich nach dem Krieg gewesen sein. Er weiß noch, daß Ragnhild und er den Zug nach Oslo nahmen. Zwei kleine Mädchen saßen im gleichen Coupé, sie müßten im gleichen Alter gewesen sein wie Maureens Töchter. Die Ältere war damit beschäftigt, alle Bahnhöfe, durch die sie kamen, aufzuschreiben. Die Kleinere lehnte sich neugierig über den Tisch, um etwas zu sehen. Sie erreichte mit den Füßen gerade noch den Boden, während sie mit den Armen auf der Tischplatte hing. Es muß im Herbst gewesen sein, denn er erinnert sich, daß sie hellbraune Strümpfe und dicke, braune Schuhe trug. Hin und wieder hob die Kleine einen Fuß und rieb sich mit dem Schuh am Bein, vielleicht kratzten die dicken Strümpfe ein bißchen. Von den Schuhen bekam sie hinten auf den Beinen ganz schmutzige Flecken.

Er erinnert sich, daß der Wunsch, sie auf den Schoß zu nehmen, so überwältigend war, daß ihm Tränen in die Augen schossen. Und Ragnhild, die seinem Blick gefolgt war, hatte nach seiner Hand gegriffen und sie liebevoll gedrückt. Sie war im Monat, nachdem er aus England gekommen war, schwanger geworden, hatte aber auch dieses Mal das Kind verloren. Jetzt waren sie unterwegs nach Oslo zu einer Untersuchung im Rikshospital.

Plötzlich schien es ihm vollkommen absurd, daß Ragnhild von allem nichts wußte. Daß sie seine Reaktion so selbstverständlich im Sinne ihres gemeinsamen Lebens interpretierte. Am Anfang hatte sie versucht, ihn über die Zeit in England auszufragen, aber sein Unwille, davon zu erzählen, war so offenkundig, daß sie rasch aufgab. Eigentlich wollte er reden, aber es war ihm ganz und gar unmöglich, Worte zu finden, um alles zu beschreiben. Erinnerungen und Gefühle gerieten ihm durcheinander, und er vermochte im nachhinein dem, was er dort erlebt hatte, keinen Ausdruck zu geben.

Diese ständige Todesangst, wenn er in schwarzen Nächten an Deck stand. Er hatte gesehen, wie das Fahrzeug vor ihnen im Konvoi von einem Torpedo mittschiffs getroffen wurde, in zwei Teile zerbrach und innerhalb von Minuten vor seinen Augen unterging, dabei Lebende wie Tote in einem gewaltigen Sog mit sich reißend. Der Einzige aus demselben Dorf wie er dort in der Ferne und Kamerad beim Walfang während vieler Jahre, war an Bord. Es hätte genausogut ihn treffen können. Sie waren dieses Mal rein zufällig jeder auf einem anderen Schiff eingesetzt worden.

Es war nicht das einzige Mal, daß er miterlebte, wie der Konvoi angegriffen wurde, und es war auch nicht der einzige Kamerad, den er verlor. Wie konnte das jemand, der es nicht erlebt hatte, verstehen? Die entsetzliche Angst vor der Katastrophe. Die enorme Erleichterung, überlebt zu haben. Das intensive Schuldgefühl denen gegenüber, die kein solches Glück gehabt hatten. Das verzweifelte Bedürfnis nach der Nähe eines Menschen.

Er *mußte* vergessen, und als er erst einmal damit begonnen hatte, verblaßten die Bilder mehr und mehr. Im Laufe der kurzen Zeit, ja schon an Bord des Schiffs unterwegs nach Hause, verschwanden die Kriegsjahre wie ein bizarres Schauspiel, an dem er nicht aktiv teilgenommen, sondern das er nur vom Rand aus betrachtet hatte. Es wurde zu einem falschen Teil in einem Puzzlespiel, das man betrachtet, das man dreht und wendet, um es einzusetzen, dann aber beiseite legt. Und diese rastlose Frustration, weil das Puzzlespiel nie fertig werden kann, die vergeht mit der Zeit. Er fuhr zur Ernte nach Hause, zog sich den blauen Overall des Bauern über, und die Kriegsgarderobe blieb einfach in einer Ecke liegen.

In der ersten Zeit träumte er viel. Er hatte schon immer lebhaft geträumt, witzige, skurrile Träume waren das. Aber in den Jahren nach dem Krieg hatten sich seine Träume verändert. Einmal stand er an Bord des leichten, schnellen Walfangschiffs, die Hand auf der Harpune und sah die Fontäne des Wals direkt in Schußweite. Er konnte sehen, wie sich die Harpune dem Ziel näherte und die Fangleine hinter sich herzog wie eine durchhängende Nabelschnur. Doch plötzlich war das Ziel nicht mehr der Blauwal, sondern ein schaukelnder, kleiner Kahn, indem eine Frau und zwei kleine Kinder saßen. Er konnte sehen, wie sie fröhlich winkten, aber es war ihm nicht möglich, ihre Gesichter zu erkennen. In dem Augenblick, als die Harpune den winzigen Kahn zerstörte, erwachte er, klatschnaß geschwitzt.

Das kleine Mädchen, das in dem engen Zugcoupé an seinen Unterarmen halb über dem Tisch hing, die kleine, unbewußte Bewegung mit dem Schuh am Bein, all das ließ plötzlich gestochen scharfe Bilder in seinem Gedächtnis wiederauferstehen. Gleichzeitig wurde er von einer klammen Todesangst überwältigt, so intensiv, daß er alle seine Kräfte brauchte, um sie zu verbergen. Es dauerte nur einen Augenblick, aber das Gefühl war so stark gewesen, daß er sich den Rest des Tages über, während er durch Oslo lief, bereits vor der Zugreise nach Hause fürchtete.

Im Warteraum des Arztes und beim Gespräch mit dem Arzt, der ihnen keinen anderen Rat geben konnte, als auf die Zeit zu bauen, spürte Lars eine rastlose Unruhe im Körper. Er beschloß, endlich mit Ragnhild zu reden, sobald sie nach Hause gekommen sein würden, ohne genau zu wissen, was er ihr sagen sollte. Doch kaum waren sie zu Hause angekommen, sank sein Mut. Er sagte es ihr nie.

Sie sind seither in Gesprächen oft zu dem Tag in Oslo zurückgekehrt, als sie, ohne es zu ahnen, sich nicht weit von dort entfernt aufhielten, wo Borgny mit dem kleinen, drei, vier Monate alten Nils-Jan gewohnt hatte. Sie haben davon gesprochen, wie sehr das Leben von Zufällen bestimmt sein kann und wie anders alles gegangen wäre, wenn es ihnen damals gelungen wäre, Borgny aufzuspüren.

Der Eigentümer des Hotels, in dem Borgny und Ragnhild in den dreißiger Jahren ein Jahr lang zusammen gearbeitet hatten, hatte erzählt, daß Borgny während des ganzen Krieges dort geblieben war, aber er wußte nicht, wo »die Deutschenhure« anschließend geblieben war. Ragnhilds Stimme war schrill geworden vor Wut und Entrüstung, als sie wieder auf der Straße standen. Deutschenhure! Borgny? Nie im Leben!

Beim Anblick der kleinen schmächtigen Gestalt, die vor Zorn bebte, dachte Lars, daß Ragnhild, trotz ihrer unverfälschten und großzügigen Persönlichkeit – oder vielleicht auch genau deshalb – wenig Verständnis für die Fehltritte anderer Menschen aufzubringen vermochte.

38

Evine hat die ganze Zeit unbeweglich neben Lars auf dem Holzstoß gesessen. Ihre Hände mit den grauen Fingerhandschuhen umklammern noch immer den Becher, in dem der Kaffee schon wieder abgekühlt ist. Unmöglich zu entscheiden, ob sie erfaßt, was Lars da erzählt. Sie wirkt weder verblüfft, noch läßt sie so etwas wie Mitgefühl erkennen. Dennoch vermittelt ihm diese unbeweglich lauschende Gestalt ein gutes Gefühl. Gleichzeitig schickt ihr Schweigen die Geschichte unberührt zurück, so daß er seine eigene Stimme beinahe wie ein Echo hört – ein Echo mit einem tiefen und merkwürdig befreiten Klang.

Als Evine ein einziges Mal vorsichtig hochschaut, trifft sie Lars' Blick so direkt und unverstellt, daß die Stimmen in ihrem Kopf verwirrt in alle Richtungen davonflüchten. Sie hinterlassen eine große und erschreckende Stille. Diese Nähe wirkt auf Evine so furchteinflößend, daß sie zum Handeln gezwungen wird. Aber weil sie durch irgend etwas in Lars' Stimme einsieht, daß sie nicht einfach aufstehen und gehen kann, packt sie ihn statt dessen mit verblüffender Bestimmtheit am Arm und bringt ihn zum Holzschlitten. Der Hinterschlitten ist noch immer am Bock angeschirrt. Sie nimmt den Braunen beim Zaumzeug und wendet Pferd und Schlitten, plaziert Lars, der außerstande ist, sich zu wehren, vorn auf dem Querlieger und reicht ihm den Sack, in den sie die Tassen und die Thermoskanne hineingestopft hat. Das Gewehr will sie behalten, aber er hat noch die Geistesgegenwart, es ihr fast gewaltsam abzunehmen. Er entfernt die Munition, dann reicht er ihr auf eine Eingebung hin beide Teile zurück. Er klemmt ihr das Gewehr beinahe unter den Arm, legt die Patronen in ihre ausgestreckte, offene Hand und sagt: »Wirf es weg, Evine! Wirf's weg!«

Evine nimmt das Gewehr an sich und läßt die großen goldglänzenden Patronen in die Tasche ihres Anoraks gleiten. Ihr Blick, gewöhnlich ausweichend und verängstigt wie der eines Wiesels, wird für einen Moment verblüffend ernst. Sie schaut Lars direkt in die Augen und sagt mit hoher, klarer Stimme: »Harzpflaster, Lars. Das zieht den Schmerz raus!« Dann wendet sie sich um und stapft den Holzpfad hinauf.

Als der Holzschlitten im Wald verschwindet, dreht Lars sich um und sieht noch einmal kurz Evines Rücken. Sie steht ganz oben, am Rand seiner Rodung. Wie kann sich ein alter Mensch so schnell bewegen? Ihre Hände in den grauen Fäustlingen halten den Lauf des Gewehrs, und sie klopft leicht gegen den weißen Stamm einer krummen, jungen Birke. Der Baum hebt dankbar die Äste und schickt eine Schneewolke über Evine, worauf ihre dunkle Gestalt im Weiß verschwindet.

Auf dem Heimweg über den Børjærsee bleibt Evine stehen. Der Sonnenuntergang färbt den Himmel hinter dem Hügel rot. Der Wald steht in atemloser Stille und wartet auf die Dunkelheit. Die Elfen schweigen, aber unter Eis und Schnee kann sie die tiefe gurgelnde Stimme des Nöck hören.

»Komm mit mir, Evine! Komm einfach mit!« gurgelt der Nöck. Mit einer unbeholfenen Bewegung hebt Evine den Arm über den Kopf und wirft das Gewehr weit hinaus auf die weiße Schneefläche. Als sie die runden, glänzenden Patronen folgen läßt, fangen sie das wenige Licht ein und glitzern einen Moment lang wie Gold.

39

Jakob, das bin ich. Ich kann bis hoch zu den Krähen auf dem Scheunendach klettern, obwohl ich mich nur mit einer Hand festhalte. Die Flasche, die ich in der anderen Hand halte, ist groß, aber wenn sie zu schwer wird, kann ich sie kurz auf einer Stufe abstellen. Wenn ich durch das grüne Glas in die Flasche schaue, ist das Haus, in dem ich wohne, weit weg.

»Ich werde die verdammten Krähen abschießen«, sagt Olefejus, denn sie krächzen ihm in die Ohren, wenn er auf der Leiter steht und streicht.

»Sag so was nicht, wenn Jakob es hört«, sagt Mutter. Mutter kann über Olefejus bestimmen. Mutter bestimmt über alles, aber ich bestimme über meinen Jungen, obwohl der groß ist. Mein Junge steht unten auf der Erde und sieht, wie geschickt ich bin und wie hoch ich klettern kann.

»Aber ich erlaube dir nicht, hier hochzukommen«, sage ich.

»Nein, gut«, sagt mein Junge.

Wenn Olefejus sagt, daß er das Gewehr, das er zu Hause bei Tante Milda und Onkel Sverre in Rønningen hat, mitbringen und schießen will, dann fürchte ich mich, ich mag nichts, was knallt.

»Olefejus macht nur Spaß«, sagt Mutter. »Olefejus darf unsere Krähen nicht schießen. Er muß seine eigenen Krähen schießen«, sagt Mutter.

»Olefejus darf euch nicht schießen«, sage ich zu den Krähen. »Weil Mutter das gesagt hat«, sage ich.

»Krah, krah«, antworten die Krähen und werfen sich mit ausgebreiteten Flügeln vom Scheunendach.

40

Solfrid hat ganz automatisch nach dem grünen Stoff in dem Kasten gefaßt, der in einer Ecke des Bodens steht, und ihn gründlich durchsucht, obwohl sie ja doch sehen kann, daß das Gewehr nicht mehr da ist. Sie denkt daran, wie zornig sie oft war, als es um Lars im Winter so schlimm stand. Aber sie ist froh, daß sie ihrem Ärger nicht allzuoft freien Lauf gelassen hat. Denn daß er derart unglücklich sein würde, das hatte sie nun wirklich nicht geahnt.

Manchmal hätte sie ihn am liebsten geschüttelt, besonders als er dann auch noch anfing, den kleinen Jakob zu vernachlässigen. Sie erinnert sich, wie der Junge eines Tages ganz traurig zu ihr kam und sagte: »Großvater ist ganz weit weg.« Als Solfrid mit ihm in die Küche ging, saß Lars auf der Bank beim Fenster und starrte auf seine Hände, ohne sie oder Jakob wahrzunehmen. Als der Junge auf seinen Schoß wollte, erhob er sich, ohne ein Wort zu sagen. Er schob den Jungen einfach beiseite und ging hinaus in den Stall. Schirrte das Pferd an und zog los zu einer seiner ewigen Rundtouren. Jakob indessen war untröstlich, weil er nicht mitdurfte.

Solfrid erinnert sich schuldbewußt, wie grenzenlos verärgert sie damals gewesen war: »Glaubst du etwa, nur dir ginge es schlecht? Glaubst du nicht, daß es für uns auch schwer gewesen ist? Nicht nur du hast Nils-Jan verloren. Denk doch mal an mich, an mich und an Ragnhild. Und an Jakob, der keinen anderen Vater hat als dich. Du bist ein Egoist!«

Manchmal hat sie sich bei Inger und bei Harriet ein bißchen beklagt, wenn sie an den Vormittagen um den Küchentisch auf Lund versammelt waren, während Jakob und die Mädchen draußen auf dem Hof im Schnee spielten, denn Harriets Küchentisch war eine Klagemauer für so viele große und kleine Frustrationen.

Insgesamt aber war es Ragnhild und ihr damals gelungen,

geduldig mit Lars zu sein. Für Ragnhild war das sicher noch schwieriger gewesen. Aber sie war gleichzeitig auch viel bekümmerter gewesen als Sol. Ängstlicher. Übertrieben ängstlich, hatte Sol gedacht, aber das war falsch gewesen.

Aber daß Evine ... Sie hätte sicher bei ihrem Versuch, Evine auszuhorchen, hartnäckiger sein sollen. Solfrid sieht die hellwachen, intensiven Augen in dem alten Gesicht vor sich: »Der Nöck hat's genommen.« Und sie sieht, wie sich der abgenutzte Rücken des Anoraks mit dem grauen Rucksack krümmt, als Evine sich vorbeugt, um die Skier anzuschnallen, ehe sie den kleinen Hang zur Jakobsau in ihrer eigenen Spur hinunterfährt.

»Jetzt erfahre ich es nie mehr«, denkt sie traurig.

41

Nachdem Mathilde vor bald vier Jahren gestorben war, übertrug Evine ihre Sympathie auf Ragnhild und Solfrid. Solfrid hatte schon seit ihrer Kindheit ein ganz besonderes Verhältnis zu der scheuen Gestalt gehabt, die immer am Rande ihres Daseins umherstreifte. Evine tauchte auf und verschwand, das war ein so selbstverständlicher Teil des Lebens, daß, als sie es nicht mehr tat, mehrere Wochen vergingen, ehe Sol etwas merkte.

In den letzten Jahren war immer mehr Zeit zwischen Evines Besuchen vergangen, bei denen sie das eine oder andere Geschenk vorbeibrachte. Bis zu diesem letzten Winter aber war sie immer wieder auf Ås aufgetaucht, mit kleinen Mitbringseln wie zu der Zeit, als Mathilde noch lebte.

Neben Ragnhild, die Mathildes Platz eingenommen hatte, gehörte Solfrid zu den ganz wenigen Menschen, mit denen Evine ein Wort wechselte, seit damals, als sie und Nils-Jan sich im Wald verlaufen hatten und Evine sie gefunden und nach Hause brachte. Von da an hatte sie eine Art Beziehung zu den beiden entwickelt, und als Nils-Jan starb, war sie sehr traurig. Bei seinem Begräbnis huschte sie als letzte in die Kirche und war schon wieder draußen, noch ehe die Gemeinde sich erhob und dem Sarg folgte, genau so, wie sie es bei Mathildes Beerdigung einige Monate zuvor getan hatte. Auf Nils-Jans Grab und auf Mathildes gleich daneben fand Sol den ganzen Sommer hindurch hübsche kleine Wiesenblumensträuße, von denen sie annahm, daß sie von Evine kamen. Das hatte sie sehr gerührt, aber sie schaffte es nie, Evine ihren Dank dafür auszusprechen, wenn sie sich begegneten.

Nach und nach war Solfrid klar geworden, daß Evine alt wurde. Nicht nur so, wie ältere Menschen den jüngeren stets erscheinen, sondern wirklich alt und gebrechlich. Sie hatte in den letzten Jahren ihren leichten, beinahe schwebenden Gang verloren, ihre Bewegungen hatten nun etwas Stockendes.

»Wie soll es mit Evine weitergehen, wenn sie nicht mehr allein zurechtkommt?« denkt Sol oft, wenn sie den gebeugten Rücken in der grauen Strickjacke hinter dem Haselnußdickicht am Bjørnebærhang verschwinden sieht. Sich Evine in einem Dreibettzimmer im Altersheim vorzustellen, war schlicht und einfach unmöglich. Dort würde sie binnen einer Woche sterben.

Es war jetzt schon eine längere Zeit vergangen, seit Evine zuletzt auf Ås erschienen war, aber Solfrid und Ragnhild waren mit Lars' Erkrankung so beschäftigt, daß es ihnen gar nicht weiter aufgefallen war.

Er hatte ihnen einen solchen Schrecken eingejagt, als er an jenem Tag im Winter aus dem Wald zurückkam, bleich und vergrämt, kaum imstande, etwas zu erklären. Wie ein kleines Kind mußte man ihm vom Schlitten helfen und ihn hineinbringen. Er antwortete nicht auf die Frage, wie es ihm ging, und alles, was aus seinem Munde kam, war die Klage, was für ein erbärmlicher Mensch er sei. Er sei ein Verräter, verloren. Am besten, er würde verschwinden. Und dann dieses kryptische »fragt Evine«. Sie wüßte, was für ein elender Mensch er sei.

Als er von Dr. Wang abgeholt und ins Krankenhaus eingeliefert wurde, nahm er unter Tränen Abschied von Solfrid und dem kleinen Jakob. Er glaubte nicht, sie noch einmal wiederzusehen. Er kam ins Krankenhaus, um zu sterben.

Ragnhild fuhr mit dem Auto hinterher und kam völlig am Boden zerstört am gleichen Abend zurück.

»Sie müssen ihn fixieren«, weinte sie am Küchentisch. »Sie haben Angst, er könnte sich etwas antun! Und sie sprechen davon, ihn mit Elektroschocks zu behandeln!«

Sie hatte über die Jahre hin so viel Schreckliches über Behandlungen mit Elektrotherapien gehört, daß Solfrid von ihren Beschreibungen tief erschüttert war.

»Ich komme morgen mit«, entschied sie. »Wir müssen mit einem Arzt darüber reden.«

Und am nächsten Tag hatten sie dazu Gelegenheit. Der Arzt berichtete ihnen, daß sich diese Form der Behandlung heutzutage sehr von früheren Therapien unterscheide. Früher rief man bei vollem Bewußtsein einen epileptischen Anfall hervor, ein schmerzhaftes Erlebnis, das überdies zu Komplikationen führen konnte, zum Beispiel zu Gliederbrüchen. Jetzt gab man dem Patienten unter Narkose ein muskellähmendes Mittel, ehe man den elektrischen Stoß initiierte, indem man je eine Elektrode an den Schläfen plazierte. Der Patient merkte von der Behandlung nichts, und sie verlief meistens erfolgreich, gerade bei dieser Art von Depressionen.

Der Arzt empfahl eine Serie von zehn Behandlungen, verteilt über fünf Wochen, vielleicht würden mehr auch gar nicht nötig sein. Die Besserung stellte sich oft bereits nach sechs, sieben Behandlungen ein. Und danach würden sie ihn medikamentös einstellen. Aber zuallererst müßten sie sein Herz untersuchen.

Ragnhild ließ sich, wenn auch etwas zögernd, überzeugen – eigentlich hatten sie auch keine Wahl. Lars war alles gleichgültig. Er war nicht einmal beim Gespräch mit dem Arzt anwesend, sondern saß auf seinem Zimmer, vollkommen außerhalb von Zeit und Raum, und zupfte immerzu an der Verletzung in seiner Handfläche. Er zeigte keine Freude, Ragnhild oder Solfrid zu sehen. Aber schon nach zwei oder drei Wochen bemerkten sie, daß er etwas unbeschwerter wirkte, wenn sie zu Besuch kamen. Und nach und nach fing er auch wieder an, sich nach Jakob zu erkundigen.

Jetzt war er wieder zu Hause, nach fünf Wochen im Krankenhaus. So ganz wiederhergestellt war er nicht, aber es sah aus, als ginge es ihm erheblich besser. Gegen sein Herzflimmern hatte er Medizin bekommen, und er nahm seine Antidepressiva, von denen er einen trockenen Mund bekam, und die ihn ein bißchen rastlos machten. Einmal in der Woche sollte er zum Gespräch mit einem Psychiater mit dem Bus in die Stadt fahren.

Solfrid und Ragnhild waren so sehr um sein Wohl und Wehe besorgt, daß es ihm fast ein bißchen zuviel wurde. Auch wenn sie sich bemühten, ganz unbeteiligt zu erscheinen, wenn sie sich geschäftig um ihn herum zu schaffen machten, konnte er ihre Fragen schon bald wie eifrige Bienen um ihre Köpfe summen sehen: Hatte er geschlafen? Hatte er Appetit? Sollte Sol vielleicht – es machte auch gar keine Umstände – Zimtschnecken backen, der kleine Jakob aß die doch so gern? War mit seinem Magen alles in Ordnung?

Und die Laune? Wie war es mit seiner Laune? Sie hielten nach einem Lächeln Ausschau wie Nomaden in der Wüste nach Wasser. Jakob war vielleicht ein bißchen zu anstrengend für ihn? Sollten sie den Jungen besser für die ersten Tage zu Inger schicken?

Aber da sagten sowohl der Großvater als auch der Junge:

Halt! Stop! Nicht einmal die beiden Töchter von Inger konnten Jakob dazu bringen, seinen Großvater loszulassen, der ja so lange weggewesen war. Und Lars hatte überhaupt keine Lust, diesen warmen Körper, der sich auf seinem Arm kuschelte wie ein anschmiegsames Kätzchen, wegzugeben.

Tatsächlich war Lars der erste, der Evine vermißte. An einem seiner ersten Tage nach seiner Rückkehr saßen sie am Frühstückstisch. Die Jakobsau lag unter einer weißen Schneedecke, und in dem Bündel mit Ähren für die Vögel vor dem Küchenfenster war zu Jakobs großer Begeisterung ein Dompfaff energisch auf der Suche nach einem vergessenen Korn. Jakob stand auf der Bank am Küchentisch, die Hände auf das Fensterbrett gestützt, während Lars, der neben ihm saß, ihn an den Trägern seines Overalls festhielt, damit er nicht fallen konnte. Es war Sonntag, und sie konnten sich Zeit lassen. Lars hob mit der freien Hand die Kaffeetasse hoch und bemerkte beiläufig, als ob es ihm gerade eingefallen wäre: »Habt ihr eigentlich in letzter Zeit mal Evine gesehen?«

Und dann fingen sie an nachzudenken. Ja, einmal war sie dagewesen, als Lars im Krankenhaus lag. Das muß gewesen sein, gleich nachdem Rødlin gekalbt hatte, denn da bekam sie Rohmilchpudding, erinnerte sich Ragnhild. Sie macht ihn noch immer, so wie früher Mathilde.

Ragnhild und Jakob liebten Rohmilchpudding mit roter Soße, und Evine hatte diesen weißen Pudding, den auch ihre Mutter immer kochte, wenn die Kuh gekalbt hatte, gern gegessen. An dem Abend hatte Ragnhild ihr eine ovale Brotform mit Pudding gefüllt und mitgegeben. Sie hatte die Form bis jetzt nicht zurückgebracht, und das sah Evine gar nicht ähnlich, da waren sie sich einig. So viel Zeit hatte nie zwischen Evines Besuchen gelegen, jedenfalls nicht, soweit Ragnhild sich erinnern konnte.

Daß sie im Geschäft gewesen sein sollte, ohne bei ihnen hereinzuschauen, sähe ihr genauso wenig ähnlich, aber sicherheitshalber riefen sie bei Kaufmann Berg an. Doch auch der hatte sie lange nicht gesehen, und er konnte sich nicht daran erinnern, wann zuletzt.

Solfrid und Ragnhild fingen nun an zu rechnen, wie alt Evine wohl sein mochte. Sie war älter als Mathilde, so daß sie bald achtzig Jahre alt sein dürfte, meinte Ragnhild. Aber dann fiel Solfrid ein, daß Evine genauso alt war wie ihr Großvater, also mußte sie deutlich über achtzig sein, konstatierte sie verwundert. Über achtzig und allein im Vorgebirge lebend! Sie entschlossen sich umgehend, sich auf die Skier zu schwingen, um nach ihr zu schauen.

42

Es war ein schöner Tag spät im Winter. Der Schnee hatte sich nach einer Periode mit stabiler Kälte gesetzt, und in der letzten Nacht hatte es geschneit, eine feine Lage leichten Pulverschnees, ideal zum Skifahren. Ragnhild und Solfrid balancierten die Skier seitwärts über den Zaun unten im Garten und glitten hintereinander den sanften Hang zur Au hinunter. Beide trugen sie dunkelblaue Keilhosen und Skianoraks. Ragnhilds Sachen waren nach all den Jahren ganz ausgeblichen, Solfrids waren neu und noch deutlich dunkler. Als sie die Au erreicht hatten, drehten sie sich halb um, hoben einen Skistock und winkten hoch zum Hof, wo Lars mit Jakob auf dem Arm stand. Der hatte gequengelt, er wolle mit, aber Lars hatte ihm eine Runde mit Pferd und Wagen als Trostpflaster versprochen. Er hatte sie geradezu weggescheucht und versichert, Jakob und er kämen schon klar. Ja, er war an diesem Vormittag tatsächlich etwas aufgelebt, und die Sorge, die er sich um Evine machte, war so echt gewesen, daß es Ragnhild ein bißchen erstaunte. Es war so lange her, seit er zuletzt Interesse an einem anderen Menschen gezeigt hatte.

Dennoch hatten sie und Solfrid durchgesetzt, daß Sols Vater Herman an der Fahrt mit dem Braunen teilnehmen sollte. Sie konnten ihn auf der Straße kommen sehen, als sie bei der Jakobs-Scheune abbogen, die den dicken weißen Schneehut tief in die Stirn gezogen hatte und derzeit niemanden zu Liebesspielen im Heu verlockte.

Sie fuhren über den Hügel hinter der Scheune, wo Solfrid so oft auf Mathildes altem Schlitten gesessen hatte, zuerst bei ihrem Vater auf dem Schoß, später zusammen mit Nils-Jan und anderen Freunden aus der Kindheit.

Sie sprachen kaum miteinander, als sie so Seite an Seite dahinglitten. Es war klar, daß ihre Gedanken um Evine kreisten, und sie waren in den letzten Jahren so viel zusammen gewesen, daß es keiner Worte mehr bedurfte.

Solfrid fühlte sich Ragnhild oftmals enger verbunden als ihrer eigenen Mutter. Sie hatte ihre Mutter sehr gern, aber Gudruns strenge Ansichten vom Leben trugen dazu bei, daß Solfrid es bei vielen Dingen schwer fand, mit ihr zu sprechen. Mit ihrem Vater ging das leichter. Aber nachdem sie selbst ein Kind bekommen hatte, fühlte sie oftmals den starken Wunsch nach Vertrautheit und Unterstützung durch einen Erwachsenen. Das konnte der Vater ihr nicht geben, wohl aber Ragnhild. Und natürlich hatte auch die Trauer um Nils-Jan Solfrid und Ragnhild eng aneinandergeschmiedet.

Ragnhild war es ohnehin eine große Freude, Solfrid im Haus zu haben, nicht nur wegen des kleinen Jakobs. Lars, mit dem sie früher all ihre Gedanken geteilt hatte, war ihr in den Jahren, nachdem sie ihren Sohn verloren hatten, mehr und mehr entglitten. Er hatte die Tür zu einem Raum zugeschlagen, von dem sie geglaubt hatte, sie könnte dort für immer ein- und ausgehen. Jetzt, im nachhinein, hatte sie angefangen sich zu fragen, ob ihre Vertrautheit vielleicht schon immer mehr von ihr ausgegangen war als von Lars. Aber Ragnhild war nie der Typ gewesen, in den Heimlichkeiten anderer zu wühlen. Selbst wenn sie dunkel ahnte, daß Lars vielleicht eine andere gehabt hatte, konfrontierte sie ihn niemals mit diesem Gedanken. Er zeigte ihr immer so offenkundig seine Liebe, daß sie diesen anderen Gedanken immer ganz, ganz rasch beiseite schob.

In diesem letzten Winter aber war sie unsicher geworden und hatte sich um Lars und um ihre Ehe gesorgt. Es hatte ihr gutgetan, mit Solfrid darüber reden zu können. Jetzt beobachteten beide zuversichtlich, wie seine Stimmung sich nach dem Krankenhausaufenthalt verbessert hatte. Sie hofften sehr, daß es so bleiben und er langsam aber sicher wieder der Alte werden möge.

Fast lautlos glitten die zwei Frauen nun in Gedanken dahin, auf dem Weg zu Evines Hof. Was, wenn sie sich irgendwo auf der Heide ein Bein gebrochen hatte und nun hilflos dalag? Oder wenn sie wie ihre Mutter einen Schlaganfall bekommen hatte und gelähmt oben in ihrem kleinen Haus lag, das sie gerade auf dem vorspringenden Absatz des Hügels auftauchen sahen?

Sie fanden Evine oben auf halbem Wege zur Scheune. Steifgefroren lag sie quer über dem Weg. Sie mußte schon vor vielen Tagen in aller Stille gestorben sein.

Was ist geschehen, Evine? War es dein Vater, der dich ein allerletztes Mal zu Tode erschreckte? Er hatte dich nun so viele Jahre in Ruhe gelassen. Doch als du dein Kätzchen, das dem aus deiner Kinderzeit so ähnlich war, halbtot und blutig auf dem Hof liegen sahst, nachdem du von einem deiner Streifzüge zurückgekommen warst, tauchte er plötzlich wieder auf: Du hast es aufgehoben, das kleine schutzlose Ding, das wohl einem Fuchs zum Opfer gefallen war, und in diesem Moment war er wieder da, dieser Mann mit seinen behaarten Fäusten.

Da läßt du die Katze los und rennst. Deine dünnen, krummen Beine kennen jeden Stein auf dem steilen Weg, jede Baumwurzel, versteckt unter dem Schnee, und du läufst in einem unglaublichen Tempo. Aber der Weg unter dem Schnee ist stellenweise glatt, deine Beine rutschen unter dir weg, und du hörst das dumpfe Geräusch, als dein mürber Schenkelhals bricht.

Die Kälte empfindest du nicht. Und Schmerzen hast du schon so oft gespürt. Es ist die behaarte Faust, die dein Vater jetzt um deinen Hüftknochen gelegt hat. Er drückt zu und zerbricht genüßlich den Knochen zwischen seinen gewaltigen Fingern. Das schwache Sausen in den Wipfeln der Kiefern weiter unten ist das Wimmern deiner geduckten, hilflosen Mutter. Aber noch ehe die Dunkelheit dich für immer mitnehmen wird, erhebt sie sich, deine Mutter, die es damals nicht schaffte, dich zu beschützen, und der zu verzeihen dir nie in den Sinn kam. Jetzt reißt sie den dunklen Schatten, der drohend über dir hängt, weg, hebt dich auf und trägt dich hinein, hinein in ihr eigenes warmes Bett. Und dort schläfst du sicher in ihren Armen.

43

Evine wurde an einem Vormittag Ende März begraben. Ihre Leiche hatte man mit Pferd und Wagen geholt. Lars und Herman hatten sich zusammen mit ein paar anderen Bauern des Ortes dieser wenig angenehmen Aufgabe angenommen. Ragnhild versuchte Lars zu überreden, das anderen zu überlassen – drei reichten schließlich vollauf –, aber Lars war erstaunlich unnachgiebig. Er machte den Braunen fertig, band den großen blauen Schlitten, den Anders Irgendeiner einmal für seine Tochter Mathilde gebaut hatte, am Holzschlitten fest und fuhr mit einem entschiedenen Kopfnicken in Ragnhilds Richtung vom Hof. Ragnhild hatte einfach Angst, dies würde ihn vollkommen zurückwerfen, er war doch gerade erst aus dem Krankenhaus gekommen!

Aber Lars spürte, daß er es tun mußte, diesen letzten Dienst war er ihr schuldig. Gemeinsam mit den anderen Männern hob er Evines kleinen, steifen, zusammengekrümmten Körper auf den Schlitten und bugsierte ihn den unwegsamen Pfad hinunter. Dies war Evines letzter Weg; sie war ihn so oft gegangen, den Kopf voller Gedanken und Gesichte, die sie nie mit einem anderen Menschen geteilt hatte.

Und mehr denn je erinnerte sie jetzt an einen Vogel. Ihre halbgeöffneten Augen starrten ins Nichts, und der schmale Alte-Frauen-Mund, beinahe lippenlos, eingesunken und erstarrt, verliehen ihr ein groteskes Aussehen – so schwieg sie nun für immer. Doch über ihrem kleinen verrunzelten Gesicht lag eine große Ruhe. Ehe sie sie mit der grünkarierten Decke, die Ragnhild ihnen mitgegeben hatte, zudeckten, starrte Lars noch einen Moment in Evines Gesicht und spürte zum ersten Mal durch und durch, was das feierliche Wort »entseelt« bedeutet. Dennoch erschreckte ihn diese Begegnung mit dem Tod nicht. Über ihrer Schlittenfahrt an dem kalten, stillen Wintertag lag etwas Feierliches und ganz und gar Friedvolles.

Für das letzte Stück hatten sie Skier benutzen müssen, und schweigend glitten sie nun über den zugefrorenen See. Den Schlitten hatten sie zwischen sich, und Lars ging voran und zog. Der See lag wie eine unberührte, glänzende weiße Fläche da, nur hier und da sah man Spuren von Wild und Vögeln. An einer Stelle weiter draußen konnte Lars einen länglichen Abdruck erkennen, als ob jemand einen größeren Ast dort hingeworfen habe. Doch sofort zwang er seinen Blick wieder in eine andere Richtung. Gut – die anderen hatten nichts gemerkt.

Auch der Wald war heute ganz still, denn Feen und Laternenmann, Elfen, Deildegast und Nöck – all die Gestalten, die

Evines Welt bevölkert hatten, waren mit ihr zusammen zur Ruhe gegangen.

Am Tag darauf schlug das Wetter um, es wurde so mild, daß es Lars und die anderen Männer vor Unbehagen schauderte. Aber da war Evines Leiche schon in professionelle Hände übergeben worden, und sie lag weiß und geschmückt im Sarg in der Kapelle.

Am Morgen des Begräbnisses regnete es in Strömen, und erst später am Vormittag kam die Sonne durch und schickte einen letzten Gruß in die Kirche. Es waren viel mehr Menschen gekommen, als Ragnhild und Sol erwartet hatten. Solfrids Eltern saßen auf der einen Seite ihrer Tochter in der ersten Reihe, auf der anderen Seite saßen Ragnhild und Lars. Es war wie bei Nils-Jans Beerdigung vor drei Jahren.

Nach dem schlichten Begräbnis hatte man die Versammlung nach Ås zum Leichenschmaus eingeladen. Die Teller mit den fertigen Broten, die Ragnhild und Sol mit Gudruns und Ingers Hilfe vorbereitet hatten, standen auf den blaugestrichenen Regalen in der Speisekammer. Von Ragnhilds Schwester Milda, der Mutter von Olefejus und Inger, hatten sie den großen Missions-Kaffeekessel ausgeliehen. Sie glaubten eigentlich nicht, daß sie ihn brauchten, aber dann war es doch gut, daß sie ihn hatten, denn es waren fast zwanzig Menschen zum Kaffee gekommen.

Das Gespräch wurde bald recht lebhaft, und es war trotz allem kein trauriges Begräbnis. Schließlich war es ein Glück, daß Evine starb, ehe sie gebrechlich und hilfsbedürftig wurde. Sie in einem Altersheim unterzubringen, wäre so undenkbar gewesen – so, als würde man eine Bachstelze in einen Käfig setzen, das war die einhellige Meinung. Sie tauschten Erinnerungen aus an das Leben dieser erstaunlichen Frau und überlegten, wer wohl ihren kleinen Hof erben würde. Vermutlich würde er an die Gemeinde fallen, denn von Erben war niemandem etwas bekannt.

44

Was mag wohl aus Evines Hof werden, fragt sich Sol, als sie geistesabwesend den länglichen Gewehrkasten schließt, zu Borgnys Sachen zurückkehrt, die sie auf dem Fußboden verteilt hat, und anfängt, sie in die kleine Keksdose zurückzulegen. Im Sommer hatte sie Eric mit hinauf genommen, um ihm die niedrigen grauen Häuser zu zeigen. Evines Tiere hatte man gleich, nachdem sie gefunden worden war, ins Dorf geholt. Die mageren Schafe hatten geschlachtet werden müssen, aber die vier Hühner waren erstaunlich gut in Form und hatten sich im Hühnerhaus von Harriet zur Ruhe gesetzt. Der Hahn war prompt im Suppentopf gelandet, denn Hähne hatte Harriet genug. Dieser hatte außerdem schon seine besten Tage hinter sich, und so ließ Harriet ihn schön lange im Topf garen. Nach und nach gab sie Pilze und Zwiebeln dazu, ein kleines Lorbeerblatt sowie Kerbel und andere duftende Kräuter. Und Lyder Halvorsen spendierte einen ordentlichen Schluck Rotwein für die Soße, so daß Evines majestätischer Hahn Haakon standesgemäß diese Welt verließ.

Solfrid läuft beim Gedanken an die Mahlzeit noch immer das Wasser im Munde zusammen, denn die gesamte Familie auf Ås war eingeladen, den Hahn zu verspeisen, an einem Sonntag in der Osterzeit. Harriet und Lyder probieren gerne interessante neue Rezepte aus, so daß die Essen auf Lund immer ein großes Erlebnis sind.

Woher Evine ihre Tiere hatte, blieb im Dorf ein ungelöstes Rätsel, denn wenn sie auch alt waren, wirkten sie keinesfalls altersschwach, und auch nach mehreren Tagen ohne Futter waren sie verhältnismäßig vital.

Im letzten Sommer waren Solfrid, Eric und Jakob einmal zu Evine gewandert. Eric hatte den kleinen Jakob das letzte Stück auf den Schultern getragen, nachdem sie das dichte Gebüsch hinter sich gelassen hatten. Erics lockiges Haar war noch feucht, nachdem er vom Flatberg aus einen Kopfsprung in den See gemacht hatte. Und Jakobs Bauch war ganz naß geworden, weil er sich gegen Erics Kopf gelehnt hatte, so daß sie seinen kleinen Pulli auf einem der Steine der Scheunenauffahrt trocknen ließen, und er mit nacktem Oberkörper auf Evines Hof herumtollte. Sie hatten ihren Proviant aufgegessen – Brot mit Wurst und Käse, der sich in der Wärme leicht bog, erinnert sich Sol. An dem kleinen dunklen Holztisch hatten sie gesessen, der unter dem knorrigen Birnbaum im Garten stand. Hatte Søren den gezimmert? Und hat Evine hier oft gesessen, während die Bienen über ihrem Kopf im Baum summten oder die rötlichen Blüten der Johannisbeersträucher gleich daneben bestäubten?

Die Johannisbeeren, die daran hingen, waren noch nicht reif, und Solfrid erinnert sich an Erics herzliches Lachen beim Anblick von Jakobs zusammengezogenem Gesicht, als er eine zwar schon etwas rote, aber noch unreife Beere probiert hatte. Er hatte den Jungen auf den Schoß genommen: »Na, das war wohl etwas sauer?« und ihm aus der Flasche, die sie mitgebracht hatten, einen Schluck süßen Saft gegeben, um seine Zunge wieder zu versöhnen. Oh, Eric konnte so gut mit dem kleinen Jakob umgehen!

Auf dem Weg zurück über die Heide hatten sie einen Habicht gesehen, vermutlich einen Hühnerhabicht, der über dem Børjærsee seine Kreise zog. Aber erst hatten sie noch einmal gebadet, und Eric war so weit rausgeschwommen zur Bucht, daß Solfrid Angst bekam, er könnte sich dort in den Blättern und Stielen der Seerosen verfangen. Sie selbst hatte sich mit dem Jungen an dem winzigen flachen Stück direkt neben dem Flatberg aufgehalten, denn abgesehen von diesen wenigen Quadratmetern mit Kiesgrund, hat der See einen ekligen morastigen Grund, in den man bis zum Knie versinkt, oder er fällt steil in die schwarze Tiefe ab …

Als Solfrid ganz in Gedanken die Sachen von Nils-Jans

Mutter wieder eingeräumt hat, verschließt sie die Keksdose, stellt sie auf ihre angezogenen Knie, schlingt die Arme darum und legt die Wange auf den kalten bunten Hahn auf dem Metalldeckel. So bleibt sie sitzen und wiegt sich sacht vor und zurück.

Erinnerungen. Erinnerungen. Erinnerungen.

45

Jakob, das bin ich. Mein Vater ist ein Ton im Wind, aber das weiß nur ich. Wenn ich auf dem Fahrrad in meinem Sitz hinter Mutter sitze, und wir fahren zum Friedhof, um zu gießen, ist mein Vater das Lied im Rad des Fahrrads. Er ist der Ton, der in den Speichen singt, in denen ich einmal mit dem Fuß festhing. Da habe ich geweint, und der Ton blieb weg. Aber das ist lange her. Jetzt bin ich drei und einhalb und kann bei den Speichen aufpassen.

Mein Vater ist ein klitzekleiner Ton im Wind, der mit den Blumen auf dem Friedhof spielt, zwischen Mutters Händen. Mein Vater ist das sanfte Sausen in den blanken Tropfen, die aus der Tülle der Gießkanne sprühen, wenn ich beim Gießen helfe. Mein Vater ist das Lied in den Speichen, wenn wir wieder nach Hause radeln, um mit Großvater und Großmutter Abendbrot zu essen.

Jakob, das bin ich. Ich kann so hoch oben auf einer Leiter stehen, daß ich die Spitze des weißen Kirchturms sehen kann, weit, weit weg.

Wenn Mohrchen über den Hof geht, ist er ganz klein, viel kleiner als sonst, weil er so weit unten ist. Aber die Krähen sind trotzdem wütend auf Mohrchen. Sie stürzen sich vom Scheunendach, direkt über meinem Kopf, aber Mohrchen tut, als ob er sie nicht bemerkt. Er setzt sich auf den Hof, direkt neben mein Dreirad und putzt sich. Das tut er, weil er in meine Sandkiste gemacht hat, obwohl er das nicht darf.

»Pfui, Mieze!« sage ich. Aber die Mieze sieht nur zu mir hoch, dann leckt sie weiter.

»Geh und jag die Mieze, mein Junge«, sage ich.

»Geh und jag die Mieze selbst«, sagt mein Junge.

»Du siehst doch, daß ich hochklettern und meinen Vater finden muß«, sage ich und presse die Finger um die grüne Flasche.

46

Lars hat noch viel an Evine gedacht, nachdem sie gestorben war. An ihre wirkliche Begegnung im Wald erinnert er sich auf die gleiche Weise, wie er sich an den anschließenden Aufenthalt im Krankenhaus erinnert, vage und wirr wie an einen Traum. Dennoch verspürt er ein Gefühl überwältigender Dankbarkeit, wenn er an sie denkt. Er achtet stets auf ihr Grab, wenn er mit Ragnhild zum Friedhof geht, um die Gräber von Nils-Jan und Mathilde zu besuchen. Die beiden haben einen Platz nebeneinander bekommen, nicht weit von der schweren schmiedeeisernen Pforte entfernt, aber Evine liegt weiter hinten in einer Ecke des Friedhofs unter einer Schatten spendenden Eberesche.

»Sie ist begraben wie sie lebte, in einer Ecke des Daseins«, sagt Ragnhild.

Es ist sonderbar, daß diese wunderliche, halbverrückte Gestalt, um die er sich früher nicht besonders viele Gedanken gemacht hatte, einen so wichtigen Platz in seinem Leben eingenommen hat. Es ist ihm, als sei sie die einzige auf der Welt gewesen, die ihn als ganze Person gekannt hat. Nicht einmal in den Gesprächen mit dem Arzt im Krankenhaus hat er es gewagt, die zwei Teile seines Lebens zusammenzusetzen.

Und jetzt ist sie tot. Er war kürzlich in der alten Geröllhalde unterhalb ihres Hofs gewesen und hat dort eine passende Steinplatte für den Grabstein entdeckt. Die ist nicht groß, aber schön, abgerundet und von einer grauen Flechte in einem Muster überzogen, das ihn an den Tanz der Elfen erinnert. Das ist ein Stein, wie er zu Evine paßt.

Auf eine merkwürdige Weise tut es gut, um Evine zu trauern. Eines Nachts, gleich nachdem sie gestorben war, träumte Lars, daß er unter dem Eis des Südlichen Eismeers verzweifelt nach einer Öffnung suchte. Das eiskalte Wasser lähmte seinen Körper, und er kratzte sich an der Unterseite des gezackten Eises die Hände blutig, die ganze Zeit auf der Jagd nach dem runden Lichtkegel, von dem er meinte, daß er von oben durch das Eis scheinen müsse. Die Lungen schmerzten heftig durch den Mangel an Luft, und die Schläge des Herzens hämmerten in seinen Ohren. Er war sicher, er würde sterben, aber genau in dem Moment, bevor er den Mund öffnete, um das Wasser und mit ihm den Tod in die Lungen zu ziehen, tauchte Evine auf. Das heißt, das war nicht Evine, sondern ein glänzender schwarzer, schmächtiger Seehund mit Evines ängstlichen Augen und ihrem scheuen Blick. Der kleine Seehund bewegte sich um ihn herum in eleganten, fast tänzerischen Bewegungen und führte ihn langsam zu der Stelle hin, der er die ganze Zeit ausgewichen war. Eine erschreckende, blauschwarze Säule stand schief in dem hellen, fast milchweißen Wasser.

Der Seehund war so nahe, daß Lars dessen behagliche Wärme auf seiner Haut spüren konnte. Da öffnete der Seehund den Mund und ließ eine große runde Blase aufsteigen. Sie platzte, dennoch konnte er die Worte in ihr hören: »Harzpflaster«, sagte der Seehund mit Evines Stimme, »Harzpflaster, das zieht den Schmerz heraus.«

Dann gab ihm der Seehund mit dem Schwanz einen Stoß

unter die Fußsohlen, so daß er nach oben durch die schwarze Säule verschwand. Als er sich umsah, saß er an der Südseite von Jakobs Scheune und sah Evine in der Ferne kurz auftauchen, bevor sie hinter dem Hügel verschwand. Und plötzlich merkte er, wie die Sonne das Eis um ihn herum zum Schmelzen brachte.

Komisch, jetzt denkt er wieder an Evine. Lars zieht die Schultern hoch, als schüttele er etwas ab. Eigentlich geht es ihm am besten, wenn er sich auf das Nächstliegende konzentriert, hat er gemerkt. Von einem Tag zum nächsten leben und nicht zu viel über all die ungelösten Rätsel grübeln – wenn ihm das nur gelänge. Als er jünger war, fiel ihm das leichter.

War es vielleicht das, was »den Zenit überschreiten« genannt wird? Wissen, jetzt geht es bergab, aufs Alter, auf den Tod zu, machte ihn das so schwermütig? Das Herz machte zwar keinen Ärger mehr, seit er seine Medikamente einnimmt, aber sein Körper hat eine ihm bisher unbekannte Schwere. Und auch wenn er besser schläft, kann es passieren, daß er nachts aufwacht und ein, zwei Stunden im Schutz von Ragnhilds regelmäßigen Atemzügen liegt und grübelt. Sie atmet so leicht, wenn sie schläft. Sie hat so einen leichten Gang, sie lebt so leicht. Sie ist so – ganz.

Kann man einen anderen Menschen eigentlich kennen? Kennt Lars Ragnhild? Ist sie tatsächlich so in sich ruhend und so unkompliziert, wie er glaubt? So harmonisch? Und wie denkt sie eigentlich über ihn? Sind sie wirklich einmal nahe Vertraute gewesen? Und werden Menschen, um in einem vorteilhafteren Licht zu erscheinen, immer die Wahrheit über sich verheimlichen oder verdrehen, unabhängig davon, wie nahe sie sich sind?

Mit solchen und ähnlichen Fragen schlägt Lars sich des Nachts herum: Gibt es einen Gott? Gibt es einen Himmel und eine Hölle, wie Solfrids Mutter ganz fest glaubt? Gibt es überhaupt ein Dasein nach diesem, oder ist da nur Finsternis?

»Ich will nicht nichts sein!« hat Jakob vor ein paar Tagen geweint. Der Junge hatte die Mutter gefragt, wo er war, als sie klein war, und sie hatte geantwortet: »Nirgends, du warst noch nichts.«

Wo sind eigentlich die beiden? Als Lars vom Mittagsschlaf aufwachte, war der Junge schon aufgestanden. Sie hatten gestern Besuch gehabt von Inger und ihren Töchtern. Es war spät geworden, und Jakob war den ganzen Vormittag müde und quengelig gewesen. Deshalb hat er auch widerstandslos mit dem Großvater Mittagsschlaf gehalten. Beim Gedanken an das Kind wird Lars unruhig. Vielleicht hätte er nicht hinausgehen sollen, ohne sich zu vergewissern, daß Jakob bei seiner Mutter ist. Aber Solfrid hatte mit einem Buch in ihrem Zimmer gesessen, als er und Jakob sich hinlegten. Sie hat ihn sicherlich gehört, als er aufwachte. Der Junge ist ja auch kein wildes Kind, er ist eher vorsichtig und ängstlich, so wie sein Vater es war. Sol dagegen war als kleines Mädchen ein ordentlicher Wildfang.

Sein kleiner Enkel ist schon jetzt ein etwas seltsamer Kauz. So nachdenklich und weit für sein Alter, manchmal. Ja, es *ist* sein Enkelkind, wenn auch nicht von seinem Fleisch und Blut. Jakob ist das erste Kind, das Lars von Geburt an begleitet hat, buchstäblich von Tag zu Tag. Nils-Jan war schon sechs Jahre alt, als er nach Ås kam, und während seiner Kindheit war Lars große Teile des Jahres auf Walfang gewesen. Aber diesen kleinen Jungen hier hat er herumgetragen und auf seinen Armen gewiegt, seit seiner Geburt, in Konkurrenz mit dem kinderlieben zweiten Großvater. Die beiden Großväter sind freundschaftliche Rivalen um die Gunst des Kindes. Aber da Lars den Vorteil hat, unter einem Dach mit ihm zu leben, hat er den Sieg davon getragen und sich die Vaterrolle erkämpft.

Lars muß lächeln, wie er da steht und der Kuh Kranslin tastend über den gespannten Bauch streicht. Doch, das sieht alles prima aus. Kranslin ist bald elf Jahre alt und hatte schon viele Kälber, sie weiß Bescheid. Er streicht der Kuh über die flache harte Wange und krault ihr lockiges Fell zwischen den großen, messingverkleideten Hörnern. Kranslin ist eine prächtige Jarlsberg-Kuh. Er wird doch noch einmal auf den Heuboden gehen und durch die Luke eine extragroße Portion Heu für sie hinunterwerfen.

Die Scheune auf Ås sieht nicht nur von außen groß aus, sie ist auch von innen riesig. Eine Last duftenden Heus nach der anderen hat Lars im Sommer eingefahren, Ragnhild, Sol und Eric haben ihm dabei tüchtig geholfen. Ja, sogar die bald achtzigjährige Granny war dabei und »schwang die Heugabel«. Sie fand auch das »Spitze!«, wie in alten Tagen beim Heuen dabeizusein. Das meiste Heu wurde draußen gewendet und mit dem Traktor hereingebracht, aber bei den steilen Wiesen hatten sie das Pferd genommen. Und ein Teil des Heus mußte wegen des unsicheren Wetters auf Gestellen trocknen.

Jetzt quillt der Heuboden über, doch die übrige Scheune ist im Hinblick auf die Ernte schon freigemacht. Der Duft von trockenem Heu mischt sich mit dem starken Geruch von Farbe, die von außen von den frischgestrichenen Brettern durch die Ritzen in der Verkleidung hereindringt. In diesen Ritzen tanzt in gelben Sonnenstreifen der Staub. Das Scheunenfenster, das Lars und Eric im Frühsommer herausgenommen haben, um es auszutauschen, ist immer noch nicht wieder an seinem Platz, und durch die Öffnung kann Lars, als er die Scheune betritt, einen Teil der Leiter sehen, die Olefejus benutzt, wenn er streicht. Im obersten Winkel des hellen, sonnendurchfluteten Rechtecks, auf der Sprosse, die gerade noch unterhalb der obersten Kante des Scheunenfensters sichtbar ist, sieht er Jakobs Stiefel.

47

Jakob, das bin ich. Mein Vater ist ein Ton im Wind, der in der Luft über dem Scheunendach singt.

»Dein Vater ist tot!« ärgern mich Sofie und Laila manchmal, obwohl sie das nicht dürfen. Wenn ich reingehen und es Mutter sagen will, schließen sie die Tür vom Waschhaus, wo wir spielen, und rufen mit dem alten Telefon, das an der Wand hängt, die Polizei an. Wenn ich weine, lachen sie und sagen, das wäre nicht echt, nur ein Spiel.

»Aber dein Vater ist in echt tot«, sagt Sofie.

»Mmm. Ganz in echt«, sagt Laila. Wenn Sofie und Laila mich ärgern, sind sie sich immer ganz einig, wie Freundinnen, aber manchmal ist Sofie keine Freundin und sagt: »Du da, du dicker Mops!« zu Laila.

»Wisch den Rotz weg, du Mops!« sagt Sofie, wenn Laila weint.

Hans, der Vater von Sofie und Laila, ist manchmal nett und wirft mich hoch in die Luft, so hoch, daß Mutter schimpft und sagt, das darf er nicht. Aber manchmal ist er schlimm und brüllt. Dann weint Sofie auch, aber wenn Laila das sieht, wird Sofie wütend und sagt: »Hau ab, du Dicke!« Dann geht Laila weg.

Mutter kann über Hans bestimmen. Sie bestimmt, daß er mich nicht hoch in die Luft werfen darf. »Er bekommt Angst, das siehst du doch!« sagt Mutter.

Wenn Inger versucht, über Hans zu bestimmen, brüllen sie alle beide. Das haben Mutter und ich einmal gehört, als wir zu ihnen unterwegs waren. Aber da sind wir schnell nach Hause zurückgegangen, und Mutter sagte, ich soll mich nicht darum kümmern.

»Inger ist nett!« sagt Mutter, aber sie sagt nicht, daß Hans nett ist. »Die Mädchen können einem leid tun«, sagt Ragnhild. Obwohl sie einen Vater haben?

Wenn ich so hoch oben stehe, kann ich die ganze Welt sehen. Aber nicht das Haus von Tante Milda und Onkel Sverre und Olefejus, weil das hinter den Bäumen ist. Ich kann die Straße sehen bis zu Harriets Haus. Auf der Straße sehe ich Inger. Sie kommt angeradelt und sieht mich, aber sie winkt nicht. Ich kann nicht winken, weil ich dann die Flasche verliere.

48

Unten auf der Straße fährt Inger mit ihrem funkelnagelneuen roten Fahrrad. Sie radelt freihändig, wie sie es schon gemacht hat, als sie ein kleines Mädchen war. Über den holprigen und kurvigen Weg nach Rønningen radelte Inger damals auf Mildas uraltem schwarzem Rad, früher oft mit einem von den kleinen Geschwistern hinten drauf, ohne den Lenker festzuhalten. Nur hin und wieder nahm sie dann eine Hand zu Hilfe, wenn das Fahrrad auszurutschen drohte, in den Straßengraben unten am Bjørnebærhügel, wo Mädesüß und Engelwurz – aus dem sich so schöne Pusterohre machen lassen – nebeneinanderstehen, die Köpfe in einer Höhe mit dem Weg. Mädesüß kann an warmen Sommertagen einen geradezu betäubenden Duft nach Vanille verströmen, und Inger erinnert sich noch genau an das Gefühl von Kindheit und Sommerferien, wenn einem der Sommerrock um die Beine flatterte, vermischt mit der etwas ängstlichen Freude, die es machte, wenn man versuchte, die leicht geneigte Kurve zu nehmen, ohne den kalten, glänzenden Lenker anzufassen.

Einmal ging es schief. Das Fahrrad scherte aus, und alle beide, sie und Anne-Grete, die sich an den wackeligen Gepäckhalter klammerte, kullerten in den feuchten Graben, daß ihnen die hellgelben Blüten des Mädesüß um die Ohren schlugen. Eine von Ingers Sandalen – hochmoderne Holzschlappen mit Fußbett und nur mit einem hellgrauen Lederriemen und Nickelschnalle, um die Zehen drunter durch zu stecken – traf die kleine Schwester am Mund und schlug ihr einen Milchzahn aus. Sicher sollte der irgendwann sowieso raus, dennoch brach Anne-Grete über dieses unerwartete Verschwinden in Tränen aus.

Inger selbst schlug mit der Nase auf den Fahrradlenker, den sie so konsequent festzuhalten vermied, trotz all der gutgemeinten Ratschläge von Harriet Lund, die den rasanten Fahrten von ihrem Hof aus oft zusah. Mildas altes, vielbenutztes Rad, das ursprünglich einmal schwarz und glänzend war, mit einem farbenfrohen Netz über dem Hinterrad, hatte über die Jahre schon einen großen Teil seiner Bestandteile verloren. Und bis es von Anne-Grete, eine der Jüngsten in der Reihe der Geschwister, benutzt werden konnnte, war es immer klappriger geworden.

Harriet Lund hatte im Laufe der Jahre gelernt, mit stetig wachsender Gemütsruhe die unterschiedlichen, mangelhaften Fuhrwerke zu beobachten, die über ihren Hofplatz wirbelten, auf höchst originelle Art angetrieben. Anne-Grete und ihr Bruder Hallvard zum Beispiel, die sich das Rad teilen mußten, stellten sich jeder auf ein Pedal und hielten sich je auf einer Lenkerseite fest – das sah oft abenteuerlich genug aus ... Harriet verlor fast den Verstand vor Schreck, als das Geschwisterpaar so zum ersten Mal in wildem Tempo über ihren Hof rutschte, jeder auf seinem Pedal, wobei die kleinen Körper rhythmisch wie ein Uhrwerk auf und ab sausten. Für einen Augenblick fuhr Hallvards kleiner blauer Hosenboden in die Höhe, ehe er Anne-Gretes kariertem Wollrock und der hellroten Unterhose Platz machte. Harriet erhaschte einen Blick auf die nackte Haut des Mädchenbeins zwischen der Unterhose und den braunen, in Rippen gestrickten Strümpfen, ja sie sah sogar gerade noch den weißen Straps, der um den Knopf im Strumpf befestigt war, ehe die Geschwister in halsbrecherischem Tempo die Pappelallee hinunterfuhren, auf dem Weg zu Sol und Nils-Jan. Mit heftig klopfendem Herzen und der Telefonnummer von Dr. Wang im Kopf sah sie, wie die Kinder unten an der Weggabelung knapp an der Milchrampe entlangsausten. Irgendwann gewöhnte sie sich jedoch an den Anblick, hatte aber immer Jod und Pflaster zur Hand, für alle Fälle.

Der Sturz von Anne-Grete geschah etliche Jahre zuvor; Anne-Grete, die der Schwester über den Kopf flog, ehe sie auf dem Rücken zwischen dem Vanilleduft verströmenden Mädesüß landete, hatte damals das Radfahren noch nicht gelernt. Und Inger, die einen Purzelbaum hinterhermachte, daß der Absatz ihrer Sandale die Sechsjährige am Mund traf und der Milchzahn in hohem Bogen in das Große Nichts flog, hatte sich noch nicht überreden lassen, ihr das beizubringen. Jetzt traf Ingers Nase auf den Lenker, der natürlich längst die schützenden schwarzen Gummihandgriffe eingebüßt hatte, und die scharfe Kante spaltete einen Nasenflügel fast einen Zentimeter tief.

Sie sammelte ihre laut heulende Schwester auf, hob das Rad auf die Straße und radelte, entsetzlich blutend, geradewegs nach Hause zur Mutter, dieses Mal beide Hände fest am Lenker. Zu Hause geriet Milda beim Anblick der beiden blutigen Kinder einigermaßen aus der Fassung. Sie hatte langjährige Erfahrung im Beurteilen von Unglücksfällen mit Kindern, und so war ihr nach dem ersten Schrecken rasch klar, daß dies hier ohne medizinische Hilfe gerichtet werden konnte. Ein Arztbesuch war eine umständliche Angelegenheit, eine Fahrgelegenheit ins Zentrum mußte besorgt werden, gar nicht zu reden von der Zeit- und Geldverschwendung.

Also preßte Milda den abstehenden Nasenflügel der Tochter fest an und fixierte ihn resolut mit einem Pflaster. Später dachte sie, daß sie wohl mehr Glück als Verstand gehabt hatte, denn Ingers Nase wuchs prima zusammen und war weiterhin die schönste der Familie, wenn nicht des ganzen Dorfs.

Auch die kleine Anne-Grete war rasch getröstet und zeigte allen, die es sehen wollten, stolz ein zahnloses Lächeln. Daß der Zahn verschwunden war, auch buchstäblich, machte ihr nicht so viel aus, denn in Rønningen gab es keine Zahngeschenke vom Mausekönig, dazu war die Kinderschar einfach zu umfangreich und das Einkommen zu gering. Karin hatte es einmal versucht: Sie stellte einen Zahn in einer Kaffeetasse ohne Henkel zwischen die Fleißigen Lieschen vor das Küchenfenster, fand aber darin nur einen Hosenknopf, den eines ihrer Geschwister ihr aus Spaß hineingelegt hatte. Das verlockte nun wirklich nicht zur Wiederholung.

Inger trug von dem Sturz keinen größeren Schrecken davon, es war im übrigen ja nicht der einzige. Sie fuhr auch weiterhin freihändig.

Jetzt nähert sie sich den Dreißig, ist verheiratet und – unglücklicherweise – bald im dritten Monat schwanger mit dem dritten Kind. Dennoch kann sie der Versuchung nicht widerstehen, läßt den Lenker los und kreuzt die Arme vor der Brust. Nein, in der letzten Zeit ist sie mehr denn je so geradelt. Aber nur, wenn sie allein auf dem Fahrrad sitzt. Und heute ist sie allein, denn die Mädchen sind bei den Großeltern. Als Inger abfuhr, waren sie mit Großvater Sverre im Stall, um die neugeborenen Ferkel anzuschauen.

Hans ist mit dem Elf-Uhr-Bus in die Stadt gefahren, trotz Ingers Bitten und Protesten. Zum Glück hatte er die Autoschlüssel nicht gefunden, die sicher verwahrt unter einem der großen Blumentöpfe in Ingers Garten lagen, sonst hätte er bestimmt das Auto genommen. Er hatte einen scheußlichen Kater und wollte in der Stadt schwarzgebrannten Schnaps kaufen. Noch hat er nicht damit angefangen, selbst zu brennen, aber das würde nicht mehr lange dauern, denkt Inger bitter. Und noch hat er sie nicht geschlagen, aber auch das dauert wohl nicht mehr lange, denkt Inger noch bitterer und streicht über ihren geschwollenen Oberarm: seine Griffe werden härter, und sie hofft inständig, daß sie nicht noch mehr blaue Flecken vor ihren Mitmenschen verstecken muß.

Ach, wie sie sich auf den Tag freut, wenn er wieder abfährt! Sie macht auf dem Fahrradsitz eine so heftige Bewegung, daß die Räder Richtung Graben auszuscheren drohen. Automatisch greift sie für einen Augenblick nach dem Lenker, um das Rad auf dem Weg zu halten. Dabei wäre es doch ... was machte es schon für einen Unterschied ...?

Ach, was wird sie froh sein, wenn er fährt! Aber es dauert noch vierzehn Tage. Mit einem Schaudern, von dem sie unter der warmen Jacke Gänsehaut bekommt, erkennt sie, daß sie ihn nie zuvor dermaßen leid war. In der Regel haben sie sich in den ersten Wochen, wenn er nach einer Zeit auf See wieder zu Hause war, gefreut. Er war gutgelaunt und frisch verliebt, benahm sich ihr gegenüber wie ein Kavalier und war geduldig mit den Kindern, die dem brummenden Vater ausgelassen um die Füße wuselten, geduldig und nett. Das Verhältnis der Eheleute hatte sich im Lauf der letzten Wochen, die er zu Hause war, meist beträchtlich abgekühlt, aber die Sicherheit, daß er wieder abfahren würde, half Inger, den zunehmenden Widerwillen gegen ihren Mann zu verdrängen.

Dieses Mal ist er über vier Monate da gewesen, abgesehen von einer kurzen Tour um Johanni. Es kommt Inger so vor, als sei er, seit er die Füße an Land gesetzt hat, nahezu kontinuierlich betrunken gewesen. Nicht volltrunken, das nicht, aber betrunken genug, um ihr und den Kindern durch seine Gereiztheit das Leben schwer zu machen.

Oh! Sie kann sich an seine einschmeichelnde Stimme am Telefon erinnern, zeitig im Frühjahr. Sie müßte unbedingt die Mädchen mitbringen und ihn in Fornebu treffen! Er vermißte sie so sehr, alle seine Mädchen! Aber am meisten vermißte er... Oh! Daß er so ordinär sein konnte, sogar am Telefon!

Er hatte in Amsterdam abgemustert und flog nach Hause, nach Fornebu. Gott sei Dank hatte sie sich entschlossen, die Mädchen zu Hause bei den Großeltern zu lassen. Denn schon als er an Bord der Maschine ging, war er alles andere als nüchtern.

Inger spürt, wie die Wut in ihr so hochkocht, daß beim Gedanken an seine schmachvolle Heimkehr das Fahrrad unter ihr schwankt. Das Flugzeug hatte Verspätung gehabt, und Inger war mit ein paar von den anderen Wartenden ins Gespräch gekommen, junge Frauen, wie sie. Die erröteten so verliebt, daß sie sich von ihrer freudigen Erwartung hatte anstecken lassen.

Oh! Wie demütigend war es dann, ihre mitleidigen Blicke zu sehen. Und wie ekelerregend er wurde, wenn er so voll war! So laut und roh –

Er hat schon immer zu viel getrunken – solange Inger ihn gekannt hat. Hans gehörte stets zu denen, die sich in dem Jugendlokal am Samstagabend bis zur Besinnungslosigkeit betranken. Dann stänkerte er und prügelte sich ein bißchen, und meist mußte er danach raus und sich übergeben, draußen in den Brennesseln hinter dem Plumpsklo. Damals scherte Inger sich aber noch nicht darum. Sie überredete ihn, zu ihren Brüdern ins Auto zu steigen, und im großen und ganzen gelang es ihr meist, ihn im Zaum zu halten. Falls sie einen Anflug von Abscheu spürte, wenn seine dicken, feuchten Lippen ihr auf dem Rücksitz von Kjell-Arnes grünem Anglia nuschelnd über den Hals fuhren und er ihr geile eklige Wörter ins Ohr prustete, dann tat sie ihr Bestes, um das zu verdrängen. Sie trinken nun mal, diese Männer, wenn sie nach einer langen Walfangsaison an Land kommen. Und eine große Lippe riskieren, das tun sie alle, das gehört sicher dazu, dachte sie damals.

Aber wenn sie heiraten würden, dann würde das ja alles anders, da war sie sich sicher. Von Kindesbeinen an hat Inger sich älteren Brüdern gegenüber behauptet, und daß sie Hans bändigen würde, bezweifelte sie nicht. Wenn sie nur erst verheiratet waren und Kinder bekamen. Jetzt sieht sie ein, daß es so nicht funktioniert hat. Und ihr wird klar, daß sie ihren Teil dazu beigetragen hat.

49

Es gibt Tage, die ein Mensch gern aus seinem Gedächtnis tilgen möchte. Manchmal ist das auch nur ein einziger Tag, den man gern auslöschen möchte, so als hätte er nie existiert. Gern würde man dann ungeschehen machen, was an diesem Tag geschah. Auch bei Inger gibt es so einen Tag. Und wenn sie sich auch noch so sehr bemüht, so zu tun, als hätte es ihn nicht gegeben, blickt ihr das Resultat jeden Tag ins Auge. Das Resultat des einzigen Tages ihres Lebens, den sie von Herzen gern ungeschehen machen würde.

Dennoch ist es mittlerweile der Tag, an den sie sich am besten erinnert, egal wie sehr sie sich bemüht, ihn zu verdrängen. Und sollte sie ihn doch nur für einen Augenblick vergessen, muß sie nur ihrer ältesten Tochter ins Gesicht sehen. Die haselnußbraunen Augen, die alle anderen als Laune der Natur ansehen – wie können so blauäugige Eltern ein so braunäugiges Kind bekommen – weckten in ihr von Anfang an eine angstvolle Unruhe. Nach und nach, als die Tochter heranwuchs, wuchs sich diese Unruhe zu einer schuldbewußten, lähmenden Gewißheit aus. Und einer schrecklichen Angst, andere, auch Hans, könnten das ebenfalls sehen.

An einem Frühlingstag vor acht Jahren war das Wetter so schön gewesen. Es war, als hätte der Frühling sich entschlossen, genau an diesem Tag zu kommen. Nach einer langen Periode mit kaltem und ungemütlichen Wetter, in der die Natur still stand und voller Erwartung auf der Stelle trat, an diesem Tag war es, als hätte ein unsichtbarer Dirigent den Taktstock erhoben und Frühling und Sommer auf einmal beginnen lassen. Eins, zwei, drei hatte sich der Buchenwald hinter Rønningen mit dieser unglaublichen, hellgrünen Farbe umgeben, wie sie nur ein Buchenwald zeitig im Frühling zeigt, ohne daran zu denken, daß es für den Nationalfeiertagsputz viel zu früh war. Zwischen den silbergrauen Stämmen glitzerte ein Teppich von Buschwindröschen wie ein Sternenhimmel, den man auf den Kopf gestellt hatte, und oben zwischen den flaumigen, zartgrünen Blättern schwirrten Buchfink und Laubsänger fröhlich umher, trillernd auf der Suche nach einem Lebensgefährten.

Inger, die am offenen Fenster saß und den letzten Knopf an dem neuen Kleid annähte, mit dem sie gerade fertig geworden war, spürte, wie ihr die Spitzengardine über den Nacken strich, als sie sich vorbeugte, um den rosa Faden abzubeißen, und sie wußte, heute *mußte* sie in die Stadt.

Sie war neunzehn Jahre alt und wartete mit ihrem ganzen Sein auf Hans. Er hatte ihr gestern abend über Tjøme Radio eine nur schlecht codierte Nachricht geschickt, eine Nachricht, über deren Bedeutung weder sie noch all die anderen Frauen, die ringsumher gespannt lauschend vor den Radioapparaten saßen, den geringsten Zweifel hegen konnten. ›Meine Güte, Hans ist hin und wieder vielleicht plump, na ja, aber er hat ja auch seine guten Seiten.‹ Inger spürte, daß sie es nicht schaffte, zu Hause zu sitzen und noch eine ganze lange Woche zu warten. Sie mußte raus und ein bißchen Bewegung bekommen.

Das neue Kleid sollte eigentlich nicht getragen werden, bevor sie Hans am nächsten Donnerstag treffen würde – aber pah! da ist ja wohl nichts dabei, dachte Inger, als sie mit nagelneuen Schuhen und hohen Absätzen über den Hof von Harriet Lund spazierte. Peder, der auf der Bank im Schatten unter der Eberesche saß – damals wohnte er noch zu Hause bei Harriet – lächelte breit, als er sie sah. Groß und aufgedunsen kam er angeschlurft und wollte sie drücken. Er sabberte und wiegte sich und strich über den glatten Stoff des Kleides. Sie mußte sich ein bißchen zurückziehen, als er den Stoff des Rocks anheben und damit über seine Bartstoppeln streichen wollte. Harriet kam heraus und bewunderte den Schnitt und die Machart, das Kleid war richtig schick, Inger konnte sehr gut nähen.

Im Bus war Jens-Julius, der Fahrer, ganz flirtende Aufmerksamkeit. Sie mußte vorn neben ihm auf dem Motorkasten sitzen und über das Motorengebrumm hinweg mit ihm herumalbern. Er lud sie ins Kino ein, wenn er mit der Sieben-Uhr-Tour fertig war, aber sie entzog sich mit einer halben Zusage. Heute wollte sie einfach die Dinge auf sich zukommen lassen. Sie war jung und unbeschwert und fröhlich, und sie konnte spüren, daß die wenigen Menschen, die in die Stadt unterwegs waren, bewundernd ihre langen Beine anschauten.

Auch die Jungen, die im »Avenue« über der Theke hingen, glotzen auf ihre Beine. Inger ist sich dessen durchaus bewußt. Die Beine und ihre Nase waren stets das Attraktivste an ihr. Die jungen Männer waren Walfänger, die am Tag zuvor mit der »Balaena« angekommen waren, und sie hatten nichts dagegen, einem langbeinigen jungen Mädchen im neuen Sommerkleid einen auszugeben. Inger trank gewöhnlich nicht, sie hatte sich nur einige wenige Male überreden lassen, an Hans' Getränk zu nippen – in der Regel Selbstgebrannter mit Rumessenz, gemischt mit Cola –, fand aber keinen Geschmack daran. Aber diese jungen Männer bestellten ihr etwas, das sie »Screwdriver« nannten. Das schmeckte eigentlich vor allem nach Orangensaft, und Inger wurde davon nach und nach richtig lustig. Bald schon hatte sie den letzten Bus nach Hause verpaßt.

Na und, dachte Inger und pfiff auf die halbherzige Absprache, mit Jens-Julius ins Kino zu gehen. Sie war irgendwie trotzig heute abend. »Man lebt nur einmal«, pflegte Hans zu sagen, wenn sie ihn bat, auf den Festen der Bauern nicht so viel zu trinken. Diese These gab ihm wohl das Recht, sich aufzuführen, wie er wollte. Na gut, aber auch sie lebte nur einmal, und heute abend wollte sie sich amüsieren. Sie war jung und ungeduldig. Sie war mit Hans zusammen, seit sie fünfzehn Jahre alt war, inzwischen wahrscheinlich vor allem aus Gewohnheit und weil es alle erwarteten. Sie hatten am Bjørnebærlia ein Grundstück gekauft, und im Sommer wollten sie dort ein Haus bauen. Aber Hans würde erst in einer Woche kommen. Und wer weiß, vielleicht flirtete er ja ein bißchen in den Hafenstädten auf dem Weg nach Norden. Sein betrunkenes Gefasel im letzten Sommer konnte durchaus als ein Hinweis darauf gedeutet werden. Und sie wollte eigentlich nichts Verrücktes tun.

Inger sagte ja danke zu einem weiteren »Screwdriver« und sah sich den Jungen etwas genauer an, der sie dazu einlud. Er sah nicht aus wie einer von denen, die gewöhnlich hier verkehren, sondern wirkte eher, als gehörte er zu den bessergestellten Leuten der Stadt. Und so war es auch, wie sich zeigte. Er war der Sohn eines Oberarztes am hiesigen Krankenhaus und studierte in Dublin Medizin. Dort teilte er eine Wohnung mit dem Sohn des Landarztes Wang, mit dem er zusammen am Nachbartisch saß. Beide waren angeheitert, weil sie am Barschrank des Oberarztes gewesen waren und sich den Cognac vorgenommen hatten. Der Oberarzt selbst war übers Wochenende auf der Hütte und hatte keine Ahnung, daß die kostbare Flüssigkeit, die ordentlich auf ihrem Platz neben der »Bristol Cream« seiner Frau stand, mit einem großen Schuß Wasser verlängert worden war. Er würde nie im Leben seinen Sohn verdächtigen, dazu hatte er ein zu großes Vertrauen in ihn.

Inger hatte Frederik, den Sohn von Doktor Wang, gekannt, seit er in Shorts und Gummistiefeln herumlief und Frikken genannt wurde. Sie hatten zusammen am Bjørnebærlia Bingbang-Blechbüchse gespielt und waren zusammen zur Schule gegangen, er zwei Klassen über ihr. Aber enge Freunde waren sie nie gewesen, und im Laufe der Zeit verloren sie sich ganz aus den Augen. Der Sohn des Arztes kam nicht zu den Festen der Bauern. Er machte Abitur und spazierte mit dem Bambusstock und der roten Mütze der Abiturienten über die Dorfstraße. Ein ziemlich affektierter Knabe, hatte Inger von Frederik gedacht.

Später, als die beiden größer wurden, waren sie immer ein bißchen rot geworden, wenn sie sich begegneten. Denn sie teilten ein ziemlich intimes Kindergeheimnis, ein »Doktorspiel«, von dem beide gern gewußt hätten, ob sich etwa der andere auch daran erinnerte.

Jetzt machte Frederik so ein Aufhebens um das Wiedersehen mit Inger, daß sie sich überreden ließ, an den Tisch der beiden umzuziehen. Der Freund stellte sich höflich vor, er hieß: »Christopher mit ph wie in Alphorn, ha, ha.« Inger lachte seinen haselnußbraunen Augen herzlich zu und nahm den Drink, den er spendierte, an. Sie konnte an dem feuchten Glanz in Frederiks Augen bemerken, daß er nichts dagegen haben würde, ihre intime Kinderbekanntschaft zu erneuern, und es bereitete ihr eine rachsüchtige Freude, ihn zugunsten seines netten, dunkeläugigen Freundes zurückzuweisen.

Die Stühle in dem Lokal, in dem sie saßen, waren mit hellgrünem Kunstleder bezogen, die Teaklämpchen hatten passende Schirme, und auf den modernen Resopaltischen lagen karierte Deckchen mit Fransen. Der Ruf des Lokals war so, daß ein Mädchen hier eigentlich nicht verkehren sollte, wenn sie nicht als »leichtlebig« abgestempelt sein wollte, das wußte

Inger. Aber an diesem Abend steckte sie so voller Trotz, daß sie sich nicht darum scherte. Die beiden Studenten prosteten Inger eifrig zu, und Christopher sah ihr tief in die Augen und sagte, sie erinnere ihn an Lovise Margrethe Doppen. Erst glaubte Inger, das wäre ein Filmstar und fühlte sich geschmeichelt. Aber nach und nach, als die beiden einen Namen nach dem anderen in die Diskussion einwarfen: »Nein, sie erinnert mehr an Edvarda!« »Wie bitte, Edvarda? Nein, dann schon eher Eva!«, wurde ihr klar, daß sie über Romanfiguren redeten, und zwar aus Büchern, die sie nicht gelesen hatte. Inger merkte, daß die beiden sich mit ihren Kenntnissen über sie lustig machten und spürte, daß sie untereinander wetteiferten, um sie zu beeindrucken. Sie erinnerten an zwei prahlende Gockel, wie sich so zurücklehnten und die Gläser zwischen den schmalen Fingern drehten.

»Am liebsten wäre ich wohl Gunvor Smikkstugun, glaube ich«, sagte Inger trocken, denn sie hatte gerade ›Drosseln in der Deckenlampe‹ von Alf Prøysen gelesen und war von dem frischen Mädchen in dem roten Kleid fasziniert. Gunvor war ein Mädchen nach Ingers Sinn.

Das brachte die zwei Kampfhähne für einen Moment zum Schweigen, und Inger fand, sie könnte die Pause gut dazu benutzen, um zur Toilette zu gehen. Aber als sie aufstand, blieb ihr Kleid an einem der Ziernägel am Rand des Kunstlederbezugs hängen, und Christopher mußte ihr helfen. Er zog sie anschließend auf seinen Schoß, und sie blieb genau so lange sitzen, daß alle beide begriffen, wer der Sieger geworden war, ehe sie lachend verschwand, um sich die Nase zu pudern.

Als sie an den Tisch zurückkam, war Frederik vollauf beschäftigt, eines der anderen Mädchen in dem halbdunklen Lokal zu umwerben. Sie standen an der Jukebox und zankten sich flirtend über die Platten, für die sie eine Münze spendieren wollten.

50

Später am Abend gingen Inger und Christopher Arm in Arm durch die Straßen, gefolgt von Frederik und Wenche, wie das ein bißchen mollige Mädchen mit den rotbraunen Dauerwellenlocken und dem roten Schmollmund hieß. Sie kamen durch stille Gegenden zu einer schönen Villa im Schweizer Stil am Rande der Stadt. Christopher schloß auf und bot ihnen Getränke aus der Mahagonibar seines Vaters an. Inger hatte eigentlich mehr als genug zu trinken gehabt, der »Kornjak« des Oberarztes lockte sie also nicht, aber sie nippte vorsichtig an der »Bristol Cream« seiner Frau. Frederik lächelte nachsichtig über den »Kornjak« und bot Wenche einen ordentlichen Schluck davon an, ehe er sich der genauen Untersuchung ihrer Blusenknöpfe hingab. Er selbst und der Gastgeber tranken Gin, denn für die Menge Wassers, die Christopher wagte, in die Flasche »Rémy-Martin« zu gießen, gab es Grenzen.

Sie spielten Platten und tanzten Wange an Wange zu schleppender Tangomusik. Inger schaute sich verstohlen um, beeindruckt von all den schicken Sachen, aber meist tanzte sie mit geschlossenen Augen, die Arme um den Hals ihres Tanzpartners geschlungen. Tief in ihrem Innern hob die Vernunft einen warnenden Zeigefinger, aber sie nahm noch einen Schluck von dem süßen braunen Sherry und achtete einfach nicht darauf. Sie hörte nur noch Christophers kosende, werbende Worte, als er sie geschickt in das Schlafzimmer seiner Eltern lancierte und sie sanft auf das große Doppelbett warf.

Dann ging alles ganz schnell: ein Küssen und Tasten und Herumfingern an Knöpfen und Reißverschlüssen und Hosengummis, alles in einem Tempo, als wäre ihnen die Moral persönlich auf den Fersen. Inger schaffte es gerade noch zu sagen, daß er in der Kurve abspringen müsse, dann merkte sie, hier war der Weg für Kurven zu kurz, er war im Ziel, ehe sie eigentlich wußte, ob sie das alles wollte. Und dann ging ihr auf, dieser höfliche Mann von Welt mit allen seinen Büchern und Auslandsstudien war nichts als ein unerfahrener kleiner Junge, der aus Dankbarkeit über seine Einführung in das große Geheimnis an ihrer Schulter Tränen vergoß.

Anschließend war er richtig süß. Er nahm sich Zeit, ihr alle die unorganisierten Kleidungsstücke in Ruhe auszuziehen und er betrachtete ihren Körper mit einer Ehrfurcht, die sie rührte. Aber auch dieses zweite Mal schaffte er es gerade noch, dann war das Ganze schon überstanden. Eigentlich war auch Inger hochbefriedigt – von dem einen Mal konnte man ja wohl kein Kind bekommen, dachte sie. Obwohl sich trotzdem eine leichte Unruhe unter den Reigen mischte, mit dem in ihrem Kopf sich alles drehte. Außerdem wurde ihr plötzlich schlecht, und er half ihr ins Bad. Dort hob er den Deckel mit dem rosa Plüschbezug – hast du so etwas schon mal gesehen! – und hielt ihr den Kopf, während sie sich in die hellgrüne Toilettenschüssel übergab.

Anschließend fühlte sie sich ein bißchen besser, und sie schliefen nebeneinander unter den leichten, weichen Daunendecken. Inger wachte mit furchtbaren Kopfschmerzen auf, und Christopher wurde mit einem Mal zum tüchtigen Arzt, der Aspirin verordnete und ein Duschbad in der schicken grünen Badewanne. Wäre ihr nicht so elend gewesen, hätte Inger die Dusche sicher sehr genossen – so müßte es sein, wenn man in einem feinen Hotel übernachtete –, aber jetzt war ihr nur schlecht, und sie wollte so schnell wie möglich nach Hause.

Er war nett und begleitete sie durch das morgendliche Vogelgezwitscher zum ersten Bus, der um viertel nach fünf vom Busbahnhof aus ging. Dieser frühe Arbeiterbus sollte die Männer im Landesinnern zur Arbeit auf der Werft in der Stadt abholen. Jens-Julius hatte heute morgen zum Glück keinen Dienst, und darüber war Inger heilfroh. Sie hatte nicht den Wunsch, jetzt Bekannten zu begegnen.

Christopher mit ph bat nicht darum, sie wiederzusehen, und auch wenn sie das nicht anders erwartet hatte, merkte sie durch ihre Übelkeit und das pochende Kopfweh hindurch, daß sie ein bißchen enttäuscht war. Aber er war rührend liebenswürdig, und als er sie zum Abschied auf die Wange küßte, schaute er sie dankbar aus seinen samtbraunen Augen an, ehe er davonschlenderte, während die Morgensonne in seinem blauschwarzen Haar spielte. Als der Bus aus der Haltebucht fuhr, drehte er sich um und winkte ihr ein letztes Mal zu.

Inger kroch auf den Sitz des Busses und lehnte Arm und Kopf gegen das kalte, glänzende Metall oben an der grünen Rücklehne. Sie steckte voller merkwürdiger Gefühle, aber vor allem hatte sie einen furchtbaren Kater. Sie schloß die Augen und dachte ähnlich wie Scarlett O'Hara in ›Vom Winde verweht‹, das sie kürzlich gelesen hatte: »Daran will ich jetzt nicht denken. Ich will morgen daran denken, dann gelingt mir das besser.« Gut, daß sie nicht ›Vom Winde verweht‹ angesprochen hatte, denn dann hätte sie sich ziemlich blamiert. Das herablassende Lachen zu hören, als sie vorsichtig fragte, welche Bücher »Raskolnikov« geschrieben habe, war schlimm genug.

Der Bus rumpelte die Kurven entlang. Es war zeitig im Frühjahr, und die Erde zeigte jetzt an einigen Stellen einen Hauch von Grün. – Winterweizen oder vielleicht Roggen, konstatierte Inger automatisch, als sie während der dreiviertel Stunde, die der Bus brauchte, zusammengerollt und halb schlafend auf ihrem Sitz gegen die Übelkeit ankämpfte. Dann hielten sie an der Milchrampe von Lund. Sie hängte ihre Tasche über die linke Schulter und begab sich auf die Dorfstraße.

Nachdem sie über den stillen Hofplatz von Lund gegangen

war – Peder schlief noch, und Harriet war sicher im Stall –, bog sie von der Straße ab und kletterte mit ihren hohen Absätzen durch das welke Laub den Bjørnebærhang hinauf. Sie überquerte das Grundstück, das ihr und Hans gehörte und mit Stöcken in jeder Ecke markiert war, und ging weiter den Blåveishang hinauf. Es lag kaum noch Schnee, nur am Waldrand gab es noch einige graue Reste. Sie schabte die oberste, schmutzige Lage ab und füllte beide Hände mit Schnee und badete ihr Gesicht in der eiskalten, körnigen Masse. Dann setzte sie sich auf einen Baumstumpf, zog den Rock bis zur Hüfte hoch und übergab sich zwischen ihre Beine auf das braune, trockene Laub.

Anschließend breitete sie Laub über die grüne Galle, die sie erbrochen hatte, und wechselte zu einem anderen Baumstumpf. Dort saß sie lange, die Hände um die hochgezogenen Knie geschlungen und den Kopf auf dem glatten Kleiderstoff ruhend, während ihr die Bilder des vergangenen Abends durch den Kopf gingen. Sie mischten sich mit Bildern von Hans, von dem Haus, das sie bauen wollten, und von ihrem Job hinter dem Tresen des Geschäftes von Kaufmann Berg, wo sie in den letzten drei Jahren Mehl und Zucker in weiße und braune Papiertüten abgewogen hatte, soviel die Kunden verlangten.

Die Bilder flossen in ihrem Kopf ineinander und wurden zu einem Traum, in dem sie über einen Tanzboden schwebte, an Reihen ledergebundener Bücher entlang, in den Armen eines Mannes, der Ähnlichkeit hatte mit Rhett Butler. Sie stolperten immerzu, denn die Musik hatte einen falschen Takt, nicht den eins-zwei-drei-Walzertakt, sondern eine merkwürdig bekannte Melodie in Stakkato, die eins-zwei-drei-vier-fünf-sechs-sie-hie-ben wiederholte, wieder und wieder. Das war Hans, der zählte, während er Tausende von winzigen grauen Stöcken einschlug, die einen Zaun um ihr Haus bilden sollten.

Sie erwachte, steifgefroren, von den Tönen einer Goldammer, die auf einem Zweig über ihrem Kopf saß. Die Tasche war von ihrer Schulter geglitten, und eine große unbeholfene Wanze saß wie paralysiert auf dem glatten weißen Plastik. Inger wischte sie weg, erhob sich und pflückte Leberblümchen, die sie zerstreut und halb automatisch zu einem Sträußchen ordnete, während sie nach Hause ging. Was die Mutter sagen würde, wenn sie um diese Tageszeit nach Hause kam, daran wagte sie nicht zu denken.

51

In den folgenden Wochen und Monaten dachte Inger wenig an Christopher mit ph wie in Alphorn. Schuldbewußt verbannte sie die Gedanken an das kleine Abenteuer aus ihrem Kopf und konzentrierte sich auf einen verliebten und fordernden Hans. In den Baumwipfeln sang der Frühling, und in Hans' altem Taunus knirschten die Sitze, wenn sie auf dem Rücksitz »die Post abgehen« ließen, während sie das Auto weit drinnen auf dem Holzweg geparkt hatten, draußen auf der Heide. Die Übung stellte eine so große physische Herausforderung dar, daß die Kurve, in der Hans abspringen sollte, immer öfter zwischen ihren verrenkten, verschlungenen Gliedmaßen verschwand. Ihm brachte das gleichzeitig einen rauschenden Höhepunkt, während Inger sich immer öfter dabei ertappte, wie in ihrem Kopf und hinter ihren zusammengekniffenen Augen eine Strophe irgendeines Schlagers herumschwirrte.

Die Worte »Got myself a cryin', talkin', sleepin', walkin' livin'doll« drehten sich, lebhaft begleitet von Hans' Stöhnen, in ihrem Kopf.

Übelkeit und Schwindel traten erst einige Wochen später auf.

Auf den halbfertigen Dachgiebel war ein Richtkranz gesetzt worden, und Hans feierte am Bjørnebærlia Richtfest. Inger saß indessen mit Milda und den Schwestern zu Hause auf Rønningen zusammen, um eine rasch vorverlegte Hochzeit zu planen.

Ins eigene Haus einzuziehen gab Inger die gleiche Zufriedenheit, wie sie sie damals spürte, wenn sie sich geradezu auf das Spielhaus unten im Garten auf Ås warf, das die kinderlose Mathilde seinerzeit bauen ließ, um Mildas Schwester Ragnhild zu sich zu locken. Nachdem sie energisch Hallvard und Anne-Grete, ihre kleinen Geschwister, vertrieben hatte, die gewöhnlich gemeinsam mit Solfrid und Nils-Jan ziemlich wild in der kleinen Puppenstube hausten, wirbelten Inger und die Schwester Karin mit Besen und Lappen und Seifenwasser durch die winzigen Räume. Sie schrubbten und wuschen, räumten auf und stellten frische Blumen hin, und die kleinen Mädchen erhielten strenge Anweisungen, wie sie Ordnung zu halten hatten. Die Jungen, die hatten sich rauszuhalten. Es dauerte selten länger als einen Tag, bis das Spielhaus wieder sein übliches Räuberhaus-Gepräge zurückgewonnen hatte, und Inger und Karin konnten aufs neue loslegen – wenn sie Lust dazu hatten.

Und dann ging Inger plötzlich mit ihrer eigenen kleinen Puppe im Bauch umher und versorgte ein eigenes Haus, mit ihren gerade mal zwanzig Jahren. Denn versorgen, das war es, was sie tat. Und sie versorgte Hans, solange er zu Hause war – er gewöhnte sich rasch daran, und als er abfuhr, sorgte sie für sich selbst und die Freundinnen, die vorbeischauten. Daß Hans abreiste, machte ihr nichts aus. Sie hatte am Haus und an den Freundinnen genug. Ja, und dann natürlich an den Eltern und den vielen Geschwistern. Jedenfalls am Anfang. Mit der Zeit kam es schon vor, daß sie ihre Arbeit hinter dem Tresen bei Kaufmann Berg vermißte, manchmal so heftig, daß sie losziehen mußte, um sich eine Wochenzeitung zu kaufen und einen Schwatz über den Tresen zu halten.

Aber im großen und ganzen hatte sie genug zu tun mit Windeln säumen und Babysachen stricken, die Mutter oder die Freundinnen oder vielleicht Harriet Lund zum Kaffeetrinken zu besuchen und Haus und Garten schön ordentlich zu halten. Und als Tochter Nummer zwei ankam, nur gut ein Jahr nach der ersten, hatte sie endgültig genug zu tun.

Mutter von kleinen Kindern zu sein, fiel Inger leicht. Sie hatte Kinder immer gern gehabt und war unter vielen Geschwistern aufgewachsen. Selbstverständlich wollte sie selbst auch viele Kinder haben. Auf jeden Fall vier, hatte sie oft gedacht. Deshalb war die große Unlust, die sie diesmal verspürte, ihr ganz fremd. Aber das hing wohl damit zusammen, daß es ihr immer schwerer fiel, Hans' Frau zu sein. Herrgott noch mal, er trank ja ununterbrochen! Dieses Mal war die Tour auf See nur kurz gewesen, und der Aufenthalt an Land länger als üblich. Hans hatte keine Beschäftigung und war ihr immer zwischen den Füßen herumgelaufen, während er sehnlich auf eine neue Heuer wartete. Er trank aus lauter Langeweile, oder um die Rastlosigkeit zu betäuben, einen über den Durst, anfangs am Abend, wenn die Kinder im Bett waren, aber nach und nach auch am Vormittag. Die letzten Wochen waren schon strapaziös genug gewesen, aber die Wochenenden waren am schlimmsten, denn da war es noch leichter, Zechkumpane zu finden.

Wie sie da mit den Armen vor der Brust gekreuzt auf dem Fahrrad fährt, fühlt Inger beim Gedanken an die polternde, aufgedunsene Gestalt ihres Ehemanns einen solch heftigen Widerwillen, daß sie spürt, wie sich die Kopfhaut zusammenzieht, und eine plötzliche Übelkeit schießt ihr sauer hoch in den Mund. Igitt!

Vermutlich wird er sturzbetrunken mit dem letzten Bus aus der Stadt zurückkommen, nuschelnd unter der Decke nach ihrem Körper greifen und über ihre Abweisung tief gekränkt sein. – Früher war sie sich nie zu fein dafür, früher, als sie noch jung und wild waren, hä hä. Weiß sie denn nicht mehr … und dann kommen seine Geschichten, so direkt und so plump, daß noch das kleinste positive Gefühl, das sie für ihn empfunden haben mag, verschwindet. – Oh, wenn er doch nicht so dumm wäre! Wenn sie Glück hat, schläft er schnarchend ein, ehe er noch sehr weit gekommen ist mit dem rohen Gerede. Aber oft muß sie aufstehen und in die Küche gehen, um dem zu entgehen, was sie inzwischen als Übergriff empfindet und ihm schon früher nur widerwillig zugebilligt hat.

Das ist fast die einfachste Lösung, findet Inger, mit dem Kopf zur Seite gewandt daliegen und sich immer wieder irgendeine Popmelodie vorzusummen, während der Mann schwitzend und stöhnend zum Höhepunkt kommt, sich auf die andere Seite wälzt und augenblicklich in einen komaähnlichen Schlaf fällt. Inzwischen weiß sie ganz genau, wann sie ihn notfalls noch folgenlos an sich heranlassen kann – es ist lange her, seit sie sich mehr Kinder mit Hans wünschte. Aber daß sie es als eine derartige Katastrophe empfinden würde, wenn sie schwanger würde, das hätte sie nie gedacht.

Nicht vor jenem schicksalsschweren Krankenhausbesuch im Winter. Einerseits ist sie froh darüber und andererseits wünscht sie sich, sie hätte niemals angeboten, Solfrid und den kleinen Jakob ins Krankenhaus zu fahren, damals, um Lars zu besuchen. Aber sie hat es nun einmal getan.

52

In den Tagen nach dem Besuch im Krankenhaus ging Inger umher und dachte, daß es beim letzten Mal ein genau so schöner Tag im Frühling gewesen sein muß. Nur war es dieses Mal ja Winter, und Hans saß mit einem Pils am Küchentisch.

Er maulte die ganze Zeit schon: weil sie gehen würde, weil sie das Auto nehmen würde und weil er auf die Kinder aufpassen mußte. Aber Inger setzte ihren Willen durch, das heißt, sie fuhr Hans und die Mädchen zur Schwiegermutter, wo ihnen der Duft nach frisch gebackenen Pfannkuchen schon auf der Treppe entgegenschlug und sie alle drei in gute Laune versetzte. Denn was in aller Welt konnte sich mit den Pfannkuchen und der selbstgemachten Heidelbeermarmelade der Großmutter schon messen?

Als sie das Auto wendete, schaute Inger zurück, und beim Anblick ihres ziemlich dicken Mannes auf der Treppe, ein Mädchen an jeder Hand, ein blondes, ein dunkles, bekam sie ein schlechtes Gewissen – und er tat ihr leid.

»Er ist ja ein großes Kind!« dachte sie, gleichzeitig bestürzt und traurig. »Herrgott, ich lebe ja mit einem Kind zusammen!«

Aber Hans ist nett. Doch, er *ist* nett. Wenn er nicht trinkt, ist er nett und manchmal sogar richtig charmant, wie damals, als sie sich vor dreizehn Jahren begegneten – Jesses, ist das dreizehn Jahre her? Und er liebt seine Kinder.

An jenem Tag im Winter war er erst seit kurzem zu Hause, und es war noch nicht so schlimm gewesen, erinnert sich Inger. Wie sie da mit Ragnhild und Solfrid und dem kleinen Jakob zur Stadt fuhr, hatte sie sich so froh und optimistisch gefühlt wie schon lange nicht mehr. Hans hatte den Taunus aufgegeben und einen fast neuen blauen Amazon gekauft. Und Inger hatte im Sommer durchgesetzt, daß sie den Führerschein machen konnte.

»Es wird schon einen Ausweg geben. Er kann doch nicht immer so weiter trinken. Und dann ist er ja auch mal wieder auf See.« Inger hat sich nie zu lange mit Unannehmlichkeiten aufgehalten. Solfrid und Harriet waren die einzigen, mit denen sie über die Alkoholprobleme ihres Mannes redete.

Jetzt drehte es sich schließlich um Lars. Er hatte vier Schockbehandlungen bekommen, und es schien, als wäre er so langsam auf dem Weg aus der tiefsten Depression heraus. Die Medizin, die er bekam, tat wohl das ihre dazu. Vor ein paar Tagen hatte er darum gebeten, den kleinen Jakob zu sehen, und jetzt sollten sie sich auf dem Korridor treffen.

Das Wiedersehen zwischen Großvater und Enkel zu beobachten, war ganz besonders rührend. Jakob war von der Fahrt ziemlich aufgedreht und wollte am liebsten auf dem langen Flur hin- und herrasen, an dessen einem Ende die Besucherecke lag, eine Sitzgruppe mit schmutziggelben Kunstlederbezügen. Aber als Lars hinter Ragnhild aus der Tür trat, wurde Jakob plötzlich ganz andächtig und wollte nur noch auf Großvaters Schoß sitzen. Lars hatte für ihn in der Krankenhauswerkstatt einen kleinen Holzzug gebastelt, und Jakob saß still auf dem Schoß und ließ den Zug fast während des gesamten Besuchs auf seinem Jackenärmel auf und ab fahren.

Merkwürdigerweise erkannte Inger den großen Mann im weißen Kittel auf die lange Entfernung wieder, noch ehe sie sein Gesicht von Nahem sah. Nicht weil sie an ihn gedacht oder weil sie erwartet hatte, ihn zu sehen, wobei das ja gar nicht so abwegig gewesen wäre. Würde er irgendwo auftauchen, müßte das ja am ehesten im Krankenhaus sein, denn er hatte selbstverständlich längst sein Studium abgeschlossen. Aber wenn sie in den letzten Jahren an Christopher gedacht hatte, dann beinahe wie an einen gesichtslosen Fehltritt. Tatsächlich konnte sie sich an seine Züge nicht klar erinnern und mußte blitzschnell im Tagebuch des Gedächtnisses zurückblättern, ehe das Bild an seinen Platz fiel und ein Hauch von Rot Hals und Wangen überzog.

Er aber brauchte offenbar nicht zu blättern, bemerkte sie mit Erstaunen, als er sich der kleinen Gruppe um den Tisch am Fenster näherte. Es sah so aus, als wollte er an ihnen vorbeigehen, er hatte schon den Schlüssel zur Tür der Station in der Hand, überlegte es sich aber kurzentschlossen anders –

bei ihrem Anblick? Jedenfalls kam er heran und wechselte ein paar Worte mit Lars und Ragnhild, während sein Blick, neugierig und vielleicht eine Idee scheu, Inger streifte.

»Er erinnert sich an mich«, dachte Inger, beinahe ein wenig verwundert, und dann: »Vielleicht vergißt man die Erste nicht so leicht.« Wieder spürte sie die Röte warm auf Hals und Gesicht.

Anfangs machte er keine Anstalten zu zeigen, daß sie sich schon begegnet waren, er sprach nur ein bißchen über Lars' Zustand, ehe er sich zu Jakob beugte und ihn halb scherzhaft mit Handschlag begrüßte. Aber dann richtete er plötzlich seinen Samtblick auf Inger und fragte lächelnd, ob sie ihn nicht wiedererkennen würde. Das wirkte so offen und so direkt, daß ihr blitzschnell durch den Kopf schoß – o Gott, jetzt platzt er mit der ganzen Geschichte heraus! Und bei dem Gedanken lächelte sie wie ein schüchterner Teenager. – Ja, doch, sie erkannte ihn. Sie kam so weit zu sich, daß sie den anderen erklären konnte, er sei ein Studienkollege von Frikken Wang gewesen, dem Sohn ihres Arztes, und damit hatten die anderen etwas, worüber sie reden konnten, bis sie sich etwas gefaßt hatte.

Ja, so viel mehr war dann nicht gewesen. Er hatte sie alle so herzlich angelächelt, ehe er sich umdrehte und in der Abteilung verschwand. Und er hatte – wiederum an alle gerichtet – gesagt, wenn etwas wäre, sollten sie einfach anrufen. Und dann war ihm sein Schlüsselbund runtergefallen, als er die Tür aufschließen wollte. Sein Haar schimmerte blauschwarz, als er sich bückte, um ihn aufzuheben.

Du liebe Güte, da konnte man doch wohl seinen Seelenfrieden verlieren! Seither hat Inger jeden Tag an ihn denken müssen. Und sie waren ja damals nicht einmal verliebt gewesen, es war eine zufällige Begegnung an einem Abend im Frühling vor acht Jahren. Sie mußte ja verrückt sein, auf einmal herumzulaufen und an ihn zu denken, wo sie das früher doch auch nicht getan hatte. Aber, Gerechter! Daß sie diese braunen Augen vergessen konnte! Nein! Natürlich hat sie diese Augen nicht vergessen! Auch wenn sie es sich noch so sehr gewünscht hat, sie zu vergessen.

Inger seufzt und hebt für einen Moment den Blick vom Weg, ohne nach dem Lenker zu greifen. Sie kann noch immer meisterhaft die Balance halten auf dem Rad, so wie sie mit geradem Rücken und überkreuzten Armen auf dem Fahrradsattel sitzt. Aber das, was sie sieht, als sie einen raschen Blick nach Ås hinauf wirft, wohin sie unterwegs ist, um mit Sol zu plaudern, bringt sie vollkommen aus der Fassung und läßt das Rad mächtig ins Schwanken geraten, bis sie automatisch nach den grauen Griffen am Lenker packt. Mit einem erschrockenen Ausdruck in den weit aufgerissenen Augen, die ganz auf die kleine Gestalt dort am höchsten Punkt der Leiter gerichtet sind, fliegt sie kopfüber über den Lenker und in den Graben.

53

Jakob, das bin ich. Wenn ich mich am Abend ins Bett lege, bin ich Mutters müder kleiner Jakob, für den sie Lieder singt. Oder sie erzählt von damals, als sie klein war, zusammen mit meinem Vater.

»Wo war ich da?« frage ich, »Wo war ich, als du klein warst und mein Vater, der Junge im Album, hier war und in meinem Zimmer wohnte?«

»Du warst nirgendwo«, sagt Mutter und streichelt mir übers Haar. Da weine ich, denn ich will nicht nirgendwo sein. Es ist gemein, nirgends und nichts zu sein.

»Du warst in einem Traum von mir«, sagt Mutter da. »Du warst in einem Traum, von dem ich noch nicht einmal

wußte, daß ich ihn träumte. Der war so schön und so spannend, daß ich mir nicht vorstellen konnte, daß er wahr werden würde.«

»Aber warum weinst du denn, wenn es so ein schöner Traum war?«

»Ich weine wegen deines Vaters, weil er ihn nicht erleben konnte. Denn er hat den gleichen Traum geträumt.«

»Ohne davon zu wissen?«

»Ja, ohne davon zu wissen. Schlaf jetzt, mein Kind.«

Wenn ich schlafe, träume ich von meinem Vater, der der Junge im Album ist. Wir laufen zusammen über die Jakobswiese, und die weichen roten Halme kitzeln uns am Bauch und schlagen uns um die Ohren, wenn wir uns hineinstürzen und die Arme um den Leib des anderen geschlungen haben, denn wir spielen, wir würden uns prügeln. Wir rollen über die Wiese und sehen jedesmal für einen kurzen Augenblick den blauen Himmel über uns, wenn wir mit dem Rücken auf der Erde liegen, und wir lachen und lachen und lachen.

Aber dann ist er nicht mehr mein Junge. Meine Hände sind ganz leer, und da kommt ein großer schwarzer Mistkäfer angekrochen. Der sieht mich mit seinen scheußlichen Augen an, und ich bekomme solche Angst, daß ich schreie und aufwache. Ich schreie, bis Mutter angelaufen kommt und mich auf den Schoß nimmt und fragt, was ich geträumt habe.

»Ich habe von einem schwarzen, gefährlichen Mistkäfer geträumt, der mich holen will.«

»Aber Käfer sind nicht gefährlich, mein kleiner Jakob«, sagt Mutter, »Mistkäfer sind nett, die graben in der Erde und sind nützlich und stechen nicht wie Wespen, Bienen oder Hummeln.«

»Ja, aber der *war gefährlich«, weine ich. Denn das war ein großer und gefährlicher Mistkäfer, nicht so einer wie der, den*

wir im Blumenbeet gesehen haben, zwischen den Stiefmütterchen, und den Mutter über ihre Hand krabbeln ließ.

Da darf ich für den Rest der Nacht mit in Mutters Bett. Ich liege in ihrer Armbeuge und höre, daß sie schläft und daß ihr Atem einen merkwürdig hohen flötenden Ton bildet. Dann ist mein Vater da, er, der der Ton im Wind ist und von dem nur ich weiß. Er kommt von nirgendwo und bläst den wehmütigen Ton in mein Ohr, bis ich einschlafe.

54

Im Alltag gelingt es ihr nur manchmal, sein Gesicht für Momente aufblitzen zu sehen. Sein Gesicht, im Halbdunkel des Stalls, wenn sie sich über den Mehlkasten beugt, um mit der verbeulten alten Blechkelle Mehl für den Kälbertrunk zu schöpfen. Manchmal aber sieht sie auch seine ganze Gestalt auf dem Weg über den Hof hinunter zum Stall. Die Bilder können so echt sein, daß Solfrid von einem Schreck durchzuckt wird, doch gleichzeitig sind sie vage und unmöglich zu fassen wie die Nebelschleier über der Jakobsau an einem Hochsommerabend.

In ihren Träumen aber ist er nahe und real. Er steht neben ihrem Bett, mit dem etwas ernsten Ausdruck, den er oft hatte, und betrachtet sie lange, ohne etwas zu sagen. Dann, als er die Hand ausstreckt, um ihre Wange zu berühren, gleitet das bekannte, rasche Lächeln über sein Gesicht. Gleichzeitig, wenn sie die Augen fest auf sein Gesicht richtet, kann sie seine Hand sehen, die näher kommt. Seine Finger mit den Nägeln, die von der Arbeit mit der Erde schwarze Ränder haben. Sie denkt, er müßte sich die Nägel saubermachen, und sieht eine von Mathildes Haarnadeln vor sich, die er dafür zu benutzen pflegte. Manchmal hat er ihr eine aus ihrem Haarknoten gezupft, während sie über irgendeine Tätigkeit gebeugt in der Küche stand. Dann schimpfte Mathilde und griff sich mit einer jungmädchenhaften, beinahe verliebten Bewegung ans Haar, oder sie wedelte mit dem Abwaschlappen hinter ihm her und sagte, er solle sich benehmen, der garstige Junge.

Immer wieder träumt Solfrid von Nils-Jan, doch in dem Augenblick, wo seine Hand ihre Wange berühren soll, wacht sie auf und weint. Nie, nicht ein einziges Mal nach seinem Tod, hat sie geträumt, daß Nils-Jan sie berührt oder etwas sagt.

Aber dieser Traum jetzt ist anders. Sie liegt nicht in ihrem Bett in ihrem Zimmer, sondern im duftenden, frisch gemähten Heu in Jakobs Scheune. Ein Sonnenstrahl scheint schräg durch ein Astloch in einer Bohle rechts über ihrem Kopf. Sie kann klar den Staub erkennen, der in dem Sonnenstrahl tanzt, und sie hört den Laut des trockenen Heus, als er sich neben sie legt.

»Hallo, Sol«, sagt er so dicht an ihrem Ohr, daß sie die Wärme und Feuchtigkeit seines Atems am Hals spürt. Sie erkennt dieses Gefühl wieder, das ihr manchmal Gänsehaut verursachte, wenn er sie von hinten umarmte und ihr vorsichtig in den Nacken pustete.

»Hallo, Sol.« Und sie denkt: »Das ist ein Traum.«

Aber das ist kein Traum, denn als sie ihr Gesicht langsam zu ihm umdreht, ist er da, und er hebt den Arm und streicht ihr das Haar aus der Stirn.

Und dann sind sie zusammen, herrlich und wunderbar, wie so viele Male zuvor. Sie spürt die jubelnde Freude, ihm gut zu tun, die beinahe mütterliche Zärtlichkeit, die sie danach für ihn empfindet, während er schwer über ihr liegt und sie mit der Hand seinen Rücken streichelt. Mit ihren Fingern fühlt sie das Muttermal gleich unter seinem linken Schulterblatt. Sie streicht mit dem Zeigefinger über die kleine Erhöhung in der Haut, und etwas in ihr wacht angsterfüllt auf und weiß, daß sie sich nicht mehr an das Muttermal erinnert hatte. Plötzlich liegt er ihr so erdrückend auf dem Brustkorb, daß ihr das Atmen schwer wird. Sie legt ihre Handflächen gegen seine Schultern und schiebt ihn vorsichtig, aber bestimmt von sich, und als sie den Blick hebt, schaut sie in ein Gesicht, das sie nicht kennt.

Ein Schock durchzuckt sie, daß sie davon erwacht, und sie schiebt, halb in Panik, das Schwere, Schwarze, das ihr über Schultern und Rücken liegt und ihr so das Gefühl gibt, ersticken zu müssen, beiseite. Auf dem Fußboden der Bodenkammer sitzend, ist sie eingenickt, die Arme fest um Borgnys Keksdose geschlungen. Mathildes schwarzer Wintermantel, der vorher lose an einem der Garnspulen-Kleiderhaken über ihrem Kopf hing, war vom Haken gerutscht und auf sie gefallen. Die glänzenden Augen des Nerzes starren sie an, und es dauert einen Moment, bis Solfrid weiß, wo sie ist.

Solfrid stellt die Keksdose zur Seite und legt sich auf den Fußboden. Den Mantel knüllt sie in ihren Armen zusammen, legt die Wange gegen den weichen Pelz des Nerzkragens und bricht in Tränen aus, während sie, die Knie fest an die Brust gezogen, vor- und zurückschaukelt. »Werde ich dieses Dunkel über meinem Leben denn nie, nie, nie mehr los?«

Und urplötzlich verspürt sie eine glühende Wut! Auf Nils-Jan und auf Eric, auf das Leben, auf das Schicksal und auf Gott, der ihr all dieses Entsetzliche angetan hat. Weinend zischt sie durch ihre zusammengebissenen Zähne: »Wie konntest du so von mir gehen, Nils-Jan! Und wieso muß gerade ich so was erleben! Und Gott, du, der du so gut sein sollst, mußt du das genau mir geschehen lassen? Bin ich denn besonders schlimm gewesen? Habe ich eine solche Strafe verdient?«

Zum ersten Mal in diesen drei Jahren spürt sie, daß aus

der Trauer um Nils-Jan nun eine reine, ausgewachsene Wut geworden ist, nicht einmal mehr mit Traurigkeit vermischt, nur bittere, haßerfüllte Wut. Flüsternd schleudert sie Anklagen hinaus und Flüche, die schrecklichsten Schimpfworte, die ihr einfallen, gegen alle und jeden gerichtet, aber am heftigsten gegen Nils-Jan und den Herrgott. Und gegen Eric.

Das tut gut, und trotzdem fühlt sie sich hilflos, alles auf einmal. Gut, weil die Wut an sich wie eine Befreiung wirkt. Ja, es befreit, so viel Galle und Eiter aus sich herauszudrücken, so viele verbotene Worte zu benutzen, die sie sonst nie verwendet. Hilflos, weil es niemanden gibt, gegen den sich ihre Wut richten oder den sie physisch angreifen kann. Am Ende muß Mathildes Wintermantel dafür herhalten. Sol packt den Mantel, und mit einer heftigen Bewegung reißt sie die morsche Naht auf, bis hoch zur Mitte des Rückens.

55

Kurz darauf muß sie über ihren gewaltigen Wutausbruch schon wieder lachen. Und dann wieder weinen. Und erst da fällt ihr auf, daß Eric in diesem Traum ja gar nicht vorkam. Denn es war nicht sein Gesicht, das sie gesehen hat, es war überhaupt kein bestimmtes Gesicht.

Im Laufe dieser wenigen verliebten Sommerwochen mit Eric schien es Solfrid, als habe sie sich etwas von der Jugend und Lebensfreude zurückerobert, die sie mit Nils-Jans Tod verloren hatte. Der warme Wind, der ihr um die Ohren rauschte, wenn sie, die Arme um Erics Körper geschlungen, sich den Bewegungen des Motorrads in den Kurven anpaßte, wehte gleichsam neues und frisches Leben in ihr Dasein. Sie sei gut auf dem Rücksitz, lobte Eric sie, denn sie lehne sich in den Kurven nicht in die falsche Richtung wie die anderen Mädchen. Und nach und nach empfand sie es immer weniger als Verrat, wenn sie mit ihm die gleichen Dinge tat wie in früheren Sommern mit Nils-Jan, zu den gleichen Badestellen fuhr, auf den gleichen Wegen durch den Wald streifte.

Denn es war alles so anders. Mit Nils-Jan hatte sie nie über Politik oder Probleme in der Welt geredet. Nils-Jan interessierte sich eher für die Landwirtschaft, das Dorf und alles, womit er aufgewachsen war, während Erics Interesse der weiten, pulsierenden Welt galt, aus der er kam. Und Solfrid ließ sich von Erics Empörung über all die Ungerechtigkeiten dort draußen anstecken. Er sprach über Rassenunruhen, während sie kaum je einen Schwarzen gesehen hatte. Sie hatte während ihrer gesamten Kindheit die Walfänger ziemlich abfällig über die Schwarzen in den Hafenstädten reden hören, wie faul und unzuverlässig sie seien, und mußte jetzt recht beschämt einsehen, daß sie vieles einfach so akzeptiert hatte, ohne weiter darüber nachzudenken. In ihrer Kindheit waren Schwarze für sie gleichbedeutend mit Heiden. Meist stellte sie sie sich so vor wie die gerade glücklich Bekehrten, in abgelegten norwegischen Baumwollkleidern, die bei einem Treffen der Missionsgesellschaft mit strahlendweißen Zähnen von einem Bildband lächelten.

Solfrid vermißt Eric mehr als erwartet. Die Arme um Mathildes Wintermantel geschlungen, bleibt sie sitzen, während die Erlebnisse des Sommers als innere Bilder immer weiter an ihr vorüberziehen: Sie und Eric auf dem Motorrad. Der Wind im Gesicht und die Tränen, die er in die Augen trieb. Die Wärme seines Rückens durch die dünnen Sommersachen. Der sehnige Körper, der gleichzeitig so zart war. Tempo. Bewegung.

Sie fuhren zu Orten, an denen sie früher nie gewesen war. Einmal waren sie in Oslo, im Theater. Solfrid war nie zuvor im Theater gewesen, aber Eric bewegte sich auch dort wie ein Fisch im Wasser. Sie trug das gepunktete Kleid, das Inger geändert hatte, und zog lange Hosen unter den Rock, als es auf dem Heimweg frisch wurde, und eine Strickjacke von Lars unter den Skianorak, den sie über dem Kleid trug. Aber im Theater hatte sie nur die dünne weiße Strickjacke mit. Eric hatte ihr in der Pause ein Glas Wermut gekauft. Ihre Zunge erinnert sich noch an den leichten, prickelnden Geschmack des eiskalten Getränks.

Und sie hatte Eric auf einen bekannten Politiker hingewiesen, der ihr aus Zeitungen und vom Fernsehen bekannt war. Er stand weniger als drei Meter von ihr entfernt und redete mit jemandem, während er den Arm leicht um die Schulter einer Dame gelegt hatte, die anscheinend seine Frau war. Und sie war sich ziemlich sicher, daß die Frau, der Eric so höflich die Tür aufhielt, als sie hinausgingen, eine Fernsehschauspielerin war.

Es ist unglaublich, wieviel man in ein paar kurzen Sommerwochen erreicht, wie gut man jemanden kennenlernen kann. Wenn man verliebt ist, richtet man die gesamte Aufmerksamkeit so intensiv auf den einen Menschen, und man ist so neugierig auf ihn, daß Tage und Wochen wie Monate und Jahre wirken können.

Als er abfuhr ... Sie hatte nicht geglaubt, daß sie ihn so heftig vermissen würde. Aber als er fuhr, war sie schrecklich unglücklich. Dennoch hatte sie es nicht geschafft, sich einzugestehen, wie endgültig der Abschied war. – Ja, denn dieser Abschied ist endgültig! Es mag daran liegen, daß es unmöglich ist, sich etwas anderes vorzustellen. Oder ist es das nicht ...? Nein! Sie kann nicht daran denken, will nicht daran denken! Es ist unmöglich. Mit dem kleinen Jakob ist es unmöglich. Und es ist ebenso unmöglich, sich Eric, den rastlosen, weltgewandten Eric hier in Norwegen auf dem flachen Lande für länger als einige kurze Sommermonate vorzustellen.

Er hat ihr geschrieben und sie angerufen. Ja, in der letzten Woche hat er angerufen – aus Amerika! Ob sie nicht herüberkommen könne, nur für ein paar Wochen, nur für einen Urlaub? Sie könnte den Jungen doch mitbringen? Als ob so eine Weltreise, noch dazu mit einem kleinen Kind, etwas Alltägliches wäre. Und woher sollte sie das Geld dafür bekommen?

Aber könnte sie nicht ein bißchen jobben und Geld sparen, und dann zu Weihnachten kommen, oder auf jeden Fall zum Sommer? Durch das Herzklopfen, das ihr seine Stimme verursachte, spürte Sol die vage Irritation über seine unbekümmerten Lösungen. So einfach funktioniert das Leben aber nun mal nicht! Er würde das schon noch einsehen. Er sollte sie in Ruhe lassen und ihr eine Chance geben zu vergessen.

Gleichzeitig spürt sie eine warme Freude, daß dieser Sommerflirt offenkundig für ihn ernster geworden war, als er gedacht hatte. Und sie ist sehr bitter, daß sie – ausgerechnet sie – gezwungen ist, jemanden zu verlieren, ein weiteres Mal.

Aber stell dir vor, wenn es nicht so unmöglich wäre! Ab und zu ist es verlockend, Erics unerschütterlichen Glauben zu teilen, daß es selbst für die hoffnungslosesten Situationen eine einfache Lösung gibt. Man muß ja nur ...

Ach, aber das ist es ja gerade, wovon sie so hingerissen ist. Dieser jungenhafte Optimismus in Verbindung mit ernsthaftem Engagement und einer glühenden Empörung gegenüber allem, das er als ungerecht ansieht. Alles ist möglich. Wenn man nur stark genug *will*, ist alles möglich.

Er berichtete am Telefon, daß er an einer Demonstration gegen den Vietnam-Krieg teilgenommen hat, einen Krieg, an den sie keinen Gedanken verschwendet hätte, auf jeden Fall nicht sehr viele, wenn nicht um seinetwillen. Jetzt ist sie beinahe ebenso glühend mit dem Konflikt in jenem fernen Teil der Welt beschäftigt wie er. Sie liest die Zeitungen mit neuen Augen und stellt Fragen, wo sie früher die vorgesetzten Wahrheiten einfach schluckte.

Sie kann sie beide vor sich sehen, manchmal, er und sie auf

einer Straße in einer fernen Stadt, von der sie nur Bilder gesehen hat, mit Jakob im Sportwagen oder oben auf Erics Schultern. Junge, interessante, unbekannte Menschen, die an einem Umzug teilnehmen und lachen. Sie hat das gepunktete Kleid an und fühlt sich wie berauscht inmitten all der anderen. Sie spürt Erics Arm, der lässig um ihre Schultern liegt, fühlt, wie der leichte, unbeschwerte Rhythmus seines Körpers sich durch den Arm und in ihre Wirbelsäule fortpflanzt. Sie geht so leichtfüßig, der Asphalt bewegt sich unter ihr. Sie sind unterwegs nach …

Aber sie weiß nicht, wohin. Sie ahnt nicht, wohin, und sie weiß, daß sie nicht den Mut hat, es herauszufinden. Außerdem gibt es Jakob. Sie könnte den Jungen nie von seinen Großeltern trennen, besonders nicht von Lars. Oder umgekehrt. Sie könnte den Jungen nicht ohne all diejenigen aufwachsen lassen, mit denen er so eng verbunden ist.

Aber Kinder stellen sich so schnell um, sie vergessen so leicht. Jetzt ist sie wieder dabei. Im großen und ganzen gelingt es ihr, den Gedanken an die unlösbare Situation wegzuschieben. Aber in den letzten Tagen, seit sie Erics Stimme am Telefon gehört hat, hat sie sich rast- und ruheloser gefühlt als seit langem. Er war so weit weg, daß sie manchmal gleichzeitig redeten, weil es so lange dauerte, bis die Stimme über den Atlantik gekommen war. – »Er sollte mich in Frieden lassen!« denkt sie. Aber sie ist sich schmerzhaft bewußt, daß sie das eigentlich auch nicht will.

Solfrid dreht sich auf den Rücken um, die Arme noch immer um Mathildes zusammengedrückten Wintermantel geschlungen. Durch das halbrunde Fenster fallen die warmen Sonnenstrahlen auf sie, und wenn sie die Augen schließt und das Gesicht dem Licht zuwendet, spürt sie die angenehme Wärme auf der Haut. Sie will einen Moment so liegen, ehe sie nach unten geht und den Kaffee aufsetzt. Lars schnarcht nicht mehr, registriert sie, also ist er wohl wach. Und Jakob hat auch lange genug geschlafen. Heute abend wird er kaum ins Bett zu bekommen sein.

Sie muß sich zusammennehmen. Muß Erinnerungen und Gedanken wegschieben und sich auf den heutigen Tag konzentrieren. Oder auf morgen. Oder auf die nächste Woche, den nächsten Monat. In vierzehn Tagen fängt sie an der Frauenfachschule an. Und danach wird es vielleicht die Krankenpflegeschule, wenn sie Glück hat und angenommen wird. Ihre Eltern haben ihr einen Vorschuß aufs Erbe versprochen, damit sie sich einen alten Volkswagen kaufen kann. Und Lars und ihr Vater haben gesagt, daß sie ihr zum Geburtstag den Führerschein spendieren wollen.

Solfrid streckt sich, biegt den Nacken nach hinten und wirft einen Blick durch die staubige, gebogene Fensterscheibe. Sie sieht die Krone der großen Esche hinter der Scheune. Sie sieht, wie die Zweige sich bewegen und denkt, daß offenbar ein bißchen Wind aufgekommen ist. Es ist an sich so ein stiller und schöner Tag gewesen. Sie sollten draußen im Garten unter dem Flieder Kaffee trinken. Sie will schnell hinuntergehen und den Steintisch decken. Der Blick wandert zufällig weiter. Es tut gut, einfach so dazuliegen und nicht zu denken. Nur ein wenig schuldbewußte Zufriedenheit spüren nach diesem heftigen Gefühlsausbruch. Sie wird wohl nie mehr so starke Worte benutzen können, ohne anschließend ein schlechtes Gewissen zu haben.

Auf dem Scheunendach sitzen zwei Krähen. Das sind wohl Mutter und Kind, denn die Krähenkinder haben noch nicht aufgehört, die Eltern um Futter anzubetteln, obwohl sie längst so groß sind, daß es unmöglich ist zu unterscheiden, wer von beiden die erwachsene Krähe ist. Gegen die Scheune gelehnt steht die Leiter, die Olefejus benutzt, wenn er streicht. Und ganz oben auf der Leiter sieht Solfrid ihren kleinen Sohn, mit einer Flasche in der Hand. Sein helles Haar glänzt im Sonnenschein wie Silber.

56

Später hat jeder seine Version, erinnert jeder sich etwas anders an das, was geschah. Wer von ihnen zuerst den Jungen dort oben auf der Leiter sah, wo sie selbst – und andere – sich befanden, und was sie unternahmen. »Du standest noch ...«, »Nein, nein, das habe ich nicht getan, ich habe ...«, »Und ich kam ...«, »Und wir ...«

Sie werden tagelang, wochenlang darüber reden, miteinander und mit anderen Leuten im Dorf. Aber was sie eigentlich fühlten und dachten, werden sie wohl nie wirklich vermitteln können.

Der Schreck. Die Wut. Die lähmende Panik. Die Angst, einen so entsetzlichen Kummer zu erleben – noch einmal. Das läßt sich nicht vermitteln.

Inger erhebt sich mühsam vom Rand des Straßengrabens. Sie hat den Lenker in den Bauch bekommen. Den leicht dumpfen Schmerz im Unterleib bemerkt sie nicht. Sie setzt sich nur automatisch aufs Fahrrad, mit zitternden Händen den Lenker fest gepackt. Schwankt den Weg hinauf, die Augen auf die kleine Gestalt hoch oben gerichtet.

Sie denkt nicht, jedenfalls denkt sie nichts, was sie sich später ins Bewußtsein zurückrufen könnte. Aber durch den Kopf fährt ihr das Bild ihrer beiden Mädchen, so verschieden in allem, daß wenige sie überhaupt einer Familie zuordnen würden.

Wie lange soll es ihr gelingen, sich selbst zu betrügen? Und Hans? Er, der so stolz mit seiner ältesten Tochter angibt. Davon redet, wie gescheit sie sei, wie hübsch und wie aufgeweckt. – Und so früh dran mit allem! Die andere, die Kleine, die ihm wie aus dem Gesicht geschnitten ist, in jeder Hinsicht, um sie kümmert er sich weniger. Obwohl, ungerecht ist er selten. Er ist schnell dabei, Sonne und Wind zwischen ihnen beiden gleichmäßig zu verteilen, das tut er. Und die kleine, schlagfertige Sofie, die schon jetzt die Mutter mit ihren dunkelbraunen Augen anschauen kann, daß Inger sich fühlt, als würde der Küchenfußboden unter ihr wanken. Wie lange soll Sofie betrogen werden? Wie lange *kann – sollte – muß* Sofie betrogen werden? Müssen manche Lügen lebenslang gelten?

Vielleicht kam Inger auch ein Bild von dem neuen Kind in den Sinn, dem Kind, das sie sich nicht wünscht. Das sie noch stärker an ihren Ehemann binden wird, den sie, wie ihr klar wird, verachtet, und an ein Leben, von dem sie sich in zunehmendem Maß wegwünscht. Aber später hat sie daran keine Erinnerung.

»Herrgott! Ich habe wohl gar nichts gedacht, ich war ja nur erschrocken«, sagt Inger, wenn jemand sie fragt.

»Ich mußte an Olefejus denken«, sagt Herman, Solfrids Vater, »er war es ja, der die Leiter vergessen hat. Ansonsten habe ich an meine Sol gedacht, weißt du.«

Er hat die Trauer seiner Tochter so intensiv miterlebt. Gesehen, wie es sie vor Trauer um ihren Liebsten fast zerriß, vor seinen Augen, ohne daß er etwas anderes tun konnte, als ihr hilflos übers Haar zu streichen und zu murmeln, »meine Sola. Meine arme Sola«. Daß Nils-Jan bei ihm und Gudrun von Kindesbeinen an aus- und eingegangen und für sie bald wie ein Sohn gewesen war, machte es selbstverständlich nur noch schlimmer. Doch seine Trauer um den jungen Mann war nicht so groß wie der Schmerz, hilflos die Trauer seiner Tochter erleben zu müssen.

Er ist ein so intuitiver Mensch. Er liebt sie alle beide, Frau und Tochter, mit einer instinktiven Liebe, die in einem starken Verlangen zu beschützen ihren Ausdruck findet. Für seine Mitmenschen bleibt dieser Beschützerinstinkt oft unbemerkt, denn er äußert sich meist etwas unbeholfen. In all den Jahren ist er zu den Zeiten, wenn die Depressionen Gudrun tränenerstickt unter die Bettdecke trieben, vollkommen abhängig gewesen von den Frauen ringsum. Denn in allem, was mit Haus und Heim zu tun hat, ist er gänzlich hilflos.

Dennoch war er es, der Sol durch ihre gesamte Kindheit hindurch einen soliden und erdverbundenen, unerschütterlichen Glauben ans Dasein vermittelt hat, eine Geborgenheit und Sicherheit, daß ihr nichts Böses geschehen könne, solange ihr Vater da sei. Und dann hat es sie trotzdem getroffen.

Es war ihm unmöglich. Unmöglich, sich dazu zu verhalten, unmöglich, darüber zu reden. Er konnte ihr nur immer wieder übers Haar streichen und ihr bei seinen verzweifelten Versuchen, sie zum Lächeln zu bringen, traurig-heiter zublinzeln. Wehmütige Lieder auf seiner Mundharmonika spielen und darauf warten, daß die Welt einst wieder besser zu verstehen sein würde.

Herman liebt auch sein kleines Enkelkind, das dort auf der obersten Stufe der Leiter an der Scheune steht und schwankt. Aber er denkt nicht an den Jungen. Er denkt an Sol.

Ragnhild erinnert sich später, daß sie mit einer geradezu lähmenden Wut reagierte. Sie hat so viele Kinder verloren. Sieben Fehlgeburten hatte sie, die beiden ersten schon, ehe Lars und sie verheiratet waren. Die beiden letzten Male hatte sie sogar schon Leben gespürt.

»Man trauert nicht um ein Kind, das man nicht an der Brust gehabt hat«, pflegten die Alten im Dorf zu sagen. Was wußten sie schon davon! Noch immer kann Ragnhild abends, wenn sie sich hingelegt hat, darüber fabulieren, wie es wäre, ein Kind zu bekommen. Ein kleines, lebendiges Kind auszutragen, zu gebären und zu stillen. Solfrid und den kleinen Jakob hier im Haus zu haben, hat diesen Traum und den Wunsch danach eher noch verstärkt. Jetzt hat sie angefangen, monatliche Blutungen zu überspringen. Sie ist über fünfzig Jahre alt, und kann noch immer nicht von der heimlichen Erwartung lassen. – Stell dir vor ... Es sind früher schon Wunder geschehen ... Und die Ärzte wissen heute so viel mehr. Wenn sie nur schwanger werden könnte, noch ein Mal, ehe es unwiderruflich zu spät ist. Das sind Gedanken, die sie mit niemandem teilt, nicht einmal mit Lars. Nein, letztendlich am allerwenigsten mit Lars. Hin und wieder spürt sie bei diesen Gedanken eine überwältigende Einsamkeit.

In all den Jahren hat sie miterlebt, wie ihre Schwester Milda ein Kind nach dem anderen ausgetragen hat, neun waren es schließlich, gesunde und wohlgestaltete, lebhafte Kinder. Der jüngste von ihnen, Olefejus, er hat die Leiter an die Scheune gestellt. Und Ragnhild verspürt urplötzlich einen solchen Zorn auf die Schwester, die rundliche, gutherzige Milda, und gegen die ganze Kinderschar in Rønningen – sie sind alle miteinander erwachsen –, daß Ragnhild, als Inger bei ihr ankommt, das Fahrrad wegwirft und sie impulsiv in den Arm nimmt, sie mit Augen anschaut, die schwarz sind vor Haß. Aber Inger bemerkt das nicht. Sie ist zu sehr von dem Kind auf der Leiter beansprucht. Und später hat Ragnhild es vergessen.

Solfrids Mutter Gudrun, Jakobs Großmutter, sieht den Jungen dort oben auf der Leiter wackeln, und sie weiß selbst nicht, daß in dem Augenblick, wenn er fällt – *wenn* er fällt – sich ihr Ausdruck, ihre Haltung von unentschlossener, ängstlicher Unsicherheit zu entschlossener Ruhe verwandeln wird. Wie damals, als Nils-Jan vor über drei Jahren starb. Wie stets bei den wenigen Gelegenheiten, wenn das Leben von ihr Entschlußkraft fordert. Sie, die sich fortwährend deprimiert die Decke über den Kopf zieht, wird sie dann zur Seite schlagen, die Füße auf die Erde stellen und sich tatkräftig der Wirklichkeit stellen.

Den größten Teil ihres Lebens hat sie damit zugebracht, den lieben Herrgott inständig zu bitten, all die entsetzlichen Katastrophen abzuwenden, von denen sie jederzeit erwartete, daß sie ihre Nächsten treffen würden. Sie hat gehört, wie die Kreissäge heulte, als Herman in dem niedrigen grauen Gebäude Bohlen schnitt. Vor Angst schweißgebadet, hat sie sich die Decke über die Ohren gezogen und monoton zu den zusammengepreßten, gefalteten Händen hin gemurmelt: »Lieber Gott! Laß die Säge nicht ... Laß ihn sich nicht die Hand ... den Arm ... das Bein ...«, während die schrecklichsten Bilder von Verstümmelung und Blut, Tod und Begräbnis hinter ihren fest zusammengekniffenen Augen vorbeizogen. »Lieber Gott! Laß nicht ... Mach nicht ... Lieber, guter Gott, straf mich nicht!«

An dem Tag, als ihr Mann nach Hause gewankt kam, nicht von einem heulenden, lebensgefährlichen Sägeblatt malträtiert, sondern von einem Hieb mit der Axt, so tief, daß sie durch das dunkle, halbwegs geronnene Blut bis auf den nackten, grauweißen Schenkelknochen sehen konnte, auf abgerissenes Muskelgewebe und die große klopfende bläuliche Pulsader – die er um Haaresbreite verfehlt hat –, empfing sie ihn mit einer Ruhe, die alle verblüffte. Sie verband und pflegte sein Bein und dankte freudig dem lieben Gott, daß es nicht schlimmer ausgegangen war.

Als Herman und sie vor vielen Jahren mit der Aufzucht von Küken begonnen hatten, verbrachte sie Tage und Nächte unter der Decke, und stellte sich vor, was alles schiefgehen und den finanziellen Ruin verursachen könnte. Aber als der Blitz in einen Transformator einschlug und der ganze Ort ohne Strom war, stand sie auf, jagte Mann und Tochter aus den Federn und ließ sie all die frisch geschlüpften Küken aus dem Wärmeofen in die warme Küche holen, wo sie die ganze Nacht damit zubrachte, die verschreckten kleinen Küken ununterbrochen in Bewegung zu halten, um zu verhindern, daß sie sich in einer Ecke zusammendrängten und erstickten.

»Wenn ihr Glaube habt wie ein Senfkorn.« Ihr Leben lang hat sie die sanfte Stimme ihres Vaters, des Predigers, im Ohr und ständig seine Hand über ihrem Haar gespürt: »Wenn ihr Glaube habt wie ein Senfkorn.« Schwächer war er in den Phasen, wenn die schwarze Depression ihren Alltag lähmte. Aber das soll Kräfte stärken, um den Glauben weiterzutragen, so felsenfest wie der, den sie aus dem Elternhaus mitbrachte. Und der Glaube an Tod und Verderben hat immer mehr Platz bekommen als der Glaube an Seligkeit und Frieden.

Wie ein vom Wind gepeitschter Strohhalm hat sie flach auf der Erde gelegen, handlungsunfähig. »Wenn ihr Glaube habt wie ein Senfkorn. Lieber Gott, straf mich nicht!«

Aber die wenigen Male, als ein Sturm wirklich ihr Leben heimsuchte, erhob sie sich trotzig und wandte das Gesicht entschlossen dem Wind zu.

Lars hat so lange nach einem Sinn gesucht. Nach einem Glauben. In langen schlaflosen Nächten hat er wie der Jakob der Bibel gegen etwas Namenloses gekämpft – Freund oder Feind, er weiß es nicht. Er hat vergeblich auf einen Morgen gewartet, einen Lichtstreifen, auf das Erlebnis von Einsicht, auf das, was Solfrids Mutter »Erkenntnis der Wahrheit« nennt. Heimlich, beinahe beschämt, hat er in Mathildes alter Bibel gelesen, allein in der Küche, während der Wintersturm um die Hausecken pfiff. Er hat von Esther gelesen, die die Juden vor König Ahasvers Zorn verbarg, nicht, indem sie um Schonung und Frieden bat, sondern indem sie Vergeltung und Rache forderte. Er hat von den endlosen Heimsuchungen Hiobs gelesen und von Jakobs Ringen mit Gott. »Ich lasse dich nicht, du segnest mich denn!«

Manchmal hat er eine Art Erlösung aufblitzen sehen und beinahe sicher gespürt, daß es mehr gibt als nur das Leben hier. Und daß es eine andere Macht gibt, die lenkt. Aber nur für kurze Momente. Wie ein Ertrinkender unter einer Eisdecke hat er hilflos und verzweifelt nach der Öffnung im Eis gesucht.

Jetzt sprengt er die Eisfläche in einer einzigen Sekunde und sieht mit glasklarer Einsicht die Wahrheit: Gott wird nichts unternehmen, um das Kind zu retten. Kein Engel wird herniedersinken, um den Fall des Jungen zu stoppen. Mit einer Kraft, die gewaltig ist wie ein Blitzschlag, erhebt sich in Lars diese Gewißheit. Sie steigt aus einer Tiefe auf, von der er nichts wußte, und sie sammelt sich in konzentrierter Bewegung. Er hebt das eine Bein über den Fensterrahmen und zieht sich halbwegs aus dem Scheunenfenster. Dabei spürt er einen glühenden Schmerz in den Hoden, der sich in dem Augenblick, als sein ganzes Gewicht auf der scharfen Kante der Planke ruht, wie ein weißglühender Blitz durch seine Wirbelsäule fortpflanzt. Um das Gleichgewicht zu halten, spannt er die Beinmuskeln an, und ein Arm schießt nach vorn und greift nach dem Jungen.

Jakob, das bin ich. Wenn ich die Flasche, die ich in einer Hand halte, vorstrecke, hoch zur Sonne, kann ich einen kleinen hellen Lichtfleck in der Flasche sehen. Der sieht aus wie die Flamme einer Kerze. Olefejus traut sich, seine Finger rasch durch eine Kerzenflamme zu ziehen, aber Sofie und Laila trauen sich das nicht. Laila traut sich sowieso fast nichts. Wenn ich groß bin, werde ich genauso mutig wie Olefejus und stecke einen Finger in die Flamme. Aber jetzt kann ich mich verbrennen, sagt Mutter.

Mein Vater, der der Ton im Wind ist, flötet kräftig und brausend über dem Scheunendach. Er will in die Flasche hinein und der kleine, traurige Laut werden, den ich kenne. Das Lachen in Mutters Stimme im Sommer, als ich auf Erics Schultern saß und wir über die Jakobswiese tanzten, während Mutter neben uns ging und meinen Vater hervorflötete. Und Eric beugte sich vor und küßte Mutter auf den Mund und kippte mich in ihre Arme. Und Mutter wirbelte mich im Kreis herum, bis uns schwindlig wurde und wir alle drei übereinander auf die Wiese purzelten.

Ich will, daß mein Vater der kleine traurige Ton im Wind sein soll. Nicht der große, der mir um die Ohren rauschte, als ich auf dem Motorrad saß, und Mutter an Harriets Küchentisch weinte und sagte, alles wäre unmöglich.

Ich bin es, der ganz oben auf einer Leiter steht und Jakob ist. Ich recke die grüne Flasche mit dem kleinen Sonnenflecken darin hoch zum Wind, der über das Scheunendach braust. Und dann ist mein Vater da. Er flötet einen langen und unendlich traurigen Ton, und ich recke die Flasche noch höher hinauf, um meinen Vater festzuhalten.

Da gleitet mir die Flasche aus der Hand. Ich kann den Knall hören, als sie an den Ziegelsteinen zerbricht, die in Reihen unter der Leiter aufgestapelt stehen. Und da merke ich, wie mich jemand am Bein packt. Ich sehe, daß die Welt plötzlich auf dem Kopf steht, und ich spüre, wie ich einen Stiefel verliere.

An dieses entsetzliche Gefühl von Untergang, von Todesangst und Panik, das einschlägt und jeden noch so kleinen Teil ihres Körpers ausfüllt in dem Moment, als sie durch das Bodenfenster schaut und in das Gesicht ihres Jungen, daran wird Solfrid sich glücklicherweise nie erinnern, wird es sich auf jeden Fall nicht klar zurückrufen können. Wie er dort auf der Leiter steht, einige Meter höher als sie, ist er so weit weg und dennoch so nahe, und sie meint den eifrig gespannten Ausdruck in dem kleinen Gesicht zu erkennen. Als er den Arm mit der grünen Flasche über den Kopf hebt, schießt sie hoch und rennt.

Auf der Bodentreppe rutscht sie auf dem glatten, gestrichenen Holz einer der obersten Stufen aus und saust auf dem Rücken den ganzen Weg bis zum Fuß der Treppe hinunter, ein Fall, an den sie für den Rest ihres Lebens immer durch einen schmerzenden Rücken erinnert werden wird. Aber sie bemerkt nicht den Schmerz im Rücken, wirft sich nur voran, durch die offene Flurtür ins Freie, hinaus auf den Hofplatz.

Der ganze Hof ist von einem scharfen blendenden Sonnenlicht erfüllt und von einer merkwürdig friedvollen Stille. Der Wind, den sie vor kurzem sah, wie er in den Blättern der Esche rauschte, muß sich für einen Moment gelegt haben. Die Krähen sitzen noch immer Seite an Seite auf dem Scheunendach, aber sie geben keinen Laut von sich. Sonst krächzen sie markerschütternd, daß Olefejus oft gedroht hat, er würde sein Gewehr mit nach Ås bringen und sie abschießen.

Solfrid kann ihre Eltern unten auf dem Weg sehen. Sie stehen dicht beieinander, halb einander zugewandt, mit unbewegten, weißen Gesichtern. Sie kann sehen, daß sie sich an beiden Händen gefaßt haben, als ob sie ein Kinderspiel beginnen wollten. Neben ihnen steht Inger und hält Ragnhild im Arm. Alle vier starren sie unablässig nach oben zur Scheunenwand, die für Sol verborgen ist. Aus ihrem Winkel sieht sie nur den unteren Teil der Leiter, darunter die in Reihen gestapelten Ziegel. Olefejus soll vom Stalldach ein paar Ziegel austauschen, wenn er mit dem Streichen fertig ist. Sie sieht die Scherben der zerbrochenen Flasche, einige auf den roten Ziegelreihen, einige im Gras ringsum, und ihr fährt durch den Kopf, daß der Junge dort nicht barfuß gehen darf. Sonst hat sie keinen Gedanken im Kopf, nur eine entsetzliche Furcht – sie hat noch niemals solche Angst gehabt. Lieber Gott! Lieber, lieber Gott! Barmherziger, gnädiger Gott, himmlischer Vater!

Als Lars in der offenen Scheunentür zu sehen ist, geht ihr ein Bild durch den Kopf, und an das wird sie sich später erinnern.

Über der Anrichte in der Stube ihrer Großeltern hing während Sols Kindheit ein großes Bild in einem breiten, verschnörkelten Goldrahmen. Dem Rahmen fehlte ein Stück in der Ecke unten rechts, und Onkel Sverre hatte ihr erzählt, daß er einmal ein blaubemaltes hölzernes Spielauto nach seiner Schwester, Solfrids Mutter, geworfen hatte. Sie hatte ihn aufgezogen, weil er stotterte. Das Auto hatte den Bilderrahmen getroffen und ein Stück abgeschlagen, so groß wie Großvaters Daumennagel. Und Onkel Sverre wurde losgeschickt und mußte im Gebüsch hinterm Haus einen Birkenzweig als Rute holen, denn wer seine Kinder liebt, der züchtigt sie frühzeitig.

Für Solfrid war es ganz und gar unvorstellbar gewesen, daß ihre sanftmütige und fromme Mutter einmal ein kleines Mädchen gewesen sein soll, das jemanden aufzog. Und es war ebenso unmöglich gewesen, sich den Großvater vorzustellen, den sie als einen netten Mann kennt, mit dem gleichen leicht melancholischen Gesichtsausdruck wie ihre Mutter, sich ihn also mit einer Birkenrute in der Hand vorzustellen, und wie er den Arm zum Schlag auf Onkel Sverres nackten Kinderpopo hebt. Sich vorzustellen, daß der Onkel Spielzeugautos warf, war nicht so schwer.

Das Bild über der Anrichte, die aus dunklem, fast schwarzem Holz war und Platz bot für Großmutters feine Schalen und Schüsseln und Glasteller, zeigte den ›Guten Hirten‹. Es zeigte Christus, auf einem Stein sitzend, mit einem Lamm auf dem Schoß, vor ihm eine Schafherde. Das heißt, das Lamm trug er gleichsam unter den einen Arm geklemmt, während die andere Hand auf dem Kopf eines großen Schafs ruhte, von dem Solfrid immer gedacht hatte, es müßte die Mutter des Lamms sein.

Es muß die Art sein, wie Lars ihren Sohn auf den Armen trägt, weshalb Sol das Bild einfällt. Sie sieht es für eine Sekunde ebenso deutlich, wie sie Lars sieht, der die Scheunenauffahrt mit dem Jungen herunterkommt. Sie erinnert sich an den rosa, zart bewölkten Himmel im Hintergrund, die nackten Zweige des Busches in der linken Ecke neben der Figur in dem roten und blauen Gewand und an den Ausdruck auf den Gesichtern des Mannes und der zwei Tiere. Sie hat das Bild immer gern gehabt, es lag etwas Geborgenes, Friedvolles darin.

Jetzt sieht sie Lars im verblichenen roten Baumwollhemd, den Arbeitshosen und den braunen Stallstiefeln mit ihrem kleinen Sohn die Scheunenauffahrt hinunterkommen. Als sie aus dem Schatten der Scheune treten, treffen sie die Sonnenstrahlen und lassen die blonden Locken des Kindes und Lars' grauschwarzen Haarkranz aufleuchten. Etwas in der Art, wie er geht, wie er das Kind hält, läßt Solfrid stehenbleiben. Oder liegt es vielleicht daran, daß ihre Beine sie nicht richtig tragen wollen? Der Anblick des lebenden Kindes in den Armen des Großvaters löst eine solche Erleichterung aus, daß ihre Beine die Kontrolle verlieren, sie stolpert über ein Grasbüschel und fällt der Länge nach zwischen Wegerich und Klee auf den Hof.

Und Lars geht direkt an ihr vorbei. Er starrt nach unten in das Gesicht des Jungen, der liegt ganz still, mit dem Daumen im Mund, und sieht den Großvater ein bißchen verwundert an. Sol schaut auf seinen einen nackten Fuß – er schlenkert damit wie als Baby, wenn er an ihrer Brust lag. Der andere Fuß hängt einfach herunter. Und als die beiden an Solfrid vorbeigehen, fällt der Stiefel auf die Erde. Den anderen Stiefel wird er verloren haben, als Lars ihn durch das Scheunenfenster zog. Das haben die beiden noch gar nicht gemerkt.

Solfrid kommt wieder auf die Beine und hebt den Stiefel auf, etwas mühsam, denn jetzt merkt sie auch ihren Fall von der Bodentreppe im Rücken. Sie folgt Lars, der den Weg hinuntergeht, auf Ragnhild zu, die sich aus Ingers Umarmung losgerissen hat und schnell auf sie zurennt. In dem Moment, als Lars den Jungen in Ragnhilds ausgestreckte Arme legt, ist Solfrid bei ihnen angekommen.

Angelika Schrobsdorff im dtv

»Die Schrobsdorff hat ihr Leben lang nur wahre Sätze geschrieben.«
Johannes Mario Simmel

Die Reise nach Sofia
ISBN 3-423-10539-9
Sofia und Paris – ein Bild zweier Welten: Beobachtungen über Konsum und Liebe, Freiheit und Glück in Ost und West.

Die Herren
Roman
ISBN 3-423-10894-0
Ein psychologisch-erotischer Roman, dessen Erstveröffentlichung 1961 als skandalös empfunden wurde.

Jerusalem war immer eine schwere Adresse
ISBN 3-423-11442-8
Ein Bericht über den Aufstand der Palästinenser, ein sehr persönliches, menschliches Zeugnis für Versöhnung und Toleranz.

Der Geliebte
Roman
ISBN 3-423-11546-7
Stationen einer Liebe: Berlin, München, New York.

Der schöne Mann und andere Erzählungen
ISBN 3-423-11637-4

Die kurze Stunde zwischen Tag und Nacht
Roman
ISBN 3-423-11697-8

»Du bist nicht so wie andre Mütter«
Die Geschichte einer leidenschaftlichen Frau
ISBN 3-423-11916-0

Spuren
Roman
ISBN 3-423-11951-9
Ein Tag aus dem Leben einer jungen Frau mit einem achtjährigen Sohn.

Jericho
Eine Liebesgeschichte
ISBN 3-423-12317-6
und dtv großdruck
ISBN 3-423-25156-5

Grandhotel Bulgaria
Heimkehr in die Vergangenheit
ISBN 3-423-12852-6
Eine Reise nach Sofia heute.

Von der Erinnerung geweckt
ISBN 3-423-24153-5
Ein Leben in fünfzehn Geschichten.

Lillian Beckwith im dtv

»Wenn eine unerschrockene Britin sich in die Hebriden verliebt, kann sie bücherweise davon berichten. Wie Lillian Beckwith, die damit der urigen Inselwelt ein herrliches Denkmal setzt.«
Hörzu

Die See zum Frühstück
Roman
ISBN 3-423-08460-X

»Sie werden nur Schafe zur Gesellschaft haben.« Diese Warnung hält Lillian Beckwith nicht davon ab, ein seit Jahren leerstehendes Cottage auf den Hebriden zu erwerben. Mit wahrer Begeisterung stürzt sich die ehemalige Lehrerin in die Renovierung ihres Besitzes und in das Leben einer Inselbewohnerin.

Auf den Inseln auch anders
Roman · dtv großdruck
ISBN 3-423-**25159**-X

»Eine feinsinnige Liebeserklärung an ein karstiges Eiland und seine von Sturm und Meer geprägten Bewohner ... ein wahres Lesevergnügen.« (Hannoversche Allgemeine Zeitung)

Ein frischer Wind vom Meer
Roman · dtv großdruck
ISBN 3-423-**25140**-9

Auf den Hebriden gelten andere Gesetze als auf dem Festland. Ein Buch voll lustiger Geschichten und köstlicher Originale.

Der Lachs im Pullover
Roman
ISBN 3-423-08536-3

Auf frischer Tat ertappt! Daß der harte Alltag auf den Hebriden auch seine heiteren Seiten hat, zeigen diese bezaubernden Schilderungen von Land und Leuten.

Elizabeth Falconer im dtv

»Elizabeth Falconer verknüpft die Lebensfäden ihrer Figuren elegant und unterhaltend. Eine sehr gute Erzählerin mit einer speziellen Begabung für die Verwirrungen des Herzens.«
Szene aktuell

Der Lavendelgarten
Roman
ISBN 3-423-**20129**-0
»Dieses Buch führt Sie nach Guernsey, Paris und in die Provence, es ist lebendig geschrieben und voll romantischer Verwicklungen ...«
(The Lady)

Frost um Mitternacht
Roman
ISBN 3-423-**20468**-0
Nach einer Enttäuschung in der Liebe geht die Pariser Ärztin Misha nach Afrika, um sich den Ärmsten der Armen zu widmen ...

Das Haus auf der grünen Insel
Roman
ISBN 3-423-**20624**-1
Geboren wird sie auf einem verfallenen Landsitz in Irland, doch in Paris entdeckt sie ihre wahre Bestimmung.

Auf den Flügeln des Morgens
Roman
ISBN 3-423-**20650**-0
In London, Paris und der Provence spielt dieser packende Roman um Liebe, Kunst und Religion.

Mondlicht über der Insel
Roman
ISBN 3-423-**24167**-5
Korfu – Insel des Lichts, des Weins, der milden Nächte. Doch auch auf dieser idyllischen Insel ist Dido vor Turbulenzen nicht sicher ...

Barfuß zur Hochzeit
Roman
ISBN 3-423-**24241**-8
Ein idyllischer Sommer wird überschattet von einem Geheimnis aus der Zeit des Krieges ... Ein Roman voller Spannung und Leidenschaft.

Das goldene Jahr
Roman · dtv großdruck
ISBN 3-423-**25176**-X
Das alte Haus in Südfrankreich ist für Anna immer eine zweite Heimat gewesen. Und als ihr Bruder unerwartet einen Gast mitbringt, ändert sich ihr ganzes Leben ...